Gente así

Alfaguara es un sello editorial del Grupo Santillana
www.alfaguara.com.mx

Argentina
Av. Leandro N. Alem, 720
C 1001 AAP Buenos Aires
Tel. (54 114) 119 50 00
Fax (54 114) 912 74 40

Bolivia
Avda. Arce, 2333
La Paz
Tel. (591 2) 44 11 22
Fax (591 2) 44 22 08

Chile
Dr. Aníbal Ariztía, 1444
Providencia
Santiago de Chile
Tel. (56 2) 384 30 00
Fax (56 2) 384 30 60

Colombia
Calle 80, 10-23
Bogotá
Tel. (57 1) 635 12 00
Fax (57 1) 236 93 82

Costa Rica
La Uruca
Del Edificio de Aviación Civil 200 m al Oeste
San José de Costa Rica
Tel. (506) 220 42 42 y 220 47 70
Fax (506) 220 13 20

Ecuador
Avda. Eloy Alfaro, 33-3470 y Avda. 6 de Diciembre
Quito
Tel. (593 2) 244 66 56 y 244 21 54
Fax (593 2) 244 87 91

El Salvador
Siemens, 51
Zona Industrial Santa Elena
Antiguo Cuscatlan - La Libertad
Tel. (503) 2 505 89 y 2 289 89 20
Fax (503) 2 278 60 66

España
Torrelaguna, 60
28043 Madrid
Tel. (34 91) 744 90 60
Fax (34 91) 744 92 24

Estados Unidos
2105 N.W. 86th Avenue
Doral, F.L. 33122
Tel. (1 305) 591 95 22 y 591 22 32
Fax (1 305) 591 91 45

Guatemala
7a Avda. 11-11
Zona 9
Guatemala C.A.
Tel. (502) 24 29 43 00
Fax (502) 24 29 43 43

Honduras
Colonia Tepeyac Contigua a Banco Cuscatlan
Boulevard Juan Pablo, frente al Templo Adventista 7o Día, Casa 1626
Tegucigalpa
Tel. (504) 239 98 84

México
Avda. Universidad, 767
Colonia del Valle
03100 México D.F.
Tel. (52 5) 554 20 75 30
Fax (52 5) 556 01 10 67

Panamá
Avda. Juan Pablo II, no15. Apartado Postal 863199, zona 7. Urbanización Industrial
La Locería - Ciudad de Panamá
Tel. (507) 260 09 45

Paraguay
Avda. Venezuela, 276,
entre Mariscal López y España
Asunción
Tel./fax (595 21) 213 294 y 214 983

Perú
Avda. Primavera 2160
Surco
Lima 33
Tel. (51 1) 313 4000
Fax. (51 1) 313 4001

Puerto Rico
Avda. Roosevelt, 1506
Guaynabo 00968
Puerto Rico
Tel. (1 787) 781 98 00
Fax (1 787) 782 61 49

República Dominicana
Juan Sánchez Ramírez, 9
Gazcue
Santo Domingo R.D.
Tel. (1809) 682 13 82 y 221 08 70
Fax (1809) 689 10 22

Uruguay
Constitución, 1889
11800 Montevideo
Tel. (598 2) 402 73 42 y 402 72 71
Fax (598 2) 401 51 86

Venezuela
Avda. Rómulo Gallegos
Edificio Zulia, 1o - Sector Monte Cristo
Boleita Norte
Caracas
Tel. (58 212) 235 30 33
Fax (58 212) 239 10 51

ALFAGUARA

Vicente Leñero

Gente así

Verdades y mentiras

ALFAGUARA

2008, Santillana Ediciones Generales, S. A. de C. V.
Av. Universidad 767, col. del Valle,
México, D. F., C. P. 03100, México.
Teléfono 5420 75 30
www.alfaguara.com.mx

Primera edición: julio de 2008

ISBN: 978-970-58-0478-6

Impreso en México

Quien dice la verdad, casi no dice nada.
ANTONIO PORCHIA

De literatura

La cordillera

1

En enero de 2006, al cumplirse veinte años de la muerte de Juan Rulfo, el canal 22 transmitió en vivo un coloquio con cuatro expertos en la obra del celebrado narrador. Carlos Monsiváis recordó lo dicho en alguna ocasión por García Márquez: "*Pedro Páramo* es la novela más bella que se ha escrito desde el nacimiento de la literatura en español." Emmanuel Carballo habló de la influencia de Faulkner en *Pedro Páramo*, elucubración que Rulfo rechazó repetidamente en vida: "Cuando la escribí, yo no había leído todavía a Faulkner." Juan Ascencio, autor de una documentada biografía publicada el año anterior, *Un extraño en la tierra*, contó anécdotas de su cercana amistad con Rulfo en su calidad de apoderado legal y describió los desencuentros del jalisciense con Garibay, con Octavio Paz. Por último, la novelista Mónica Lezama, quien había escrito su tesis de doctorado en Letras Hispánicas sobre *Pedro Páramo*, informó que estaba por terminar un largo ensayo en torno a *La cordillera*, esa novela mítica que Rulfo anunciaba con frecuencia pero nunca se atrevió a escribir; sólo existían de ella fragmentos, apuntes, ejercicios narrativos, rescatados por su familia y publicados en *Los cuadernos de Juan Rulfo*, un libro editado por Era en 1994.

La alusión a *La cordillera* en el programa del canal 22 motivó, al día siguiente, una llamada de teléfono para Mónica de un tal Macario González. La felicitaba por sus declaraciones. Le urgía hablar personalmente con ella.

Tenía algo importante que decirle sobre *La cordillera*. Muy importante, subrayó.

Aunque Mónica dudó unos instantes —algo en la voz de Macario González le hizo sentir recelo— lo citó en su departamento para el viernes siguiente, cuando su hijo Enrique pasaría la tarde y la noche con sus abuelos. Le dijo: a las siete pe eme, pero el tal Macario llegó una hora antes, justo en el momento en que Mónica batallaba en su laptop con el último capítulo del ensayo.

Macario González era un treintón de anteojos enormes y muy bajo de estatura; si midiera quince centímetros menos podría ser calificado como enano. Vestía pobremente: pantalón de mezclilla descolorido, tenis viejísimos, playera gris y una chamarra color ocre manchada de lamparones. Sostenía en la derecha, por las correas, un back-pack de lona muy deteriorado.

—¿Cómo supiste mi número de teléfono? —fue lo primero que le preguntó Mónica.

—Me lo dieron en Planeta. Jesús Anaya.

Por indicación de Mónica, Macario fue a repantigarse en el sillón rinconero, de espaldas a los estantes repletos de libros que convertían aquella estancia en sala, biblioteca y lugar de trabajo de la escritora. Las breves piernas del chaparro no alcanzaban el suelo.

—¿Un café? —preguntó Mónica señalando la cafetera encendida, próxima a la computadora.

—¿Podría ser mejor una cervecita, un roncito añejo?

—Cervezas no tengo. Ron sí, pero solamente blanco.

—¿Con muchos hielitos?

Mientras Mónica se dilataba en la cocina buscando la botella, sacando hielos del congelador, sirviendo en un vaso corto el ron en las rocas, Macario se impulsó con ambos brazos fuera del sillón para asomarse furtivamente a la pantalla encendida de la laptop. Volvió a tomar asiento, ahora en la orilla, cuando sintió que la mujer estaba por regresar.

—¿Tendrás un cigarrito? —y soltó una risa bobalicona.

—No fumo.

De entrada le chocaba el tipo a Mónica. Más que por su facha y por su risa bobalicona, constante, por el abuso que hacía de los diminutivos. Debe estar medio tarado, pensó.

—Bueno, ¿qué es lo importante que me necesitabas decir?

—De *La cordillera* de Rulfo —dijo, y repitió la risa—. Pero antes quiero contarte mi historia. Es así de chiquita, pero fundamental —se reacomodó los anteojos—. Yo fui tu alumno en Filosofía y Letras cuando dabas clases de literatura mexicana, ¿no te acuerdas de mí?

—La verdad, no —dijo Mónica—. ¿Qué año era?

—En los noventas, al principio de los noventas, me parece.

—No, para nada.

—A lo mejor no te acuerdas porque no alcanzabas a verme, así de chaparrito como soy. Y porque me sentaba hasta atrás y faltaba a ratitos, casi iba de oyente. Pero tus clases me gustaban muchísimo, me encantaban. Eras de lo mejorcito: inteligente, muy sabia, bonita sobre todo.

—Perdóname pero no tengo mucho tiempo —lo cortó Mónica—. Necesito terminar un trabajo.

—Ah sí, bueno, okey, te voy a decir —bebió un trago del ron—. Pues resulta que mi padrecito, que Diosito tenga en su gloria, conoció mucho pero mucho al señor Rulfo. Trabajó con él cuando el señor Rulfo estaba en el Instituto Indigenista. En distintas épocas. Cuando el señor Rulfo se fue y cuando volvió siempre estuvo con él y lo apreciaba de veras, lo mismo que el señor Rulfo apreciaba a mi padrecito. No creas que mi padrecito era investigador o empleado importante. Nada de eso. Nosotros éramos muy pobres y luego yo no podía asistir a tus clases porque me tuve que poner a trabajar en un taller mecánico, cuando mi padrecito se enfermó —otro trago de ron—. En tiempos del señor Rulfo mi padrecito era mozo del Indigenista, luego lo subieron de asistente y luego lo hicieron algo así como el ofisboy del señor Rulfo. Y el señor Rulfo lo quería, Mónica, ¿te puedo llamar Mónica?, y hasta le regaló sus libros, que le encantaron a mi padrecito. Tanto, ¿vas a creer?, que me puso de nombre Macario cuando me echaron la agüita del bautismo. Macario, como el niño de su cuento —bebió el último trago del vaso y lo depositó en la mesa lateral después de hacer sonar los hielos, como pidiendo más—. Para no alargarte mi historia, porque ya sé que estás escribiendo y que escribes muy bonito por cierto, lo importante es que mi padrecito me contó antes de morir que muchas noches, durante una buena temporadita, el señor Rulfo se quedaba a escribir en su máquina, ahí en la oficina, cuando ya todos habían salido y sólo se quedaban él y mi padrecito, mi padrecito cuidándolo, o nada más el señor Rulfo solito porque a veces hasta se amanecía escribiendo en su máquina. Más que escribir así, de una sentada, lo que hacía era pasar en limpio lo que ya estaba escrito a mano en unas libretas a rayas que usaba mucho. Pasaba en limpio, y tiraba, y volvía a pasar en limpio y tiraba y volvía, según me contó mi padrecito. En su casa pensarían a lo mejor que andaba en La Mundial, porque ya ves que se pasó una temporada de borrachito y hasta invitaba a veces a mi padrecito a esa cantina que estaba por Bucareli. Pero no, qué va, no era cierto, se amanecía pasando en limpio esa novela que mi padrecito fue leyendo ahí, en las noches del Indigenista, hoja tras hoja a medida que las escribía el señor Rulfo. ¿Y sabes qué novela era esa novela, Mónica? *La cordillera*.

—No, eso no es cierto —exclamó Mónica y se levantó para servirse más café. No hizo el intento de ofrecer otro ron a Macario, a pesar de que él rescató el vaso de la mesa lateral y bebió el agua de los hielos derretidos—. Sólo veniste a contarme mentiras.

—No son mentiras, Mónica. Pérate. Ahorita me vas a creer aunque no quieras.

—No te creo nada.

Por primera vez ansioso, un poco desesperado, Macario se impulsó con los brazos y de un brinco saltó del sillón. Cayó parado, parecía un muñeco.

—Mira, lo que resulta es que una noche en el Indigenista, y así me lo contó mi padrecito, el señor Rulfo le dijo, muy apesadumbrado primero, muy enojado después, que ya había terminado su novela, que la acababa de leer de un jalón y que no, que no le parecía lo que se dice nadita; no era lo que había querido escribir después de *Pedro Páramo*. Pero si está preciosa, le dijo mi padrecito; hasta donde yo leí está muy bien, señor Rulfo. ¡A la chingada!, dijo el señor Rulfo, y en lugar de guardar las hojas de su novela en el cajón con llave, como acostumbraba cada noche, ¿sabes qué hizo, Mónica? ¡No te lo imaginas! Se puso a romperlas por la mitad, bonchecito tras bonchecito, y se largó del Indigenista, furioso como a veces se ponía el señor Rulfo, según me contó mi padrecito antes de morir. Él lo conocía bien y sabía de sus arranques, no era ninguna palomita como luego dicen. Pues se largó directo a La Mundial o a cualquier otra cantina, pero mi padrecito no lo quiso acompañar porque se daba cuenta que el señor Rulfo necesitaba estar solo.

—Como historia está bien —sonrió Mónica—. Si quieres ser escritor podrías convertirla en un cuento.

Ambos estaban de pie. Mónica esperando que Macario se despidiera y él ansiando otro ron. Cuando Macario se aproximó tuvo que erguir la cabeza para mirarla a la cara en lugar de a los pechos.

—Tenme un poquito de paciencia, Mónica, todavía no termino.

—Qué falta.

—Falta que mi padrecito, esa noche, en lugar de apagar la luz y de marcharse rápidamente del Indigenista, recogió del basurero las hojas de la novela partidas por la mitad y se las llevó a la casa. Ahí, todo el sábado en la tarde y todo el domingo, como no trabajaba, se puso a restaurar hoja por hoja. Hacía coincidir los dos pedazos de cada papel y por detrás los unía con un diurex. Mi padrecito era en eso/

—¿Sabes por qué no te creo, Macario? Porque un escritor que decide destruir una novela no la rompe así y la tira al basurero. Eso no convence ni en un cuento. O la corta en pedacitos o la echa al fuego y se acabó.

—Pero eso fue lo que hizo el señor Rulfo, Mónica, qué culpa tengo yo. A lo mejor fue un acto fallido, diría Freud.

—¿Tú has leído a Freud?

—Yo sé de los actos fallidos. Tal vez el señor Rulfo, en el fondo de su alma, no quería destruir su novela. Además espérame, espérame tantito. ¿Sabes cómo se llamaba mi padrecito? Se llamaba Dionisio. Dionisio como el Dionisio de la familia Pinzón de la novela. Y precisamente el señor Rulfo, porque quería mucho a mi padrecito, le puso Dionisio a uno de los personajes importantes de *La cordillera*.

Mónica meneó la cabeza de un lado a otro, dos veces. La detuvo. Un puntazo de duda la lastimó. ¿Y si todo lo que estaba oyendo fuera cierto? Macario no tenía, no podía tener la suficiente imaginación para inventar una historia tan complicada. ¿Era complicada su historia?

Cuando Mónica salió del breve trance, el latoso enano había levantado del suelo su back-pack y estaba descorriendo el cierre. Extrajo un fólder manila que contenía un paquete de hojas tamaño carta y lo blandió con un gesto de orgullo ante la incrédula escritora.

—¡*La cordillera* de Juan Rulfo! —anunció como si fuera un presentador de festejos.

Mónica tomó el paquete de manos de Macario, cuyas risas bobaliconas se habían convertido en alfilerazos de burla. Fue a sentarse en el sillín giratorio frente a su laptop, que apagó.

Eran hojas escritas en una máquina con tipos de 12 puntos, gastados: la *a* minúscula se saltaba de vez en cuando de la línea de apoyo, y la *o* aparecía por momentos rellena del negro de la cinta. Casi en todas las páginas abundaban tachaduras *xxxxxx* y correcciones a mano con tinta en ocasiones verde, en otras negra. Efectivamente, todas las hojas estaban cortadas y rasgadas en diagonal, pero sus partes habían sido unidas por atrás con cinta transparente. Eran papeles del material de oficina del Instituto Nacional Indigenista: llevaban impreso el membrete en el extremo superior. El autor les había dado la vuelta para escribir sobre las páginas limpias.

Sumaba el escrito 162 páginas, 33 más de las utilizadas en *Pedro Páramo* —calculó Mónica—, según el original entregado por Rulfo al terminar su beca en el Centro Mexicano de Escritores en 1954, original que Mónica consultó cuando hizo su tesis de doctorado.

Las 162 páginas, numeradas a la derecha, empezaban a amarillarse. Al centro de la primera se leía, en caracteres de su ¿Olivetti?, ¿Smith Corona?, ¿Remington?, y en letras mayúsculas, subrayadas: *LA CORDILLERA*. No se consignaba el nombre de Juan Rulfo. ¿Para qué? —discurrió Mónica—, la obra era suya y él no necesitaba autocitarse. Esa ausencia del nombre del autor imprimía al escrito, paradójicamente, un carácter de autenticidad.

Mónica miró a Macario disimulando su emoción.

—¿Y qué piensas hacer con esto?

—Para eso vine, para pedirte consejo.

—Necesito leerlo. Préstamelo de aquí al lunes.

—No no no no no, eso sí que no —se exaltó de nuevo Macario—. Yo sé que tú eres muy linda, muy honrada, pero no puedo arriesgarme a que le saques copias y luego todo mundo se entere. Este es un secretito entre tú y yo.

—De nada sirve si no lo leo.

—Lo puedes leer ahoritita —volvió Macario a su risa bobalicona, consultó su reloj—. Apenas son las siete veinte, ¿no? Te pones a leer y yo te espero, vale la pena. ¿Qué? ¿Dos horas y media, tres horitas?

Alrededor de tres horas tardó Mónica en leer aquel original de *La cordillera.* Al principio le fue difícil concentrarse por la presencia del enano y porque Macario, aunque sigiloso y en silencio, se fue a traer de la cocina la botella de ron, a servirse de ella en el vaso ya sin hielos, a hurgar en los libreros, a elegir libro tras libro y ponerse a hojearlos y a beber encaramado en el sillón como lo hacía a veces Enrique mientras su madre trabajaba en la laptop. El interés por *La cordillera* terminó ganando la atención de Mónica, quien se desentendió de Macario, bien metido en el trago.

Sobre todo en las primeras páginas, la novelista reconocía los fragmentos rescatados en *Los escritos de Juan Rulfo*; había trabajado concienzudamente en ellos para su ensayo, casi los recordaba de memoria. Sin embargo, y a reserva de cotejarlos después, era evidente que Rulfo había realizado modificaciones y encontrado la manera de estructurar con habilidad las historias de aquellos campesinos emparentados con encomenderos del siglo dieciséis. Ahí aparecían desde luego los miembros de la familia Pinzón, eje central de la historia: Librado, Dionisio, Ángel, Jacinto, Tránsito, Clemencia. Y estaban los Tiscareño. Y se sentían latiendo pueblos sonoros de Rulfo: Ozumacín, Chinantla, Cuasimulco. Con esas familias y con muchas otras se terminaba formando con el pasado y el presente una metafórica cordillera de emigrantes huyendo de sus tierras resecas, abandonadas, expropiadas por los poderosos, rumbo a un edén imaginario que parecía convertirse de pronto, dramáticamente, en las fronteras del país vecino. Se repetía el recurso de los saltos en el tiempo y los fantasmas corporizados de los muertos, aunque ahora esa estructura de baraja formaba una especie de red única —pensó Mónica— dictada por la intensa búsqueda formal del escritor, pero al servicio de una historia multiplicada o dividida aritméticamente por un denominador común. Era un Rulfo modernísimo. Un Rulfo que no solamente se valía de sus habituales alardes poéticos, de su destreza en la sintaxis del habla coloquial inventada por él, sino que conseguía encontrar, como en el reventón de un torrente, un punto de vista multitudinario, un narrador bíblico encarnado en la voz de ese émulo de Moisés avanzando con su pueblo durante el éxodo. En ningún momento se añoraba la precisión de llamar a los minerales, a los vegetales y a los animales por sus nombres propios, sólo descifrables a veces por el diccionario de mexicanismos de Santamaría. Se descubría además —y se le puso a Mónica la piel chinita— a un escritor de gran malicia en lo que atañe a la forma y al contenido, y de evidentes resonancias políticas. Era un Rulfo del siglo veintiuno. Se anticipaba a la exacerbación del problema migratorio y su denuncia era la de un visionario comprometido, doliente, con la futura realidad. *La cordillera* rescataría la admiración de sus escépticos. Sería un éxito colosal.

—¿Qué te pareció? —preguntó Macario cuando vio a Mónica cerrar el fólder. Su voz era ya la de un briago.

La escritora ocultó su arrobamiento. Le respondió con otra pregunta:

—¿Qué piensas hacer tú?

—Vine a pedirte consejo, ya te dije. La guardé mucho tiempo porque me daba miedo que la familia del señor Rulfo no quisiera publicarla.

—Ellos tienen que dar su aprobación, son sus herederos. No hay de otra. Tú te sientes dueño de ese original, pero los dueños son ellos.

—No. El dueño son los lectores. El dueño es la literatura mexicana —se le trabó el habla—. Es un crimen esconder un libro así. Ni siquiera pudo hacerlo el señor Rulfo cuando quiso destruirlo. Mi padrecito lo salvó, él tiene todo el mérito.

—En eso tienes razón.

—Mira, ya, no te digo más, Mónica linda, linda que eres. Yo te entrego este tesorito para que tú hagas lo que tienes que hacer y convenzas a los que tienes que convencer. Yo no sé de esas cosas de editoriales y de derechos. Yo te lo entrego, pero a cambio de algo.

Al decir "algo", Macario volvió a su risita y formó un círculo con el pulgar y el índice.

—Quieres dinero.

—Cómo no lo voy a querer, es la herencia de mi padrecito. Se publique o no se publique este original, escrito a máquina y corregido por el señor Rulfo, vale una fortuna, ¿o no? Si se publica, la familia del señor Rulfo ganará una millonada, ¿o no? Y yo qué, ¿me voy a quedar así?

—¿Y qué hay de las libretas de Rulfo? Las que tenía, según dices, antes de pasarlas a máquina.

—No lo digo yo, Mónica linda, me lo contó mi padrecito y para nada me habló de dónde quedaron. Estaban en su cajoncito, con llave. Las habrá quemado el señor Rulfo, vete tú a saber.

—¿Cuánto pides?

—Para lo que vale, muy poquito: treinta mil dolaritos.

—¡Trescientos mil pesos!

—Un tantito más, porque los dolaritos andan ya en once y pico, ¿no?

—Ni en sueños tengo yo esa cantidad.

—Ya sé que no, Moniquita, pero puedes conseguirlos con señores de lana, con las editoriales, no sé. En fin, ése es tu problema. Cuando tú me entregues treinta mil dolaritos, yo te doy *La cordillera*. Dando y dando.

Macario recogió de manos de Mónica el fólder con la novela. Lo guardó en su back-pack. Antes de cerrarlo extrajo otro fólder azul. Se lo tendió a la escritora.

—Hice unas copiecitas de cinco de las páginas. Éstas sí te las regalo para que puedas negociar, ¿te sirven? Y aquí está mi celular —le entregó un papel arrugado con números a lápiz.

Eran cerca de las once de la noche cuando Macario, trastabillando, abandonó el departamento.

Mónica durmió muy mal. Vuelta y vuelta en la cama pensando en los Tiscareño, en Dionisio, en Ozumacín, en *La cordillera*.

2

Con pelos y señales, Mónica contó a Juan Ascencio su increíble encuentro con Macario González. No omitió detalle alguno del antipático enano: su figura grotesca, su risa bobalicona, la botella de ron que se bebió en cinco horas. Le describió la forma en que la mareó con la historia de su padrecito Dionisio —era ciertamente desconfiable—, pero prefirió explayarse en el maravilloso texto de *La cordillera*.

Cuando hacía la investigación de su tesis sobre *Pedro Páramo*, Mónica conoció a Juan Ascencio en casa de Elena Poniatowska. Además de simpático y generoso, bien dispuesto a auxiliarla en sus pesquisas literarias, Ascencio poseía el archivo hemerográfico y bibliográfico más completo que existe sobre Juan Rulfo. Ese material, enriquecido por la relación personal que logró establecer con el jalisciense, quien lo consideraba el amigo más cercano en sus últimos años, sirvió a Ascencio para escribir aquella biografía —"no autorizada", la llamó— del mítico Rulfo: *Un extraño en la tierra*. El libro apareció en 2005 y no recibió de críticos y analistas el reconocimiento que se merecía; quizá porque revelaba intimidades, desplantes y dichos de Rulfo que pudieron molestar a familiares, a colegas escritores y a las pandillas que infestan el mundillo cultural.

Nadie mejor que Ascencio para confiarle ese episodio insólito, pensó Mónica; para compartirle el asombro provocado por la lectura de *La cordillera*.

—No sabes, Juan, no sabes. Es el Rulfo que todos queríamos leer después de *Pedro Páramo*, te lo juro. Le pasa lo que a García Márquez. Después de una obra maestra, cuando se piensa que ya no podrá escribir un libro mejor, el genio encuentra nuevos caminos para conseguir una novela extraordinaria. No sé si sea mejor que *Pedro Páramo*, pero es un libro estupendo.

Juan Ascencio se mantenía callado bebiendo a sorbos un whisky en el departamento de Mónica. Oía, oía. Y dudaba no de los juicios entusiastas de su amiga —confiaba por completo en sus valoraciones— sino del origen del escrito. Habló por fin:

—¿Estás segurísima que lo escribió Rulfo?

—Quién más. El tarado de Macario, ni de chiste. Y no creo que exista en México un novelista capaz de hacer una falsificación de ese tamaño.

—Es raro que Juan nunca me haya dado a entender, ni tantito así, que había terminado *La cordillera*.

—Porque la destruyó, para él ya no existía.

—Me lo pudo haber dicho. Yo pude darme cuenta en lo que platicábamos.

Mónica le ofreció otro whisky, pero Ascencio denegó. Era domingo, dos días después del encuentro con Macario González. Desde la estancia se escuchaba el ruido de un televisor encendido en el cuarto de Enrique. Mónica se levantó para cerrar la puerta mientras Ascencio tomaba, de la mesita lateral, las fotocopias que dejó el enano como prueba. Ya las había leído dos veces, ahora les echó un vistazo.

—Si te das cuenta —dijo Mónica regresando—, en ninguna de esas páginas están los fragmentos que conocemos. Y ahí se ve a Rulfo clarito, no me digas que no. Su estilo, sus innovaciones.

—Puede ser —murmuró Ascencio.

—¿Por qué no lees tú la novela completa? —dijo Mónica. Yo puedo hablarle al enano para que te la enseñe. Y la lees aquí frente a él, como yo hice.

—Sí; pero tal vez llegue a la misma conclusión. Tú sabes más de literatura.

—Tú sabes más de Rulfo.

—Con muchas lagunas —reconoció Ascencio—. De su vida anterior y de su intimidad literaria. Juan podía pasarse las horas hablando tarugada y media conmigo, criticando a los demás, pero no soltaba prenda de lo que le pasaba por dentro como escritor.

—Me estás dando la razón —dijo Mónica.

Ascencio aceptó por fin otro Etiqueta Negra y siguieron dándole vueltas a lo mismo: al Rulfo anterior a Ascencio, al Rulfo que se quitaba de encima a los preguntones prometiendo *La cordillera*, al Rulfo que desdeñaba las distinciones aunque se sintió sumamente dolido, poco antes de su muerte, porque a punta de intrigas de Camilo José Cela el premio Cervantes se lo dieron a Torrente Ballester y no a él.

Insistió Mónica en el tema del original:

—Pensé también que se podría hacer un peritaje.

—El peritaje me lo encargarían seguramente a mí —dijo Ascencio— y yo acabaría por admitir que estas páginas mecanoescritas —le encantaba usar el término—, con todo y las correcciones a mano y los tachones, son auténticas; a simple vista lo parecen.

—¿Y si investigamos qué máquina de escribir usaba en ese tiempo en el Indigenista? Qué papel, qué tipo de membrete.

—Sí, claro, todo eso se podría hacer —entrompó la boca Ascencio como dando a entender la inutilidad de las pesquisas. Ya está convencido, pensó Mónica feliz, y se levantó para pasearse por la estancia.

—Supongamos que se investiga también al enano y a su padre y se comprueba que Rulfo tuvo un asistente así en el Indigenista. Supongamos que todo es verídico. Quedan dos problemas: los treinta mil dólares y la familia de Rulfo.

—¿Sabías que acaban de convertir el nombre de Juan Rulfo en marca registrada? —interrumpió Ascencio—. Todo por el premio a Tomás Segovia en la feria de Guadalajara —sonrió.

—¿Pero qué hacemos con el dinero, Juan? —dijo Mónica—. ¿De dónde lo sacamos?

—El dinero no es problema. ¿Has oído hablar de Eric Martinson? Es un coleccionista sueco que vivió en Nueva York y ahora vive en México. Millonario. Lo conozco muy bien. Colecciona cuanto hay: obras de arte, automóviles antiguos y originales de escritores célebres. Tiene borradores de Cortázar, de Carpentier, de Henry James. Poemas a mano de Octavio Paz y de López Velarde. No me extrañaría que también conserve el original de *Pedro Páramo*, porque según parece ya no está en la biblioteca del Centro Mexicano de Escritores —se echó a la boca unos cacahuates y se terminó el whisky—. Yo podría buscar a Martinson, si es que no anda de viaje, y tú busca a Clara Aparicio; me he distanciado últimamente de la familia de Juan.

—¿Qué piensas que diga Clara?

—No lo va a creer, ni de chiste. Ella está convencida de que sólo quedan esos fragmentos de *La cordillera*. Aunque no sé —dudó unos segundos Ascencio—. A lo mejor.

3

Una oportunidad caída del cielo, milagrosa dirían los creyentes, facilitó los empeños de Mónica. Había renunciado a su ensayo sobre *La cordillera*, ya no tenía caso, y vivía obsesionada por aquel original creciendo y creciendo en su memoria. Qué ansia de leerlo otra vez a solas, pausadamente. Qué emoción la de sostener de nuevo las hojas mecanografiadas de Rulfo, gozar de su prosa y de sus innovaciones formales en una novela que sólo a él, por sabe Dios qué telarañas en el cerebro, se le ocurrió destruir. Era un acto criminal, pero explicable, porque no son pocos los escritores desconfiados de su genio o temerosos de las posibles resonancias de otra obra maestra, que se obnubilan y prefieren no salir de su cueva: para no provocar más adulaciones, para no ser víctimas de las críticas envidiosas como lo contó Tito Monterroso en la fábula *El zorro*. Quizás eso le sucedió a Rimbaud, a Salinger, a Josefina Vicens, discurrió Mónica.

La oportunidad caída del cielo consistió en que el excéntrico Eric Martinson tuvo el buen tino de invitar a una cena con intelectuales y empresarios a Elena Poniatowska. Juan Ascencio se ofreció rápidamente a acompañarla.

En su bellísima casona de San Ángel, tras un bufet de exquisiteces gastronómicas —langostas, codornices, ravioles crocantes, magret de pato con cerezas, strúdeles berlineses—, Martinson mostró a sus invitados, en el lugar de honor de la galería particular, su más reciente adquisición: un óleo de Diego Rivera de 1939: *Bailarina en reposo*.

—¿No será una falsificación? —le preguntó insidioso Manuel Arango, quien sabía del dudoso origen de muchos de los tesoros del sueco.

—También las falsificaciones suelen ser obras de arte —respondió Martinson, desenfadado y sonriente.

Eso dio pie a que Ascencio buscara un aparte con el coleccionista cuando ya la cena declinaba y Martinson conducía a la Poniatowska y a Andrés Henestrosa hasta un hermoso librero que perteneció a Balzac —dijo— y en donde lucía sus ediciones príncipe de autores europeos del diecinueve. Mientras Elena y Henestrosa proferían grititos de admiración ante un ejemplar casi intacto del *Hernani* de Víctor Hugo, Ascencio atrajo suavemente a Martinson a un extremo de la biblioteca y le planteó, directo, el asunto de *La cordillera*.

El asombro del coleccionista fue inmediato. La sonrisa de su boca enorme le deformó el semblante de por sí arrugadísimo. Se sorprendió más por la cantidad que debería pagar para adquirir aquel tesoro. Tratándose de un original inédito de Rulfo son migajas, dijo. Y convirtió sus ojos en dos rayitas.

Ascencio quiso obrar con absoluta honradez. Le advirtió del incierto origen del texto y del peligro de que se tratara de un material espurio, pese a las pruebas de autenticidad avaladas por una novelista de su plena confianza, experta en Rulfo. Para dirimir el problema, sin embargo, para hacer un peritaje concienzudo, era indispensable tener en las manos el original —puntualizó

Ascencio—, y eso sólo podía conseguirse mediante los treinta mil dólares.

—Mañana puedes venir por el cheque —dijo Martinson mientras volvía a donde se hallaban Elena y Henestrosa para mostrarles otra edición príncipe, de Henry James: *The Aspern Papers*.

La gestión de Mónica con la viuda de Rulfo resultó más complicada. Pese a la mediación de Juan Carlos, el menor de los hijos, Clara Aparicio se negó a recibir a la escritora en su departamento de Felipe Villanueva. Aceptó solamente hablar con ella por teléfono.

A Mónica le incomodó sobremanera tratar el delicado asunto a través de un celular, sobre todo porque Clara Aparicio, desde las primeras frases, rechazó el absurdo de que su marido hubiera terminado *La cordillera*. Imposible. Tonto. Jalado de los cabellos. No quiso saber nada de eso. Mónica insistió. Adujo razones. Le contó a brincos la historia del padre de Macario González en el Indigenista. Y cuando pensaba que Clara Aparicio estaba a punto de cortar la comunicación creyó advertir en el silencio de la mujer, en su respiración, el surgimiento de una duda delgadísima expresada con un poquito de mayor calma en la reiteración final: Mientras no vea esos papeles no quiero saber nada.

Mónica podía sentirse tranquila. El principal problema, por el momento, acababa de resolverse. Juan Ascencio había realizado esa mañana la transacción, y ya tenía en su poder los treinta mil dólares en billetes de a cien.

Una llamada al celular de Macario González. Un intercambio de frases banales. Una cita en el Sanborns de San Antonio e Insurgentes porque Macario —dijo Macario— prefería hacer el intercambio en un lugar público. ¿Por qué en un lugar público?, se preguntó Mónica.

4

Cuando a Gerardo de la Torre le preguntaban quiénes habían sido sus mejores alumnos en la Escuela de Escritores de la Sogem, siempre citaba a Benjamín Palacios y al Pelón Sandoval. De ambos, Benjamín era el que más futuro parecía tener en las lides literarias. Dominaba el arte de la redacción y poseía un estilo sabroso, dúctil, rico en metáforas y aforismos como Juan Villoro. El problema residía en su imaginación enteca: se lo hacía ver De la Torre cuando presentaba sus cuentos en la clase de Construcción Narrativa del segundo semestre del diplomado.

—Lee más relatos —le sugería el maestro—; novelas sin ficción como las de Mailer o Tom Wolfe. En los hechos que ocurren todos los días hay historias por montones.

Después de concluido el diplomado, Benjamín Palacios inició una novela sobre los indocumentados que cruzan la frontera norte extraída de una situación real que leyó en *La Jornada*. Aunque arrancó muy bien, Benjamín no consiguió pasar del tercer capítulo porque era un joven flojo, disperso, inconstante. Ya fuera de la escuela, él y su amigo Sandoval —ése sí de efervescente imaginación, pero con serios problemas de sintaxis y ortografía— seguían reuniéndose con Gerardo de la Torre una vez por semana.

Gerardo era generoso: cada jueves, al concluir su clase de siete a nueve de la noche, congregaba a exalumnos y alumnos en la cantina sotanera del restorán La Doña; ahí, frente a la escuela de Sogem, en Héroes del 47 casi esquina con División del Norte. A veces jugaban dominó, pero la mayoría chismeaban de la escuela, de la política del país, o discutían sobre todo de literatura; charlas que terminaban siendo una prolongación de la clase.

Una noche, por algo que se dijo en el salón sobre Juan Rulfo, De la Torre se explayó en el fenómeno del rulfismo: ese contagio estilístico que sufrieron los jóvenes de los años sesenta tras la aparición de *El llano en llamas* y *Pedro Páramo*. Entonces surgieron seguidores a granel —los ejemplificó el maestro— como Tomás Mojarro en *Cañón de Juchipila* y Xavier Vargas Pardo en *Céfero*. Algunos superaron la influencia y encontraron con el tiempo su voz propia; otros dejaron de escribir. Y es que el contagio estilístico es mortal como el sida, dijo Gerardo de la Torre al tiempo que les citaba un patrón de la pegajosa sintaxis rulfiana: *Diles que no me maten, Justino. Así diles.* Ésa como revirada a la primera base del *Así diles, Eso fue lo que dijo, Eso hicimos, Así le dijo*, fue usada por Rulfo como muletilla en sus cuentos y en su novela, de tal suerte que quien la utiliza ahora cae inevitablemente en el rulfismo. Desde luego no faltan escritores que asumen la sintaxis rulfiana y la copian, según dicen, a manera de homenaje. Lo es, afirma el Gabo, el incípit de *Cien años de soledad*: "Muchos años después, frente al pelotón de fusilamiento, el coronel Aureliano Buendía había de recordar aquella tarde remota en que su padre lo llevó a conocer el hielo." La frase proviene de *Pedro Páramo*: "El padre Rentería se acordaría muchos años después de la noche en que la dureza de su cama lo tuvo despierto…".

—El rulfismo es cabrón cuando se convierte en fórmula —concluyó Gerardo de la Torre en la cantina de La Doña—. Aguas, muchachos.

Como a la una de la mañana, pasados de tragos, Benjamín Palacios y el Pelón Sandoval llegaron al departamento donde éste vivía con un amigo que andaba por Zitácuaro visitando a su madre enferma. Traían dándole vueltas al tema de Rulfo y el rulfismo que su maestro les encajó y les siguió encajando en la cabeza mientras le daban aventón hasta su departamento en la Narvarte, en el chevy de Benjamín. Todavía ahí, durante el viaje, Gerardo les habló de los fragmentos de una novela que Juan Rulfo no pudo terminar porque el genial escritor terminó convirtiéndose en víctima de su propio rulfismo.

—Los ismos no perdonan a nadie, ni a su propio creador —había sentenciando De la Torre en el momento de salir del auto y desaparecer en el edificio.

Fue cuando los jóvenes se fueron a beber al domicilio del Pelón.

El cuchitril del Pelón Sandoval y su amigo el de Zitácuaro parecía una bodega de libros por todas partes, cajas como muebles, ropa amontonada o dispersa por el piso.

Benjamín se tiró en la cama del Pelón, la otra rebosaba de triques.

—¿Y si nosotros armamos esa novela? —dijo el Pelón Sandoval en tanto buscaba con desesperación una botella de ron añejo. Carajo, dónde está. La guardó el miércoles en el último cajón de su clóset y no aparecía en ningún lado. Seguro se la bebió su amigo el de Zitácuaro, pinche cabrón.

—¿Cuál novela? —preguntó Benjamín.

—Ésa que dice Gerardo. Agarramos los fragmentos y la escribimos de principio a fin. Bueno, la escribes tú, mejor dicho.

—Estás pedo. ¿Para qué?

Benjamín Palacios era bueno para los pastiches. Cuando aún estudiaba en la Sogem llevó a la clase de Gerardo de la Torre, no los cuentos que el maestro les pidió de tarea sino varios textos inconexos. Eran remedos de autores famosos; se había inspirado en lo que hacía Cabrera Infante en *Tres tristes tigres*. Así como el cubano escribió varias páginas a la manera de Carpentier o de Hemingway, así Palacios presentó tres pastiches perfectos:

uno imitando a Arreola; los otros dos, mucho mejores, a José Agustín en sus narraciones onderas. No sólo De la Torre, todo el grupo lo celebró hasta con aplausos.

El Pelón Sandoval trajo a cuento aquellos pastiches cuando ya Benjamín se despedía rumbo a su casa. No había trago. Ya era muy tarde. Mañana tenía que trabajar.

—Tú podrías imitar a Rulfo cagado de la risa.

—Ya te dije, para qué.

—¿Sí, verdad? Para qué.

El para qué lo resolvió el compañero de cuchitril del Pelón Sandoval cuando regresó de Zitácuaro, una semana después. A él también lo jalaba la literatura. Intentó estudiar Letras Hispanoamericanas en la UNAM, pero cambió de rumbo y se inscribió en la escuela de teatro de Bellas Artes, donde estudió actuación con Claudia Ríos. Tenía vis cómica, tanto que ahora se ganaba la vida como payaso enano de fiestas infantiles y como trenzador de globos en los VIPS domingueros. Se llamaba Macario González.

—Si nosotros le ayudamos, me corto un huevo si Benjamín no escribe *La cordillera* mejor que Rulfo —afirmó Macario ya enterado del asunto—. Además de que sería de pelos como experimento, estoy seguro de que le sacaríamos una lana.

No concibió el plan de golpe. Lo fueron ideando los tres poco a poco hasta llegar a la convicción de llevarlo a cabo con la precisión de un crimen perfecto. Benjamín Palacios se encerraría a releer *El llano en llamas* y *Pedro Páramo*, a aprenderse de memoria los fragmentos de *Los escritos de Juan Rulfo* y a consultar cuantos libros y ensayos existieran sobre el genial narrador. Un libro de crítica de novecientas páginas terminó resultando fundamental a Benjamín: *Juan Rulfo / Toda la obra*, coordinado por Claudio Fell para la colección Archivos y editado por el Consejo Nacional para la Cultura y las Artes en 1992.

Mientras Benjamín se hundía en la montaña de textos, Macario González y el Pelón Sandoval urdieron la operación. Necesitaban encontrar la manera de convencer a todo mundo de que Rulfo sí había escrito *La cordillera*.

Macario se sacó un as de la manga. Su padre ya fallecido, Domingo González Aburto, había trabajado en el Instituto Nacional Indigenista en la época de Rulfo. Ahí conoció al maestro, aunque nunca intimó con él. Entre las mugres y papeles que Domingo González dejó al morir, su hijo encontró un memorándum por vacaciones y una carta de recomendación con membretes del Indigenista. Entonces, en una vieja imprenta de San Pedro de los Pinos, Macario y el Pelón mandaron hacer un cliché idéntico; con él les imprimieron quinientas páginas de papel bond con membrete. En esas hojas, y utilizando la vieja Olivetti de los tíos del Pelón Sandoval, Benjamín pasaría en sucio su pastiche de *La cordillera*. Luego, un amigo químico les agregó la pátina del tiempo: las sometió a la luz solar y les roció con spray una solución de alquitrán que las amarilló ligeramente.

Tardó más de seis meses Benjamín, ahora sí disciplinado y constante. A cada rato echaba madres ante sus cómplices, aunque se veía entusiasmado por el esfuerzo. Gerardo de la Torre tenía razón. Cuando se parte de una realidad —en este caso una novela en potencia prefigurada por aquellos fragmentos— se vuelve más sencillo el trabajo porque se reducen las exigencias de la imaginación y se despierta la fantasía gracias al imperativo de ir desarrollando, por aquí o por allá, cada personaje, cada trama, cada nueva historia imprevista. El escribir impulsa al escribir. El autor se encarrera sin sentirlo. Se emociona frente al reto. Se entusiasma con los hallazgos. Busca ansiosamente llegar al final para develarse a sí mismo el misterio de lo que escribe. Eso le iba sucediendo poco a poco al remontar su cordillera de palabras. Creía escribir la novela de Rulfo pero estaba escribiendo su propia novela.

Cuando de un tirón leyó por primera vez en la computadora la obra completa, sintió ese júbilo íntimo de quien culmina por fin una aventura literaria. Un corto circuito que crispa la piel. Una especie de orgasmo entre erótico y místico. Una experiencia abrumadora para la que no existen palabras, como diría Gerardo de la Torre.

Luego vino la talacha de pasarla en sucio en el reverso de las hojas membretadas y la delicada tarea de falsificar las enmendaduras con la letra inclinadita de Rulfo, remedo de la caligrafía Palmer. Esa tarea le correspondió al Pelón Sandoval, muy ducho para copiar esa *t* cuyo palito horizontal era trazado de pronto con el copete de la *o* vecina que giraba como regresando a la izquierda para completar la *t*. Tachaba igual a los tachones de Rulfo: a veces con *xxxxx*, otras a mano, con un rayón horizontal, enérgico.

Después de calibrar a dos o tres posibles jueces del manuscrito, la elección de Mónica Lezama surgió como por casualidad: porque Macario la conocía y porque en un programa del canal 22 la oyeron hablar sobre el fallido proyecto de *La cordillera*.

—¡Ella, ella es! —exclamó Macario mientras los tres veían el programa—. Alucina por Rulfo, mírenla. Además es ingenua. Sabe mucho pero es ingenua, se los garantizo.

De la escena teatral en el departamento de la escritora se encargaría el propio Macario, desde luego: como dramaturgo, como actor y como director de la puesta en escena: teatro invisible a la manera de Augusto Boal.

—¿Y cuánto vamos a sacar por esto? —preguntó el Pelón el día en que Mónica Lezama citó a Macario.

—Nada. El puro gusto de haberlo hecho —dijo Benjamín—. Yo me daría por bien pagado si se llega a publicar.

—¡No mames! —gritó Macario—. De perdis hay que sacar un millón.

—No no, aguas —dijo el Pelón—. Si pides tanto nos mandan a la chingada, fácil. Se ponen a investigar, nos agarran y hasta al tambo vamos a dar.

—Por un crimen perfecto nadie cobra —dijo Benjamín—. Como dice Hammet, todo el placer es para el asesino.

—¿Y nuestro trabajo? ¿Y el dinero que invertimos? Tu tiempo, Benjamín. Tú fuiste el que más se chingó y te quedó a toda madre, la verdad. Se van a quedar con el ojo cuadrado, se la van a dejar meter todita, me cai que sí.

—Cien mil —dijo el Pelón.

—Quinientos mil —dijo Macario.

Quedaron de acuerdo en pedir trescientos mil o menos, si había regateo. Macario hablaría en dólares para darle más caché al precio. Se los distribuirían con justicia: Macario y el Pelón, setenta y cinco mil cada uno. Ciento cincuenta mil para Benjamín por aquello de la mayor chinga.

—Es más de lo que me pagarían si fuera mi novela —dijo Benjamín.

—Es tu novela —dijo el Pelón.

5

El mismo viernes en que Macario González recibió de Mónica Lezama los treinta mil dólares en billetes de a cien, en el Sanborns de San Antonio e Insurgentes, Benjamín Palacios se embriagó a solas en El Negresco de la calle Balderas. Era la cantina predilecta de su padre, donde se volvió alcohólico. Ahí sufrió su más dura crisis, que terminó arrojándolo como un fardo en el Monte Fénix; lo atendieron y salvaron durante seis semanas de terror y espanto que no se le desean a nadie, según platicaba después en sus sesiones de Alcohólicos Anónimos. Y ahora que el padre de Benjamín parecía curado para siempre, era Benjamín quien empezaba a beber fuerte como por herencia, como para no desarraigar de su familia las delicias del alcoholismo. Ron tras ron sólo pensaba en *La cordillera*, no salía de lo mismo. Era su novela pero no era su novela. La había soñado, ambicionado tanto. La había escrito al fin, aunque manchada por la deshonra del plagio, por el pago de aquellos quince mil dólares idénticos a los treinta denarios para un Judas de pacotilla, jijo de la chingada, pergeñador de un pastiche genial e inmundo al mismo tiempo; ojalá y todos se fueran a chingar a su madre empezando por el Pelón a quien se le ocurrió la vacilada y siguiendo por el pinche payaso de Macario que lo obligó a sentarse a escribir lo que nunca debió escribir cuando tenía pendiente la hazaña de su novela original aplazada durante años por culpa de la desidia y por miedo a enfrentarse al reto inmenso de convertirse en escritor de verdad, no en este simple simulador cuyo infamante crimen ya no podría arrancarse de la piel: porque cuando la gente comprara *La cordillera* no se daría cuenta de que lo estaba leyendo a él. La novela era toda de él, qué chingados, no era de Rulfo, nunca fue de Rulfo. Rulfo no pudo, no quiso, no logró aceptar el desafío: se lo cedió a él para que fuera él, miserable fracasado, quien se hiciera cargo de perpetuar el genio del genio por antonomasia, del mejor novelista mexicano del siglo veinte, bebedor de cantinas, briago también después de *Pedro Páramo*, que se fue desmoronando como si fuera un montón de piedras, igual a mí o a usted, maestro Rulfo; esta última va por usted, solamente por usted; por la penúltima, salud; una y mil veces salud, querido Juan Rulfo.

Esta taralata, o alguna semejante, se la vomitó Benjamín Palacios a un Gerardo de la Torre desconcertado, atónito.

Salió Benjamín de El Negresco, abordó un taxi que se resistía a llevarlo, y pasadas las doce de la noche se presentó en el departamento de su maestro para soltarle la neta de las netas, diría el Pelón. Escupió toda la historia de aquel crimen perfecto, desde ese maldito jueves en que Gerardo les hablaba y hablaba del rulfismo —¿te acuerdas, maestro?—, hasta este pinche viernes en que el payaso de Macario le entregó los quince mil dólares de su paga como si él fuera el pistolero a sueldo de *El Chacal*.

Benjamín profería la historia con incoherencias mil, con frases mochadas, con exabruptos de pronto, con alteración de tiempos narrativos, con autoelogios de chingonería personal porque la novela, te lo juro Gerardo, la vas a leer algún día, me quedó como le quedaría a un premio Nóbel, me cai, soy un escritor de poca.

Por momentos, a De la Torre le parecía estar oyendo-leyendo a un francés del *nouveau roman*. Tenía que reacomodar los tiempos y ordenar en su mente las frases para extraer del despeñadero de palabras la narrativa de una historia imposible de creer.

—¿Pero qué hicieron, carajo!, ¿qué hicieron! —gritaba Gerardo.

—Eso hicimos —respondió Benjamín con una mueca de ironía.

—¿Y ya la aceptó la familia? ¿Y la van a publicar?

—Claro que la van a publicar, es una chingonería —dijo Benjamín en su último intento de coherencia—. No se lo digas a nadie; secreto de confesión, secreto de confesión —luego tendió el cuerpo hacia un lado, hacia atrás, igual que una playera en el tendedero, y se quedó jetón en el sofá de su maestro. Así se quedó.

Como el padre Rentería de *Pedro Páramo*, Gerardo de la Torre se acordaría muchos meses después de la noche en que Benjamín Palacios llegó a su departamento a contarle la ejecución de un crimen perfecto.

Buscó la botella de ron. Se sirvió un trago, dos. Se paseaba de un lado a otro en su estudio. Miraba de cuando en cuando a Benjamín, inconsciente en el sofá, regurgitando la peda, muerto o dormido para siempre.

¿Qué debería hacer?: ¿delatar a sus alumnos o traicionar a Rulfo y dejar que *La cordillera* se publicara? Abrumado por el dilema, Gerardo salió de su guarida a caminar las calles nocturnas de la colonia Narvarte.

A la manera de O'Henry

Valentín Patiño era un albañil pendenciero y cabrón que trabajaba como fierrero en las obras del segundo piso del Periférico.

Nunca, nunca, comience un cuento de este modo, querido escritor —diría O'Henry—. Difícilmente puede concebirse un principio peor.

Además del empleo de la palabrota cabrón —intolerable, según O'Henry—, la voz narrativa comete el error de condenar de entrada al supuesto protagonista de la historia. Debe usted dejar que sea el lector quien emita su propio juicio después de conocer las acciones que realiza Valentín Patiño. Son únicamente las acciones y los dichos los elementos por los cuales se puede decidir si el personaje es o no un mal tipo.

Empezaré entonces de otra manera. Vamos a ver.

Valentín Patiño llegó a su casa bamboleándose. Vivía en una humilde construcción de tabiques prefabricados y láminas de cartón como techo, levantada por él mismo y ayudado por su compadre Gabito en una colonia de paracaidistas, allá por las barrancas de Mixcoac. Empujó la puerta de fierro —que se atoraba a cada rato por culpa de las bisagras mal soldadas—, y luego de entrar y cerrar escupió un viscoso gargajo. Sacudió la cabeza. Se frotó con el dorso de la mano las babas que le escurrían de la boca.

Tal vez O'Henry vería mal los excesos de esta descripción. Basta con dos o tres datos significativos para situar el lugar de la acción —escribió alguna vez—. El amontonamiento de detalles abruma y distrae al lector.

A reserva de corregir el párrafo, prosigo:

Aniceta volvió apenas la cabeza cuando entró su marido.

En realidad, Valentín no era su marido. Se había arrejuntado con él luego de que se le murió de tifoidea su mocoso de dos años y de que enseguida la abandonó Gabito el cacarizo: ése sí, marido por el civil y por la iglesia.

Los dos hombres, Gabito y Valentín Patiño, eran amigos, compadres y albañiles de oficio, fierreros ambos. Pero en el momento de abandonar a Aniceta, Gabito renunció a su chamba de tantos años y dejó las obras del segundo piso del Periférico para tratar de cruzar la frontera como indocumentado, por Mexicali. Si Gabito logró cruzar o no cruzó es cosa que ni Aniceta ni Valentín sabían. Nada sabían ya del paradero de Gabito, ni siquiera hablaban de él por el incidente ocurrido en el pasado, cuando el mocoso de Aniceta y Gabito vivía sano y feliz.

El incidente en cuestión —para contarlo de una vez— consistió en que una noche en que Gabito se vio obligado a trabajar turno doble en el tramo Las Flores-Altavista, Aniceta se empezó a calentar y a calentar en su casa con las palabras engañosas que le decía su compadre Valentín, con una botella de aguardiente de por medio. Y en menos de que se suelda un perno a una vigueta de sostén, el perno del canijo Valentín se hundió en la entrepierna de Aniceta con la contundencia de una llamarada de soplete.

No sé qué pensaría O'Henry ni qué pensarás tú, generoso lector, después de estas parrafadas de antecedentes. Se me ocurrieron, como toda la historia, en el momento mismo de escribir.

Y eso está mal porque antes de sentarse a la máquina —ha dicho O'Henry—, uno debe conocer de principio a fin la historia por contar. Por eso, porque no estoy muy seguro de haberme dado a entender, puntualizo.

Estábamos en que Aniceta fue mujer legítima de Gabito, en que Gabito abandonó a Aniceta, y en que luego de abandonada, Aniceta se arrejuntó con Valentín Patiño, quien es el protagonista del cuento.

Por lo que hace a la acción presente, estábamos en el momento en que Valentín llegó bamboleándose a su casa, en que escupió un viscoso gargajo y en que se limpió la boca babeante con el dorso de la mano.

Aniceta volvió apenas la cabeza cuando entró el hombre con quien vivía arrejuntada. La mujer se hallaba frente al fogón, calentando los tlacoyos que bajaba a vender en el lindero donde la colonia de paracaidistas se avecindaba con el barrio de Ameyulco. Cuando no vendía todos los tlacoyos, recalentaba los sobrantes y los daba de cenar a Valentín —también a Gabito, antes—. Si había tenido suerte de agotar su mercancía, entonces le preparaba quesadillas de huitlacoche o tacos de frijoles refritos y chiles cuaresmeños.

Valentín comía poco, la verdad; prefería llegarle a las chelas que guardaba celoso en una heladera o al aguardiente a pico de botella. Bebía mucho, mucho, Valentín Patiño. Antes no. Antes, a la hora en que él y Gabito regresaban del trabajo, Gabito lo invitaba a su casa de Ameyulco —donde nació el chamaco, donde se gestó la traición de Valentín y Aniceta— y el compadre del alma, es decir, Valentín, aceptaba a lo mejor un solo trago de aguardiente, se comía un par de tlacoyos y temeroso de que se le fueran los ojos tras la nalgas de Aniceta, se despedía rapidito. Rumiando malos pensamientos sobre la mujer de su amigo, Valentín trepaba luego la vereda hasta donde empezaba a construir entonces su casita de tabiques prefabricados y láminas de cartón: ésta, donde ahora se encuentra Aniceta recalentando los tlacoyos para la cena de Valentín Patiño.

Apenas volvió la cabeza Aniceta cuando entró Valentín bamboleándose y se dejó caer sobre la silla de madera y bejuco. De sopetón asentó el hombre su trasero como si regresara agotado del trabajo, más bien del largo trayecto hasta su casa: dos horas en lo que caminó a la parada de peseros, en lo que esperó al maldito camión atiborrado, en lo que sufrió el interminable recorrido entre empujones, en lo que batalló a codazos para salir, bajar de un brinco y agarrar camino a pie hacia las barrancas de Mixcoac sin detenerse, o deteniéndose, ya ni modo, en el tendajón de don Polito para echar un aguardiente con los cuates de siempre. Ahí se daba la conversa, el chisme, el albureo cuando no las preguntas insidiosas: el qué has sabido de Gabito, ¿ya cruzó pa California?, o también las pullas maledicientes que lo hicieron esa noche levantarse porque El Mocos algo dijo, el muy cabrón, sobre Aniceta y su tenderete de tlacoyos: risa y risa la canija Aniceta con su prima la Rosario y un tal Paco, la otra tarde, cuando a ti te enjaretaron turno doble —¿sí te acuerdas, Valentín?— y ya ni modo que llegaras a dormir.

Mucho coraje le dio a Aniceta ver que su hombre llegaba otra vez cayéndose de borracho. No se fue Valentín a tirar directo al catre, como casi siempre, a babear y a dormir la peda. Se quedó ahí cerquita sentadote y mudo hasta que un eructo, como gemido de toro, tronó contra las láminas de cartón y rebotó en la piel chinita de Aniceta.

—¡Pinche trabajo! —rugió Valentín.

—¿Quieres cenar? —preguntó Aniceta.

O'Henry aplaudiría sin duda: ya estamos en la acción. Pero antes de aceptar el aplauso necesito ofrecerte una disculpa, atento lector, porque tal vez sepas nada o muy poco de este O'Henry al que me he venido refiriendo desde el principio del cuento. Si lo conoces, si lo has leído, puedes ahorrarte los siguientes párrafos.

O'Henry nació en Carolina del Norte, Estados Unidos, en 1862, y murió de cirrosis —era un alcohólico irredento— en Nueva York, en 1910, a los cuarenta y ocho años. Antes de convertirse en "uno de los grandes maestros del cuento corto" —como lo califica su antologador, el español Juan Ignacio Alonso— trabajó como peón de rancho, como dependiente de una *drugstore*, y finalmente como cajero del First National Bank de Austin.

Su sed alcohólica o su cotidiano contacto con los billetes verdes impulsaron un día a O'Henry a extraer, para su propio provecho, una considerable cantidad de dólares. El banco detectó el robo y a él le entró pánico. Sin avisarle a su esposa, la sufrida Athol Estes Roach —con quien tenía dos hijos—, O'Henry huyó a Nueva Orleans y de allí se embarcó a Honduras. Anduvo dos años prófugo hasta que se enteró de que su esposa estaba agonizando. Regresó a verla morir y lo agarraron. Lo sentenciaron a cinco años de cárcel.

Aunque ya había escrito cuentos humorísticos para *The Rolling Stone* —un semanario que fundó él mismo en Austin y resultó un fracaso—, fue en la cárcel donde el norteamericano empezó a escribir en serio. No quería firmar sus cuentos con su nombre, William Sydney Porter, porque se sentía un proscrito. En busca de un seudónimo se acordó del gato de su casa, un animal travieso de cuyas diabluras se quejaba a cada rato la familia: ¡Oh, Henry!, ¡Oh, Henry!, decían. Y William Sydney Porter se convirtió en el escritor O'Henry.

—¿Quieres cenar? —preguntó Aniceta.

Valentín negó con la cabeza. Volvió a escupir sus gargajos y a limpiarse la boca con el dorso de la mano. Miraba a Aniceta como si quisiera trepanarle la nuca.

—¡Eres una puta! —gritó.

No era la primera vez que el fierrero la insultaba con la misma palabrota, así que Aniceta permaneció de espaldas, vuelta y vuelta a los tlacoyos en el comal.

—¡Puta!

Aniceta giró en redondo y lo miró por fin. Valentín se mantenía de pie, balanceándose como un muñeco de cuerda y tratando de conservar la vertical. Los ojos inyectados. Las babas, que en sus arrebatos de beodo emplastaban los cachetes y el cuello de su vieja cuando trataba de besarla, le escurrían ahora por las comisuras de sus belfos.

—¡Te metiste con el Ojitos!

—¡No es cierto, cabrón!

—Y con el pendejo de Paco. ¡No mientas, puta, me lo acaban de contar!

En ese momento, Aniceta se dio cuenta de que ocurriría lo de siempre, lo inevitable.

O'Henry sostiene que el escritor no debe adelantar nunca lo que va a ocurrir en una historia. Y habría que hacerle caso. Lo mismo a su recelo contra el abuso de las palabrotas, ya lo dije. Los cuentos que hicieron famoso a O'Henry son pulcros, delicados. Aunque sus personajes sean de condición humilde, derrochan decencia, y si el escritor se ve obligado a utilizar a un vago o a un miserable como protagonista, lo hará hablar correctamente, incluyendo si acaso, por supuesto, un par de términos coloquiales del argot popular.

Por buena conducta —no hacía más que escribir—, a O'Henry le conmutaron la pena. Salió de la cárcel después de tres años y se fue a vivir a Nueva York, donde el *New York World* le encargó escribir un cuento a la semana para la edición dominical. Esos cuentos, que redactaba puntualmente, con una botella de whisky al lado, le hicieron ganar más dinero, mucho más, que el ganado por sus antecesores: Poe, Mark Twain, Saroyan, Jack London. En calidad literaria no está a la altura de ellos ni de los grandes que vinieron después —Hemingway, Salinger, Carver—, pero lo sorpresivo de sus tramas, el factor azaroso, la habilidad para atornillar las vueltas de tuerca, todo dentro de una narrativa muy apetecible al gran público lector, le dieron una fama universal que compartió —según los críticos— con su contemporáneo francés: Somerset Maugham. Ambos, no en balde, incluidos frecuentemente en *Selecciones del Reader's Digest*.

El primer trancazo fue lanzado con el revés de la mano izquierda, pero Aniceta logró girar a tiempo la cabeza y el golpe de Valentín sólo alcanzó a escocerle el maxilar. Luego vino el empellón.

Como un toro, Valentín embistió su cuerpo contra la mujer y ella recibió el encontronazo frontalmente, sobre su vientre embarazado. Cayó hacia la derecha, encima del fogón, arrastrando consigo el comal de los tlacoyos y derrumbándose luego en el piso de tierra.

Allí empezaron las patadas, una tras otra, una tras otra, con las puntas de los tenis convertidas en punzones de un taladro que magullaba sus pechos, su cuello, la cara que Aniceta trataba de proteger con las manos. Jadeante, siempre fúrico, Valentín contuvo las patadas y con ambas manos levantó a Aniceta de un envión; la prensó de la ropa con la izquierda, mientras extendía hacia atrás el brazo derecho obligando a su codo a servir de gozne. Desde ahí, igual que si estuviera en un ring, soltó con el puño cerrado un recto brutal contra el pómulo de la mujer. Aniceta cayó como un costal, sangraba.

Una guacareada apestosa brotó de las fauces de Valentín. Tuvo que detenerse por instantes de la pared, cerca de los jarros y los trastes que rodeaban el fogón.

Luego retrocedió de espaldas, tambaleante, hasta dejarse caer bocarriba sobre el catre. Era Valentín el que parecía el noqueado, inconsciente en la lona de una arena de box.

Una fotografía tomada en los tiempos de gloria de O'Henry —fueron diez años los que lo hicieron sentirse el mejor escritor de Estados Unidos— lo muestran posando ante la cámara cual un dandy del continente americano. Se parece un poco al Hemingway de 1937 o a un Anthony Hopkins cuarentón. Sus ojos hundidos de importancia; el cabello en ondas peinado con raya en medio y la cabeza apoyada apenas sobre los dedos encogidos de su mano derecha. Presume un saco oscuro de amplias solapas. Un cuello postizo, de blancura almidonada, se abre apenas para exhibir el nudo de una corbata en cuyo vértice brilla un fistol redondo. La corbata se pierde un poco más abajo detrás del chaleco. El bigote de O'Henry se antoja delineado por un peluquero experto: espeso bajo las aletas de la nariz y con las puntas levantadas para formar dos arcos simétricos, impecables. Se sabía guapo el exitoso O'Henry.

Tanta era la cercanía de O'Henry con su público invisible, que en algunos de sus cuentos se permite dirigirse familiarmente a sus lectores. Utilizando el *querido lector*, el *le ruego al lector que tenga en cuenta*, el *comprenderá el atento lector*, suele interrumpir el discurso narrativo para deslizar, a veces, cápsulas didácticas sobre sus teorías literarias. Todo como un juego.

Aturdida, sangrante de la nariz y de la boca, Aniceta se irguió con dificultad. Le punzaba la quijada como si estuviera rota y la pierna derecha parecía incapaz de sostenerla. Nunca antes había recibido una tranquiza de tamaña brutalidad. Nunca antes había sentido, brotándole desde los adentros, esa rabia que se le atoraba en el cogote, ese sentimiento de humillación y de rebeldía, ese odio contra el hijo de su rechingada madre.

Ahí estaba Valentín, perdido de la mente en el catre, ahogado por la borrachera.

Aniceta lo miró largo rato mientras los lagrimones le escurrían por los pómulos: se llenaban de sangre, de mocos, de tierra.

Sobre el piso del cuartucho redondo se esparcían los tlacoyos, y las manchas de salsa eran una herida más en el suelo. Desde las barrancas llegaba como un aliento alegre la música de una canción ranchera emitida por un radio en despiste. Ladraban los perros de todas las noches.

Cojeando, bufando, Aniceta avanzó hasta el rincón donde Valentín amontonaba sus triques de trabajo: una caja de herramientas, un soplete en desuso, un martillo, un rollo de alambre. Algunos trozos de varilla corrugada, residuos de las que sirvieron para levantar los castillos de aquella construcción, se erguían en una esquina apoyados contra la pared.

Aniceta tomó una de las varillas. Caminó hasta el catre. Empuñó el trozo de fierro como si fuera una lanza y lo encajó de punta, con todas sus fuerzas, henchida por el dolor y la ira, en el vientre de Valentín.

El cuerpo del hombre se sacudió como un sapo, acompañado en el espasmo por un alarido horrísono. Los ojos brincaron. Valentín despertó, y despierto, sofocado entre el dolor y el pánico y la pesadilla, recibió el segundo estoconazo, el tercero, el cuarto... todos los que logró descargar Aniceta hundiendo y extrayendo el trozo de varilla corrugada sin detenerse a pensar lo que hacía, sin dar tiempo a que Valentín se defendiera y luchara contra la muerte que le llegó en forma de vómito y lo entiesó para siempre luego de las convulsiones y el reguero de sangre y los ruidos agónicos de la panza y los quejidos que se revolvieron con ese ronco estallido del final.

Aniceta soltó el fierro. Retrocedió. Se apoyó contra la pared. Su espalda fue resbalando poco a poco hasta dejar a la mujer de nalgas, llorando.

En su prólogo a los *Cuentos de Nueva York*, el español Alonso dice algo muy bonito de su antologado:

"En los cuentos de O'Henry prevalece una visión positiva del ser humano, inmerso en una realidad diaria muchas veces alienante y gris, pero en la que siempre existe un resquicio para el amor, la amistad, la ventura o la esperanza."

Injurias y aplausos para José Donoso

José Donoso llegó a México en 1964. Amigo de Carlos Fuentes, de Tito Monterroso y del productor chileno de televisión Valentín Pimpstein, su fama de novelista era apenas reconocida aquí. Se la debía a dos novelitas, *Coronación* y *Este domingo*, publicadas en Zig Zag: aquella editorial chilena cuyos títulos llegaban muy de cuando en cuando a la librería Zaplana.

Sin duda por recomendación de Carlos Fuentes, Donoso irrumpió como crítico literario en las páginas de *La cultura en México*, el suplemento de Fernando Benítez en la revista *Siempre!* Durante años, desde que el suplemento se publicaba en las páginas de *Novedades*, Benítez había hecho creer que la cultura en nuestro país sólo era ejercida por su estrecho y celoso clan de amigos. Por eso se hablaba de la mafia de Benítez y por eso sorprendió que José Donoso —ajeno a toda esa politiquería— orientara sus críticas a escritores poco apreciados por el suplemento.

La primera crítica de Donoso fue sobre *Los albañiles*, y más tarde escribió sobre *La cólera secreta* de Luisa Josefina Hernández y sobre *Beber un cáliz* de Ricardo Garibay.

El análisis de *Los albañiles* era sesudo, largo —más largo y profundo que todo lo escrito sobre mi libro—, pero implacable. Afirmaba que era una novela fría, deshumanizada: *Todo está analizado y disecado, y tiene la seducción de esos dibujos técnicos hechos con compás, regla y escuadra, que a veces suelen ir tanto más allá de lo propuesto por el dibujante*.

Por supuesto me dolió la crítica de Donoso, pero agradecía al mismo tiempo el interés del desconocido por analizar al detalle mi novela que críticos como Emmanuel Carballo cancelaron de un simple descontón. Quise conocer a José Donoso y, por intermediación de Valentín Pimpstein, Estela y yo nos encontramos con él y con María Pilar, su esposa, en casa de Valentín.

Donoso era un hombre fascinante pronto a volverse amigo de los que deseaban hablar de literatura, sólo de literatura. Para él no había otro tema. Se desbordaba recordando a Henry James como el "inventor" del punto de vista y maldecía los juegos formales del *nouveau roman* francés que intentaban congelar la savia del arte literario.

Cuando conversaba le temblaba el labio inferior en un tartamudeo provocado por decir más cosas de las que cabían en su boca repleta de palabras, de ganas de discutir, de añadir algo, de pelearse con el interlocutor porque lo importante de la novela, Vicente, es contar historias, historias, historias. Y citaba autores, novelas, cuentos, obsesionado siempre por la narrativa: nada de teatro, nada de cine, nada de televisión.

Voluntariamente exiliado de Santiago de Chile, donde la estrechez de los ambientes literarios lo ahogaba —decía—, Donoso había decidido radicarse en México con María del Pilar seguro de que en México estaba surgiendo una literatura importante y donde los ambientes literarios no sufrían el enrarecimiento chileno.

—No sueñes —le replicaba yo.

Primero alquilaron una casa cerca del Ángel de la Independencia, por las calles de Tíber, a donde Estela y yo los visitábamos. Me recuerdo caminando con Donoso por la colonia Cuauhtémoc, contagiado de su obsesión literaria, por momentos enfermiza, y oyéndolo hablar de un proyecto de novela grandota que traía atorado en el alma. Pensaba en una novela polifónica con un ambicioso juego de puntos de vista. Personajes que en una historia eran comparsas se convertían en protagonistas en otra, y viceversa. No podía avanzar, se quejaba. Se le hacían nudo las anécdotas. Lo desbordaban y trataba de compartir conmigo un drama que años después padecí en carne propia: el drama de la página en blanco, del no poder avanzar por ese túnel en que se convierte un tema inasible, nebuloso, atascado por palabras inexpresables en el momento de sentarse a la máquina. Están ahí pero la escritura, el trabajo mecánico de acomodar frases y convertir en objetos-imágenes las visiones, no consigue transformarlas en hechos, episodios, anécdotas.

De la colonia Cuauhtémoc, los Donoso se trasladaron a una hermosa casa alquilada en Cuernavaca, en el rumbo de Acapatzingo. Estela y María Pilar habían hecho una buena relación y entre semana por las noches, o en domingo con las hijas, nos descolgábamos por allá y compartíamos horas y horas de charla inacabable.

Donoso ya tenía el título de su novela, *El obsceno pájaro de la noche*, pero la novela continuaba frenada. Para salir del empalamiento decidió desprender de su polifonía en proceso una de las muchas historias que se había imaginado, y la escribió de golpe y la publicó en seguida en Joaquín Mortiz. Era una noveleta excelente: *El lugar sin límites*.

Eso alivió por momentos su neurosis y le permitió insistir en *El obsceno pájaro de la noche* ya liberado de la historia del burdelito aquel.

Se sintió mejor. Parecía más contento. Sobre todo porque invitaba a su casa de Acapatzingo a cuanto escritor le caía bien o le interesaba. Allá iban Tito Monterroso y Gustavo Sainz, y ahí se peleó con Ibargüengoitia —según me contó Ibargüengoitia— porque Donoso se atrevió a ponerle peros a *Los relámpagos de agosto*.

A los seis meses de su llegada a México, José Donoso ya era una figura del ambiente literario mexicano, de los excluidos y de los incluidos en el clan de Fernando Benítez.

Todos lo conocían. Estaba en todas partes: en todas las reuniones, hablando y hablando siempre de literatura.

En julio de 1965 ocurrió la tragedia.

Donoso publicó en el número 178 del suplemento *La cultura en México* una larga crítica sobre la novela de Ricardo Garibay, *Beber un cáliz*. La analizaba con fascinación y con dureza —como acostumbraba hacerlo en todos sus textos—, pero aprovechaba el viaje para hacer un repaso de la literatura mexicana que había devorado durante su estancia en México. La acusaba de sequedad y decía, en un párrafo que merece ser transcrito:

Esta sequedad se siente en la prosa mexicana de hoy: literatura de grandes generalizaciones, buscadora de esencias, en la que lo íntimo del individuo carece de interés e importancia, está emparentada más bien con la historia y los mitos tras los cuales la emoción se agazapa vergonzante. Esto no es señalar un defecto sino simplemente apuntar una característica, y resulta curioso pensar en las máscaras, todas de naturaleza intelectual, con que los prosistas mexicanos esconden su sentir. Carlos Fuentes y Vicente Leñero, tan distintos entre sí, son ejemplos típicos: el primero porque para él nada es o existe simplemente, todo es parte de interpretaciones y análisis en su avidez de significados; el segundo reduce los juegos de la vida a experimentos geométricos, fascinantes ejercicios formales que suelen quedársele en el tablero de dibujo. Juan García Ponce, que podía haber vencido el miedo y contribuido con algo original, oculta la emoción —y casi todo lo demás—, bajo una maraña de manierismos demasiado ingenuos, y de vulgares fórmulas de moda. Mientras que Arreola y Pacheco lo enredan todo en exquisiteces estilísticas. Sólo Rulfo es excepción. Pero claro que Rulfo es fuera de serie en todo y en todas partes.

Sin duda este párrafo era para irritar a más de alguno, a los implicados desde luego. El caso es que al término de la crítica de Donoso, después del punto final, apareció impresa, en letras negritas, una frase insólita que decía:

Muy bueno para criticar pero es una pobre bestia...

La sorpresa de quienes leyeron el texto de Donoso, rematado con aquella injuriosa apostilla, fue mayúscula. Donoso mismo se fue de espaldas. No sólo se fue de espaldas: herido por el golpe que intentaba desacreditar su escrito, sufrió un reventón de úlcera y Tito Monterroso se vio obligado a ir por él hasta la casa de Acapatzingo e internarlo de urgencia en la Clínica Londres.

María del Pilar se veía angustiada cuando Estela y yo visitamos a Donoso en la clínica, postrado en la cama y atado por una telaraña de sondas.

Apenas se repuso, Donoso preguntaba obsesivo: Quién fue, quién fue, quién fue. Sospechaba de José Emilio Pacheco y de Juan García Ponce, porque tenían acceso a la edición del suplemento, pero yo lo tranquilizaba diciendo que ponía las manos al fuego por José Emilio:

—Él es incapaz, Pepe, te lo garantizo.

Los corrillos literarios se animaron con un escándalo que Luis Guillermo Piazza reseñó luego en su libro *La mafia*.

Antes de eso, dos números después, el propio Fernando Benítez publicó en *La cultura en México* una *Aclaración debida a Donoso* en la que empezaba por afirmar *abiertamente ni Rojo* (director artístico del suplemento), *ni Pacheco* (jefe de redacción), *ni yo, tenemos hasta el momento la menor idea de quién pudo ser su autor* (de la frase) *ni de la forma como llegó a colarse.*

Y abundaba Benítez, en su amplia aclaración:

La intromisión fantasmal nos ofende y perjudica a nosotros, no a José Donoso, porque no sólo es ajena a nuestras normas editoriales, sino que las contradice abiertamente. José Donoso es nuestro amigo, un gran escritor y un colaborador que ha venido a darle a nuestra sección de libros el dinamismo y la fuerza polémica de que a veces carecía [...] Ahora bien, nosotros somos responsables de los textos, de las cabezas, de los grabados y de los pies de grabado publicados en el Suplemento, pero no somos responsables de lo que de una manera furtiva y dentro de un sistema en el que intervienen muchas manos, pueda colarse subrepticiamente. Hay un duende extraño que hace travesuras y complicadas y luciferinas combinaciones en los talleres. Sin embargo, esta vez no le cargamos el muerto a ese duende que es el chivo expiatorio de todos los errores y los juegos pesados de la tipografía. Se trata desde luego de un sabotaje, de un minúsculo acto de terrorismo, de una bomba pestilente arrojada por una mano fantasmal e innoble. Sabotaje y terrorismo que por otro lado revelan la reacción que por los juicios críticos de José Donoso provocaron en algún despechado.

El hecho no tiene otras dimensiones: lo lamentamos sinceramente.

Benítez no prometió investigación alguna y nadie llegó a saber jamás quién fue el autor de aquel colofón infamante.

Herido por "la maldad mexicana" y ya repuesto de su estallido de úlcera, José Donoso abandonó su idea de quedarse a vivir en México y voló rumbo a España.

Estela y yo volvimos a encontrar a los Donoso tres años después, en Pollensa, un pueblo montado en lo más alto de la geografía de Mallorca. Nos habían invitado a pasar unos días con ellos. Vivían en una pequeña casa con vista impresionante y Donoso tenía un estudio, a cincuenta metros de la casa, que más parecía una celda monacal.

Se veía bien Donoso, más sano gracias a una de esas curas de sueño a las que gustaba someterse, pero aún obsesionado por el quién fue, quién fue, quién fue.

—Ni idea —volvía a decirle.

—¿No averiguaste…? ¿Fue García Ponce?

—No averigüé.

Mientras Estela y María Pilar conversaban, la misma tarde de nuestro arribo a Pollensa, Donoso me llevó a la construcción que le servía de estudio. Allí había terminado de escribir por fin *El obsceno pájaro de la noche*, y antes de que yo pudiera preguntarle cualquier cosa sacó su bonche de cuartillas y se puso a leerme el primer capítulo de la novela.

El arranque me pareció alucinante y luego la novela toda —cuando apareció publicada en Seix Barral— me sacudió profundamente. Después de *Cien años de soledad*, antes de *Palinuro de México* de Fernando del Paso, nunca había leído una novela latinoamericana que me impresionara y maravillara tanto. Donoso estaba ya, desde aquel momento, en la cresta del *boom*.

Pasaron doce años.

En 1980, para participar en la Feria del Libro del Palacio de Minería y presentar su novela más reciente, *La misteriosa desaparición de la marquesita de Loria*, José Donoso pasó fugazmente por México. Ya era un novelista traducido y valorado. Se sentía un rey. Además de *El obsceno pájaro de la noche* —que le ganó celebridad internacional—, tenía publicadas *Tres novelitas burguesas*, *Historia personal del boom* y una novela tan ambiciosa pero no tan lograda como *El obsceno*: *Casa de campo*.

Tito Monterroso, casado ahora con Bárbara Jacobs, organizó una cena en su departamento frente a los Viveros de Coyoacán con los viejos amigos mexicanos de Donoso: Cristina y José Emilio Pacheco, Elena Urrutia, Eduardo Lizalde y no recuerdo quién más. Estela y yo acudimos gustosos, pero al final de la reunión, bajo el efecto de los tragos, Donoso y yo nos ensartamos en una discusión tan acalorada como ociosa: él defendía con ditirambos a Carmen Balcells, la agente literaria del *boom*, mientras yo —seguramente resentido por mi experiencia con la catalana— la deturpaba sin misericordia. De la discusión sobre la Balcells, el enfrentamiento pasó a cuestiones literarias personales, y de no ser por Eduardo Lizalde que pedía cordura, el pleito habría alcanzado proporciones mayores.

Salí con Estela del departamento convencido de que había roto para siempre mi amistad con Donoso, pero días más tarde —antes de regresar a España, donde seguía viviendo— Donoso me buscó para promover una reconciliación que terminamos sellando con tres botellas de vino blanco de por medio.

Nos despedimos abrazándonos como hermanos pero yo ya no pensaba ni sentía lo mismo por aquel escritor que miraba al mundo desde muy arriba, desde el monumento literario al que lo habían encaramado su talento y sus relaciones públicas.

—Es un fatuo —le decía a Estela—. Éste es el problema de los escritores famosos: se vuelven unos fatuos insoportables, ya no pueden ser personas.

Tuve dos encuentros más con José Donoso: en 1983, en el Festival de Teatro de Caracas, y en 1990, en el Festival de Teatro en Cádiz. Ahora resultaba que Donoso se estaba asomando al mundo del teatro, tan despreciado por él en los años sesenta. En Caracas, el grupo Ictus de Santiago de Chile, bajo la dirección de Claudio di Girólamo, había convertido en pieza teatral una noveleta de Donoso que presentaron con mucho éxito durante el festival, y en Cádiz, el mismo grupo Ictus, ahora bajo la dirección de Gustavo Meza, propuso una versión —desgraciadamente pobre— de su novela *Este domingo*.

Fue en Caracas donde me acerqué a Donoso para preguntarle de dónde y cómo le había surgido de pronto ese interés por el teatro. ¿Era el mismo virus que contagió a Vargas Llosa, casi casi a García Márquez?

Prematuramente envejecido, seco, sin aquella pasión que le llenaba la boca de palabras para hablar de literatura, Donoso se reacomodó los anteojos y preguntó:

—¿Sabes por qué me gusta el teatro?

Él mismo dio la respuesta:

—Porque me levanta el ánimo. Cuando me siento deprimido voy al teatro donde están montando mi obra, y al final de cada función subo al escenario con los actores a recibir el aplauso. Eso me reanima. Es fenomenal oír los aplausos, ¿no es cierto? Me gusta mucho que me aplaudan.

La novela del joven Dostoievski*

Capítulo 1

El despacho de Nekrásov era pequeño y estaba repleto de libros: rebosaban los dos o tres estantes de puertas encristaladas y se amontonaban en el piso o se perdían en desorden por dondequiera. En un extremo había una mesa llena de libretas, manuscritos y papeles: la mayoría pruebas de imprenta del *Almanaque de San Petersburgo* y *Noticias de la Patria*: publicaciones editadas por Nekrásov que él se llevaba a casa para corregirlas por las noches.

En ese despacho, para discutir únicamente de literatura, se reunían casi todas las tardes de los jueves tres amigos: Nekrásov, Grigoróvich y Fiódor.

Fiódor acababa de cumplir veintitrés años. Como lo describiría más tarde Avdotya Panaev, "era delgado, bajo, de pelo claro, y su piel tenía un tono enfermizo; sus pequeños ojos grises saltaban inquietamente de un objeto a otro, y sus labios descoloridos se retorcían en muecas nerviosas". El padre de Fiódor había muerto asesinado cuatro años atrás mientras él concluía sus estudios de ingeniero en la Academia Militar. Ahora vivía en San Petersburgo, en una vivienda que alquilaba con Grigoróvich, empeñado en no pensar más en la ingeniería ni en el ejército. Estaba decidido a convertirse en escritor. Sobrevivía gracias a las traducciones del francés que le encargaba Nekrásov y a los rublos que de vez en

* Las verdades de este relato provienen de algunos biógrafos: Orest Miller, Rafael Cansinos-Assens y, sobre todo, el investigador Joseph Frank.

cuando le enviaba su hermano Mijail desde la ciudad de Revel, en Estonia.

Aquella tarde en casa del editor, los tres amigos habían empezado a beber té verde —que tanto le gustaba a Grigoróvich—, y llegada la noche bebían ya vodka frío en pequeños vasos de cristal. El tema de la charla, apasionante para los tres, era Vissarion Belinski, el gran crítico literario del momento.

Proveniente de Moscú, Belinski había llegado a San Petersburgo tres años antes y concentrado en torno suyo la atención de los intelectuales rusos. En sus ensayos publicados en *Noticias de la Patria*, pero sobre todo en los discursos que profería durante las reuniones literarias como si impartiera cátedra, divulgaba con apasionamiento las ideas del Hegel de *La fenomenología del espíritu*. El Hegel que empieza proclamando el realismo utópico para derivar después al Hegel dialéctico del "todo lo real es racional". Esos principios terminan por generar —opinaba Belinski— un hegelianismo de izquierda que conlleva primordialmente una crítica frontal a la religión.

Aunque tanto Grigoróvich como Fiódor eran lectores asiduos de los artículos de Belinski, sólo Nekrásov lo conocía personalmente: frecuentaba sus tertulias-conferencias y le publicaba casi todos sus ensayos. Belinski era un hombre elegante pero feo: cabello rubio y lacio lloviéndole más abajo de las orejas; ojos saltones. Su perfil lo hacía parecer una gallina alertada.

A Fiódor le molestaba el ateísmo militante de Belinski. Atendía con mayor atención —aunque también lo perturbaban— sus teorías artísticas compendiadas en su más reciente artículo en *Noticias de la Patria*: *Meditaciones literarias*.

Sobre esas meditaciones literarias de Belinski se centró esa noche, al fragor de los vodkas, la discusión entre los tres amigos. Nekrásov defendía con pasión los puntos de vista del crítico, mientras Grigoróvich los relativizaba. Fiódor elegía el silencio. Quería escuchar a sus compañeros para rumiar después sus propios juicios.

Éste era el gran momento de la literatura rusa —escribía Belinski—para deshacerse de una vez por todas del romanticismo que impregna las novelas de Rusia y de Europa. Ya no es tiempo de contar historias de amantes que se suicidan a la manera de Flaubert, ni repetir los desplantes mágicos de Pushkin en *La dama de picas*, ni abundar en los regodeos de Balzac sobre los exquisitos burgueses. Se hace más bien necesario llevar a sus últimas consecuencias la literatura de Gógol, sin concesiones románticas, y despojar de amaneramientos las novelas de las generaciones jóvenes. En una Europa donde los obreros impulsaban movimientos revolucionarios —escribía Belinski—, en un país donde la gran mayoría de nuestros rusos sufren esclavitud, hambre, miserias, la novela que quiera ser verdaderamente realista debe convertir a los desheredados que sólo sirven como telón de fondo a los dramas de la alta sociedad en los genuinos protagonistas de la literatura actual. Se ha hecho el intento, pero los escritores rusos no se atreven a reflejar con valentía esa realidad, y como Krilov o el empalagoso Karamsin, se escudan en el sentimentalismo y en las buenas intenciones. Nuestra realidad no necesita de la piedad de Dios ni de la compasión tramposa del propio novelista condicionado por sus principios ideológicos. Necesita verdades, verdades, verdades. La gran novela rusa sobre nuestras pobres gentes —remataba Belinski en su ardiente ensayo— debe ser realista, social, atea.

Cuando Nekrásov mostró la intención de abrir otra botella de vodka, Fiódor se levantó de su silla.

—Me voy —dijo, y se aproximó a Grigoróvich para avisarle que se verían más tarde en la vivienda.

Salió a la calle. Se sentía aturdido, ligeramente borracho. Impresionado sobre todo por la discusión de las teorías de Belinski.

No, Belinski no tenía razón. Al menos no respondía a lo que él deseaba hacer como novelista. El romanticismo, los sentimientos religiosos, la mirada compasiva sobre los personajes no eran tanto un problema de concepción sociológica sino un problema de estilo: de cómo se acomodan los problemas de los personajes y se les hace participar de la propia realidad del escritor. Al fin de cuentas él era un romántico y le gustaba la Emma Bovary de Flaubert y la *Eugenia Grandet* de Balzac que acababa de traducir para el *Almanaque de San Petersburgo* de Nekrásov. Y si él, Fiódor, era un romántico sin remedio, no podría hacer otra cosa a sus veintitrés años que escribir novelas románticas.

Caminó hasta el puente más cercano de los que brincaban el río Neva y lo cruzó para dirigirse al rumbo tenebroso de las prostitutas.

Una de ellas era su preferida: se hacía llamar Sonia; jovenzuela de cabellos rubios, delgadita, de tez muy blanca pero de semblante triste. Fornicaba con Sonia de mes en mes y le gustaba, casi hasta el enamoramiento, porque después de la cópula se ponían a platicar: él de sus sueños de escritor; ella de su padre borracho que se gastaba en tragos lo poco que ganaba cargando costales en una bodega de víveres.

Frente al portón abierto a los malolientes tugurios preguntó por Sonia a la robusta Maretta, única amiga de la muchacha.

Maretta le respondió que Sonia estaba con un cliente y tardaría. Ahí estaba ella, sin embargo, sonrió Maretta enhiestando sus pechos como pasteles.

Fiódor negó con la cabeza y se dirigió de nuevo hacia el río Neva. Caminó por los andadores para buscar el puente donde pensaba ubicar la acción de su primera novela. A nadie le había contado del proyecto; lo mantenía en secreto para no echarlo a perder con pláticas antes de escribir los primeros párrafos. Ocurría en junio, durante esas noches blancas de San Petersburgo en las que no se oculta el sol y la ciudad parece cubierta, durante toda la noche, por la claridad opaca de un atardecer que se prolonga. La contaría en primera persona con la voz de un Soñador en el momento de descubrir en ese puente a una linda joven en actitud de espera. La joven se llamaría Nástenka y confesaría al Soñador la historia desgraciada de su vida: su amante la abandonó de improviso pero le prometió regresar al año siguiente; se reencontrarían ahí, en el barandal frente al Neva durante las noches blancas de San Petersburgo.

La historia nada tenía que ver con las teorías del realismo social de Belinski, pero era la novela que él quería y necesitaba contar desde su experiencia de soledad y desamparo.

Estaba seguro de que sería una buena novela aunque Belinski la reprobara por sentimental, precisamente por romántica. ¡Y qué importa!, pensó Fiódor. Él no estaba dispuesto a escribir para halagar a los críticos. Él necesitaba escribir para él mismo, para desahogarse como se desahogaba con Sonia durante el abrazo sexual.

Llegó al puente de su proyectada novela con el fin de imaginar ahí, en el lugar de los hechos, el encuentro entre el Soñador y Nástenka, aunque el ruido que seguía turbándole el cerebro a causa de la discusión sobre Belinski no le permitía concentrarse en ese encuentro. Cómo entablarían conversación sus personajes. Qué truco literario necesitaba poner en juego para que el acercamiento del Soñador fuera suave, espontáneo, verosímil.

No, no encontraba la solución. Se interponía Belinski, siempre Belinski, el soberano juez que mandaba al infierno del anonimato a los escritores despreciados, mientras elevaba a la fama pública a sus preferidos dóciles. Según los rumores de Grigoróvich, Belinski estaba inventando a Turguénev, ese joven de la edad de Fiódor que había viajado por Europa antes de aproximarse con zalamerías al célebre oráculo. Turguénev planeaba escribir teatro —le contó Grigoróvich— aunque evidentemente —según el propio Grigoróvich— ese muchacho no era capaz de hacer algo digno de su mentor.

Al pensar en el tal Turguénev y en las habladurías de su amigo, ahí mismo, en el puente del Soñador y Nástenka, Fiódor sintió el puntazo de una puñalada. Era una tentación. Lo había herido desde que leyó las *Meditaciones literarias* de Belinski, y aunque la rechazó como quien rechaza un parricidio, se le volvió a presentar en la mente en casa de Nekrásov. No quería reconocerlo ante sí mismo, pero apareció entonces y aparecía de nuevo penetrando el caparazón de su dignidad.

Fiódor no necesitaba de caravanas para aproximarse al crítico. Lo que necesitaba hacer —y tenía recursos literarios suficientes para hacerlo— era escribir una novela, otra novela —¡al diablo con el Soñador y con Nástenka!— capaz de cumplir con todo rigor el canon establecido por Belinski en sus alegatos. La gran novela rusa que necesitaba Belinski para demostrar su tesis hegeliana sobre el realismo social la escribiría él, Fiódor. Aunque se violentara a sí mismo y traicionara sus propios sentimientos románticos. La fama era lo primero. Y si quería que Belinski lo encaramara a la fama, debería por fuerza escribir una novela a la medida de Belinski.

Pensó regresar corriendo al barrio de Sonia porque solamente con Sonia podría compartir el plan de su artimaña. Nadie lo sabría. Belinski menos que nadie.

Se detuvo a medio viaje, de sopetón. De seguro ella ya habría terminado con su cliente y estaría bien dispuesta como siempre, sólo que a Fiódor, sintió Fiódor, el deseo se le había marchitado ya entre las piernas. Entonces se dirigió despacio hacia la vivienda que compartía con Grigoróvich.

Capítulo 2

Fiódor escribió su primera novela en poco más de ocho meses: fines del otoño, todo el invierno y casi toda la primavera de 1845. Utilizó una de esas libretas grandes y alargadas, como de actuario, que tanto le acomodaban. Ahí, sobre el rayado fino y con tinta roja fue deslizando su caligrafía diagonal, rápida parece porque apenas se da tiempo para garigolear algunas mayúsculas y hacer girar los copetes de las letras altas o los ganchos de las que bajan de la horizontal. No es fácil de leer a simple golpe de vista, aunque al corregir el borrador esa caligrafía se tranquiliza un poco para hacerse más comprensible. Estaba lejos de ser una letra hermosa la de Fiódor. Reflejaba en todo caso su temperamento exaltado; la prisa por alcanzar con el manuscrito los conceptos, las descripciones, el pensamiento y el decir de los personajes: se le amontonaban en la mente a mayor velocidad de la que él conseguía plasmar sobre el papel. Era un hombre empachado de palabras. Presuroso por llegar al clímax de cada frase, en ocasiones interminable.

Se advierte en Fiódor —habrían de decir sus primeros críticos— la influencia del Gógol de *La capa*, ese contemporáneo genial a quien era preciso, según Belinski, tomar como punto de partida y llevar a sus últimas consecuencias en aras del realismo social.

Fiódor decidió utilizar la forma de novela epistolar; un género muy común en el siglo dieciocho, resucitado ahora por dos de sus autores preferidos: George Sand en *Jacques* y Balzac en *Memorias de dos recién casadas*. En la novela de Fiódor, los personajes que se cartean sin descanso son Devushkin y Bárbara; él, un vejete escribano de una oficina burocrática, y ella, una jovencita huérfana y desamparada. A través de su comunicación epistolar, donde el enamoramiento del vejete toma la forma de una lágrima silenciosa, el autor encuentra la manera de describir, con sutil crudeza, todo el entorno de una sociedad herida por la pequeña miseria de sus vidas. Son esas pobres gentes de la Rusia del siglo diecinueve —como quería Belinski— los verdaderos protagonistas de la realidad. Y así tituló Fiódor su primera novela: *Pobres gentes*.

Escribía a todas horas encerrado en la vivienda: cuando no su novela tachoneada y corregida de continuo en el borrador, cartas a su hermano Mijail o apuntes para cuentos. Se pasaba las noches releyendo lo escrito y haciendo añadidos, arrancando hojas enteras de aquella libreta que lo emparentaba de algún modo con el vejete Devushkin. En ocasiones, por la mañana, cuando su frenesí se empantanaba, salía a recorrer los barrios de San Petersburgo para sumergirse en las tramas secundarias de los vecinos de sus protagonistas. Nada necesitaba inventar. Todo estaba ahí: en las oficinas, en los mercados, en los rincones de las casuchas.

Una tarde salió a pasear con Grigoróvich. El amigo, también escritor, quería saber algo de la novela de Fiódor. Pero como Fiódor se mantenía hermético, era Grigoróvich quien le hablaba de un cuento propio, del argumento de una novela en potencia, de lo que había dicho Turguénev —el maldito Turguénev— en casa del conde Vielgorski.

Antes de cruzar una calle se detuvieron. Pasaba el desfile de un cortejo fúnebre. Los caballos blancos tirando del carruaje con el féretro, los grandes moños y listones negros, la parentela enlutada, los semblantes congelados, el ruido sordo, los curiosos amotinados en la acera de enfrente.

De pronto, Fiódor se desvaneció. Cuando Grigoróvich se dio cuenta, su amigo ya estaba en el suelo como si se hubiera deshilachado. Fue sólo durante un instante, cinco minutos a lo sumo. Grigoróvich inclinado frente al cuerpo tendido y el semblante lívido del escritor; asustado sin saber qué hacer: si sacudirlo de los hombros para averiguar que no estaba muerto o tirar de los brazos para tratar de levantarlo; si gritar ¡auxilio! a los curiosos del cortejo o pedir ayuda a ese viejo de ropas raídas que se encontraba a un lado. No fue necesario. Fiódor abrió los ojos y él mismo inclinó la espalda hacia delante para erguirse. Entonces Grigoróvich accionó hasta ponerlo de pie.

—No pasó nada, no pasó nada —repitió Fiódor sacudiéndose el saco.

—Estás pálido como un papel —dijo Grigoróvich.

—Estoy bien.

—¿Te impresionó el cortejo?

Aunque Fiódor se esforzaba por tranquilizar a su amigo diciéndole que llevaba dos días comiendo muy poco, se sentía preocupado consigo mismo. No era el primero de aquellos desvanecimientos: sufrió dos o tres antes, en los últimos años.

Al día siguiente decidió consultar a un médico amigo: el doctor Stepan Yanovski. Éste lo auscultó con detenimiento, y por lo que luego contó Grigoróvich a Nekrásov en plan de habladuría —sacando conclusiones de lo poco transmitido por Fiódor—, dedujo que esos desmayos estaban relacionados de algún modo con una enfermedad venérea.

Fiódor siguió visitando a Yanovski antes de terminar *Pobres gentes*. Resultó una novela corta, poco menos del equivalente a doscientas cuartillas. Estaba inquieto cuando entregó a Grigoróvich el manuscrito para que lo leyera en voz alta con Nekrásov al siguiente jueves. Él no estaría ahí para dejarlos en libertad de juzgarlo al margen de su presencia.

Así lo hicieron los dos amigos en el despacho del editor, alternándose la lectura: Grigoróvich las cartas del vejete Devushkin a la huérfana Bárbara, y Nekrásov las de Bárbara a Devushkin.

A las cuatro de la madrugada del comienzo de ese viernes, el par de lectores llegaron a la vivienda de Fiódor a despertarlo con una alharaca de entusiasmo. Estaban maravillados, conmovidos. Lo abrazaban, lo cubrían de elogios y epítetos exultantes. Nekrásov le confesó que no había podido contener las lágrimas al llegar al final de la historia. Exclamó en voz alta:

—¡Esto lo tiene que conocer Belinski hoy mismo!

Y fue Nekrásov en persona, esa misma tarde, quien llegó a visitar al crítico en su casona de cortinajes de terciopelo gastados por el tiempo.

—¡Le traigo a un nuevo Gógol! —gritó blandiendo la carpeta.

Belinski sonrió con desconfianza:

—Los Gógols no se dan como la hierba —dijo.

—Por eso mismo, ésta es una novela extraordinaria. Soy editor, no me equivoco fácilmente.

Belinski tomó la carpeta, la abrió y se asomó a la difícil caligrafía en tinta roja de Fiódor —lo que le provocó un gesto de desagrado—. Preguntó quién era ese escritor desconocido para él; ni siquiera había oído mentar su nombre.

Tras de la insistencia de Nekrásov para que empezara a leer ese mismo día la novela, el intelectual volvió a fruncir la boca y terminó pidiendo un par de semanas para dar cuenta del manuscrito. Tardó sólo tres días en ir al despacho del editor. Estaba maravillado. Quería conocer de inmediato al tal Fiódor.

Llevaba Belinski una bata negra que le cubría todo el cuerpo. Tenía ciertamente el porte del intelectual prototípico, y aunque en sus ensayos fustigaba a los ricos y poderosos por su indiferencia ante la miseria que los rodea, él, amigos de ricos y poderosos, parecía contagiado de las maneras de los hombres de la alta sociedad. Eso pensó Fiódor al verlo por primera vez; al entrar en esa casa donde los muebles, las viejas cortinas y un vetusto candil en el centro del salón delataban la nostalgia aristocrática de quien presumía ser defensor de la novela social y de las pobres gentes oprimidas por el poder político y económico.

Fiódor avanzó despacio y engarrotado, como si fuera víctima del frío interior de la timidez. Le representaba un gran esfuerzo levantar la vista para mirar a los ojos al oráculo de la literatura rusa.

Belinski se hallaba en compañía de Turguénev. Bebían coñac. Se levantó de inmediato al ver entrar a Fiódor y capturó, de una mesita encarpetada, el manuscrito de *Pobres gentes*. Su entusiasmo no fue tan exultante como el de sus amigos, pero tenía la sinceridad y la profundidad del hombre que sabe a fondo por qué dice lo que dice.

—¿Se da cuenta, joven, de lo que ha escrito? Este es el primer intento de novela social que hemos tenido en Rusia. Es lo que he esperado leer durante años. La ilustración de mis teorías; lo que me he cansado de pedir a nuestros novelistas contemporáneos.

—Gracias, señor —murmuró Fiódor mientras Belinski continuaba desbordándose:

—No, joven, no se da cuenta. Como todo artista, es inconsciente y llega a la verdad por la sola inspiración —Belinski se volvió hacia Turguénev, quien también había dejado su sillón: —Ya lo comprobarás por ti mismo, Iván. ¡Qué drama, qué tipos! Aquí están en carne viva los humillados y ofendidos de nuestra dolida Rusia. Como me dijo Nekrásov, es extraordinaria, joven, una novela realmente extraordinaria.

Esa misma noche, Fiódor escribió a su hermano Mijail una carta larguísima:

Me separé de él en un estado de arrobamiento. Me detuve al llegar a la esquina de su casa, alcé los ojos al cielo, contemplé el día luminoso, los transeúntes que pasaban a mi lado, y con todo mi ser sentí que un momento solemne había ocurrido en mi vida, que había llegado a un cruce decisivo; algo totalmente nuevo comenzaba, pero algo que yo no había podido presentir ni siquiera en mis delirantes sueños. Ah, no te rías, Mijail. Nunca me consideré grande pero, en ese momento ¿era posible resistirse? Ese tipo de hombres como Belinski sólo se encuentra en Rusia. Son únicos pero ellos tienen la verdad, la verdad, el bien y lo auténtico. Siempre sobresalen sobre los vicios y el mal. Nosotros ganaremos y yo quisiera ser uno de ellos, estar con ellos. ¡Ese ha sido el momento más maravilloso de toda mi vida!

Capítulo 3

Seis meses antes de que *Pobres gentes* apareciera en letras de imprenta, Fiódor se convirtió en el suceso literario del año como gran descubrimiento de Belinski. Los intelectuales de su pléyade no necesitaban haber leído la novela para fiarse a ciegas de las exclamaciones de quien, siendo el crítico más exigente de Rusia, ponía en el primer plano de la notoriedad a ese joven de veinticuatro años. Todos pugnaban por conocerlo. Todos querían oírlo.

De la mano de su mentor —olvidado por momentos de Turguénev—, Fiódor fue conducido a las conferencias y a las tertulias de Belinski, a las fiestas que organizaban aristócratas como el conde Vielgorski o la condesa Odoevsky. Eran nobles adictos por supuesto al zar

Nicolás Primero, pero gustaban de codearse con intelectuales y artistas porque eso les aportaba un aire de pícara excentricidad.

Cohibido en un principio, muy a sus anchas después. Fiódor fue conociendo las delicias del halago. Le servían champaña, se disputaban su compañía, le pedían opiniones, consejos, pareceres. Reían sus bromas. Lo hacían sentirse el centro de un universo donde la inteligencia y el talento eran valores absolutos.

La vanidad inoculó irremisiblemente a Fiódor. De gracioso y comedido en sus críticas a los grandes autores, pasó a ser engreído y pedante. Él quería tener la última palabra en cualquier tema y presumía de sus conocimientos literarios como si ya hubiera escrito más novelas que Balzac. Más que un nuevo Gógol, él iba a ser —y lo declaraba abiertamente— un nuevo y mejor Balzac.

Únicamente a solas con Belinski, en los apartes de aquellas reuniones, Fiódor atemperaba su vanidad. Ante él se convertía en un escucha atento, a pesar de que su mentor intentaba a toda costa convencerlo de abandonar toda idea religiosa y romántica para abrazar el ateísmo. Eso lo haría mejor novelista —le decía Belinski— porque vería sin espejuelos empañados la cruda realidad.

Una noche, Fiódor asistió con Nekrásov a una fiesta en casa del escritor Panaev. Su esposa Avdotya era una mujer bajita, de pelo negro y piel como de cera. Tenía una cintura estrecha que hacía inverosímil la opulencia de sus pechos siempre descotados. Eso y su sonrisa, su simpática coquetería, encantaban a todos.

A mitad de la fiesta, mientras Fiódor impugnaba con vehemencia las opiniones de un corrillo de escritores sobre Goethe, la mano de Avdotya lo arrancó sorpresivamente del grupo.

—Me lo robo —dijo sonriente, y lo condujo a la gran terraza como si ambos fueran personajes de Walter Scott.

Avdotya llevaba un abanico que le servía para cubrir y descubrir a intervalos el sendero de sus pechos. No dejaba de sonreír.

—Perdón por interrumpirlo, pero si no lo hago me voy a pasar la noche sin conversar con usted. Lo tienen secuestrado, todos quieren oírlo.

—El que debe pedir disculpas soy yo —dijo Fiódor.

—Ay, no sabe usted el ansia que tengo de leer esa novela —hizo un mohín Avdotya—. ¿De verdad es tan genial como dice Nekrásov?

—Usted la juzgará —respondió Fiódor con sencillez.

—Prométame una cosa. Que el primer ejemplar que salga de la imprenta sea para mí. Me gustaría que me lo trajera personalmente, con su autógrafo. ¿Sería posible?

—Prometido —dijo Fiódor, en el instante en que ella estiraba el brazo y con la punta de los dedos le componía un mechón de pelo revuelto.

Continuaron conversando un buen tiempo en la terraza; tanto, que cuando regresaron al salón la audiencia había disminuido notablemente. Fiódor fue por una copa de champán y Nekrásov lo alcanzó.

—Pensé que se había retirado —dijo el editor—; no lo veía por ninguna parte.

—Qué mujer —suspiró Fiódor.

—¿Avdotya?

—Es encantadora.

Nekrásov se aproximó luego de confirmar que el marido de la mujer no alcanzaría a escucharlos.

—¿Puedo confiarle un secreto? Algo muy confidencial, entre usted y yo —se aproximó un poco más—. Avdotya es mi amante, desde hace un año—. Y en el semblante de Nekrásov leyó Fiódor el rictus colérico de los celos.

Pobres gentes salió por fin de la imprenta en enero de 1846. Para ese entonces, la fama de engreído y presuntuoso de Fiódor inundaba San Petersburgo como si las aguas del Neva se hubiesen desbordado. La envidia ante lo que Belinski proclamó como novela genial y el hartazgo por los vanidosos desplantes de su autor habían generado en los escritores de la pléyade un sentimiento de repulsa. Encabezados por el tortuoso Turguénev querían derribarlo del trono, verlo fracasar, vengarse de su menosprecio hacia ellos.

Las críticas en las publicaciones culturales sobre *Pobres gentes* empezaron a brotar a manera de alfilerazos. No se atrevían a reprobar abiertamente la novela, porque sería poner en duda la autoridad de Belinski, pero sí subrayaban su exceso de nimiedades y las inmensas parrafadas de un autor que pecaba de prolijo.

Tal y como lo había prometido aquella noche en la terraza, Fiódor fue a llevarle a la señora Panaev un ejemplar autografiado de *Pobres gentes*, pero Avdotya no lo recibió. Le mandó decir con un sirviente que se hallaba en cama, indispuesta, y la disculpara. Fiódor le dejó el ejemplar con el sirviente, y cuando de regreso a casa pasó por el despacho de Nekrásov, éste le dio la mala noticia de que no podría seguir editando sus novelas porque la empresa estaba en crisis. Fiódor se fue de ahí soltando una palabrota y azotando la puerta.

Otro editor, Kraevski —competidor acérrimo de Nekrásov—, aceptó con gusto hacerse cargo de los escritos de Fiódor y le ofreció generosos anticipos.

El hielo en torno al joven novelista empezó a congelarle el ánimo. En las reuniones, Belinski dejó de tratarlo como a su gran descubrimiento y buscaba cualquier pretexto para estar lejos de él. También le hacia el feo Turguénev, mientras los escritores de la pléyade ya no le preguntaban sus pareceres literarios sobre tal o cual obra ni le permitían ser el protagonista de los corrillos. Nadie hacía mención de *Pobres gentes*. La novela parecía muerta al nacer, aunque Fiódor sospechaba que la repelían a sus espaldas.

Entendió entonces que la artimaña para ganarse a Belinski había dado de sí; no duró más de seis meses. Decidió marginarse de las reuniones de intelectuales y de las fiestas. Se refugió en su escritura con desesperación.

Todavía siguiendo los lineamientos del célebre crítico —que por momentos pensó que eran los propios— escribió en pleno frenesí, de 1846 a 1848, dos novelas de mediana extensión: *El doble* y *La patrona*. Además de un puñado de cuentos, algunos con el ansioso imperativo de recibir o pagar los anticipos de Kraevski: *El señor Prokharchin*, *Polzunokov*, *Una novela en nueve cartas*, *El ladrón honrado*, *La mujer ajena y el marido debajo de la cama*, *Un árbol de Navidad y una boda*…

Esta vez, las críticas más arteras contra las obras de Fiódor fueron encabezadas por el propio Belinski, lo que desencadenó una condenación prácticamente unánime de la pléyade.

Sobre *El doble*, Belinski escribió:

Es evidente que el autor de "El doble" no ha adquirido todavía el tacto de la mesura y la armonía y, en consecuencia, muchos le critican aun a "Pobres gentes", y no sin razón, su exceso de nimiedades. Sin embargo, este juicio es menos aplicable en "Pobres gentes" que en "El doble".

Y sobre *El señor Prokharchin:*

Es una desagradable sorpresa para todos los admiradores del talento de su autor. La obra es artificiosa, amanerada e incomprensible. Este extraño relato parece haber sido engendrado por la ostentación y la presunción.

Y sobre *La patrona*:

El autor quiso reconciliar a Marlinski con Hoffmann, añadiendo a esta mezcla un poco de humor según la última moda y recubriendo espesamente todo esto con el barniz de un estilo folclórico ruso. A lo largo de todo este relato no aparece una sola palabra o expresión sencilla o viva; todo en él es esforzado, exagerado, altisonante, espurio y falso.

El hecho de que tales admoniciones provinieran precisamente de su mentor, de su padre literario, del crítico para quien escribió su primera novela, sacudió el ánimo de Fiódor. Y cuando arrojó con fuerza el periódico donde se publicaba la crítica a *La patrona*, sintió en la espalda el frío puntazo de una puñalada. Se le aflojaron las piernas y se desvaneció como aquella tarde frente al cortejo fúnebre. Cayó al suelo, sólo que ahora su desmayo fue seguido por convulsiones y bocanadas de espuma.

Cuando más tarde el doctor Yanovski examinó a Fiódor, dedujo que esos ataques, más que síntomas de un mal venéreo, delataban una enfermedad llamada epilepsia por los griegos, y a la que luego el vulgo denominó *gotacoral*, por ser como "una gota que cae sobre el corazón". No se le dijo a Fiódor para no alarmarlo, e inició un tratamiento a base de láudano, con buenos resultados de momento, al menos por un tiempo.

Fue el mismo Yanovski quien le informó al término de una consulta, meses después, que Belinski había enfermado de tuberculosis; se hallaba grave.

Fiódor fue a visitar a Belinski de inmediato. Lo encontró recostado en el diván de su salón, enfundado en una bata negra y releyendo la *Vida de Jesús* de Hegel. Estaba pálido, con los ojos más saltones que nunca, aunque disimuló su evidente debilidad con falsas sonrisas de saludo. No quería hablar de sus males. Sólo estaba indispuesto; ese verano iría a buscar el sol de Italia en un balneario de Milán. Cambió el tema de inmediato:

—Debes estar enojado conmigo.

—¿Por qué iba a estarlo? —dijo Fiódor.

—Por mis artículos.

Fiódor se encogió de hombros. Negó con la cabeza.

—O por mi empeño en convertirte al ateísmo. No lo conseguí, ¿verdad?

—Tal vez sí —dudó Fiódor.

—No lo hice por fastidiarte, créeme. Lo hice porque estoy convencido de que sólo llegarás a ser un gran escritor cuando hagas a un lado las patrañas de la religión y de tu Jesucristo —y blandió el ejemplar de Hegel—. El socialismo y el cristianismo son fundamentalmente incompatibles, Fiódor. Si Jesucristo naciera en nuestra época sería la persona más común e insignificante. Simplemente desaparecería frente a la ciencia contemporánea.

—Si Jesucristo apareciera ahora —replicó Fiódor—, tal vez se encargaría de conducir a los socialistas.

Belinski volvió a sonreír. Lo miró largamente a la distancia, en silencio. Casi no hablaron más. El crítico tuvo un acceso de tos que llamó la atención de su sirviente. Éste le llevó un vaso de agua.

Media hora más tarde, Fiódor caminaba por la calle, pensativo. No era capaz de presentir que Belinski moriría dos semanas más tarde.

Capítulo 4

La muerte del célebre crítico ahondó la profunda soledad de Fiódor. En el lapso de dos, tres años, se había quedado sin amigos. Perdió a su editor Nekrásov. Se enemistó con Grigoróvich, al grado de abandonar la vivienda y de irse a vivir solo a una buhardilla de San Petersburgo. Se apartó de los escritorzuelos jóvenes de la pléyade que lo halagaban en los buenos tiempos. También Sonia desapareció: una noche fue a buscarla al barrio de las prostitutas, urgido por el deseo, y Maretta le explicó que un burócrata enamorado de la muchacha se la llevó con él a Moscú.

Fiódor empezó a fornicar con Maretta, pero no era lo mismo. A Maretta no le gustaba conversar después del trance, y a ella no podía confiarle sus planes de retomar aquella historia de Nástenka y el Soñador durante las cuatro noches blancas de San Petersburgo.

A la composición de esa novela dedicó casi todo su tiempo, feliz de regresar al exacerbado romanticismo del que lo habían alejado los postulados literarios de Belinski. Sólo interrumpía ese trabajo para escribir algunas crónicas periodísticas que le urgía Kraevski, o para cartearse con su hermano Mijail.

Ante él confesaba las causas de su fracaso:

Terminé descubriendo que soy un inculto y un jactancioso, y tengo un terrible defecto: inconmensurable egoísmo y vanidad. Soy ridículo, odioso, y siempre sufro a causa de las injustas conclusiones que se hacen acerca de mí. La gente dice que soy insensible y que carezco de sentimientos, pero puedo demostrar que soy un hombre de corazón sensible cuando las circunstancias externas me sacuden sacándome por la fuerza de mi habitual forma de ser desagradable…

Cansado de la escritura, algunos viernes por la noche suspendió sus visitas a Maretta y se fue a asomar a las tertulias de Petrashevski que había escuchado mentar con frecuencia.

Mijail Petrashevski era de la misma edad de Fiódor y tenía fama de excéntrico y desbordado. Su frente amplia anunciaba una calvicie prematura; para compensarla se dejaba barba y bigotes espesos. Salía a pasear por la calle llevando un sombrero de enormes alas y una capa amplísima fuera de moda. Se le consideraba un apóstol del descontento social y en sus reuniones no se hablaba de literatura —lo cual agradó a Fiódor— sino de la amordazada prensa rusa, de los tronos que se estaban viniendo abajo en todas partes de Europa, y de la necesidad de emular a los obreros encorajinados. Petrashevski no quería encabezar revolución alguna ni sus seguidores tenían pasta de terroristas. Él era un simple pero vibrante agitador de conciencias; eso: un apóstol del descontento.

Fiódor había conocido a Petrashevski dos años antes, cuando la saliva de Belinski lo encaramó a la fama. En aquella primavera de 1846, a punto de la publicación de *Pobres gentes*, Fiódor entró en una cafetería acompañado de un tal Plescheev, miembro de la pléyade de Belinski, para leer y comentar los periódicos de la semana. Cuando Fiódor tomó asiento ante una mesa del fondo, advirtió que Plescheev se había detenido en un lugar próximo a la entrada para conversar con un desconocido. Ahí se quedó Plescheev durante un buen rato. Eso molestó a Fiódor y lo llevó a retirarse del café. En la acera lo detuvo el desconocido.

—No se vaya —le dijo sonriente, afabilísimo—. Me gustaría saber cuál es el tema de su próxima novela.

El desconocido era Petrashevski, quien lo invitó a sus tertulias de los viernes en su casa, cerca del Neva.

Fiódor tardó dos años en aceptar la invitación. De inmediato se volvió un asiduo a aquellos encuentros donde la palabra incendiaria de Petrashevski provocaba discusiones, alegatos, entusiasmos. El novelista participaba poco. Prefería mantenerse en silencio, escuchando al orador o a su amigo Mombelli, quien le servía de comentarista y de provocador.

A Fiódor le despertaba curiosidad aquel ambiente entre terrorista y pintoresco. Los convidados comían y bebían sin contención alguna entre discursos aguerridos y propuestas para cambiar la sociedad con pura labia. Tal vez, en el futuro, podría escribir una novela sobre Petrashevski y su grupo, pensaba. Era un buen tema.

La fama del revolucionario de la palabra trascendió el entorno de sus contertulios, empezó a extenderse en San Petersburgo acrecentado por el chismerío y llegó hasta los oídos del zar Nicolás Primero. Éste encomendó a Iván Lipandri, del Ministerio de Asuntos Internos, encargarse del asunto. Lipandri utilizó a un estudiante de la universidad de

Petersburgo para infiltrarlo en el círculo de Petrashevski. Sus informes de lo que se habló y discutió allí durante tres o cuatro meses —exagerados para complacer las expectativas de Lipandri— convirtieron al excéntrico Petrashevski en un conspirador: el líder de la dictadura revolucionaria que se instalaría en Rusia luego de derrocar a Nicolás Primero.

Satisfecho de la investigación de su pupilo, Lipandri ordenó al jefe de la policía de Londres, el siniestro conde de Orlov, detener de inmediato a los conspiradores.

Transcurrían las primeras semanas de la primavera de 1849. Era el mes de abril. Brillaba el sol sobre las aguas del Neva. Se aliviaban las ropas de los transeúntes y, por las noches, una tibieza prometedora vencía por fin los rigores del invierno. De la imprenta de Kraevski ya había aparecido, a fines del 48, esas *Noches blancas* de Fiódor, la noveleta romántica, rabiosamente romántica, sobre el encuentro de la inocente Nástenka con el Soñador en un puente de San Petersburgo.

La policía al mando de Orlov irrumpió un viernes por la noche en la casa de Petrashevski, justo en el momento en que el anfitrión, con los brazos abiertos, clamaba ante el auditorio:

—¡Hemos condenado a muerte a la sociedad actual!

Sin ofrecer resistencia alguna, estupefactos, los asistentes a la tertulia fueron aprehendidos. Hubo gritos, intentos de escape por las puertas posteriores, pero ninguno consiguió salvarse. Petrashevski se entregó con un gesto teatral: tendió los brazos al frente y ofreció sus manos para que fueran encadenadas por sus captores: representaba muy bien su papel de apóstol.

Como varios enlistados en los informes del espía de Lipandri, Fiódor no había asistido esa tarde a la reunión de Petrashevski. Fue aprehendido en su casa, a media noche, al igual que una docena más de los amigos del líder.

A todos los llevaron a la fortaleza de San Pedro y San Pablo, una gran edificación en un islote del Neva construida por el arquitecto Domenico Trezzini por mandato de Pedro el Grande, a principios del siglo dieciocho. La catedral de la fortaleza tiene una torre cuyo campanario se eleva como una aguja que la hace visible desde cualquier lugar de la ciudad. Ahí se instaló en el siglo diecinueve una prisión de máxima seguridad y ahí se encarceló ahora a la treintena de miembros del grupo Petrashevski.

Luego de los primeros interrogatorios, varios apresados fueron puestos en libertad. Quedaron veinte, entre ellos Fiódor.

Aunque asustado y confundido, el novelista confiaba en su inocencia. Había estudiado ingeniería en la Academia Militar y no tenía antecedentes penales. Sin embargo, una carta pública contra Gógol lo perdió. La escribió Belinski en 1846 para acusar al célebre novelista de su incondicionalidad al zar y su traición flagrante a la causa de los humillados y ofendidos de Rusia. Belinski pidió a los miembros de su pléyade que la firmaran en apoyo a esos cargos, y Fiódor no dudó en hacerlo. Su firma era una prueba, para las autoridades, de su ánimo confabulador.

Las celdas de la cárcel no eran las de una mazmorra. Relativamente amplias, de techo alto, contaban con un camastro, una mesa donde escribir y un retrete en el rincón. Tenían un ventanuco hacia el exterior y una rejilla en la puerta para la comunicación con los carceleros.

Fiódor aprovechó su tiempo en prisión para empezar una novela —*Niétochka Nezvanova*— y para cartearse con Mijail, quien movía sus viejas influencias militares ansioso por obtener la libertad de su hermano. Fiódor confiaba a Mijail sus contradicciones:

Mi salud es buena, salvo por las hemorroides y los problemas nerviosos que continúan in crescendo. He empezado a tener espasmos nerviosos como los que experimenté antes, mi apetito es escaso y duermo muy poco, con sueños angustiosos cuando lo hago. Pero entretanto sigo vivo y saludable. Esto es una realidad para mí. Supuse que sería mucho peor. Ahora me doy cuenta de que poseo tanta reserva de vitalidad que no puede agotarse.

La prisión se prolongó hasta llegar a los ocho meses en espera de una sentencia definitiva. Esa sentencia se pronunció al fin, terrible como un terremoto:

Pena de muerte a los veinte acusados del grupo de Petrashevski.

A pesar de que en sus cartas Mijail trataba de animar a Fiódor confiándole la posibilidad de un indulto generoso del zar Nicolás, el escritor se hundió en la desesperanza. Ese indulto no llegará jamás, pensaba. El zar parecía decidido a dar un escarmiento público a cualquier manifestación de disidencia. Quería cortar de tajo toda oposición, todo ánimo revolucionario. En plena juventud, cuando le faltaba un mundo por vivir y por escribir, la muerte amenazaba arrancar a Fiódor de la tierra como un árbol seco. Quería rezar y no conseguía siquiera concentrarse en esa idea cada vez más lejana de un Dios misericordioso. El ateísmo de Belinski lo había inoculado como una venganza. Jesucristo es una patraña; su promesa de una vida eterna para los justos es un simple láudano que distrae a las conciencias de la realidad brutal. La muerte es el cero de una resta absoluta. Y la muerte temprana, como la de él, el aborto de una existencia en el inicio de su esplendor.

Las peticiones de indulto llegadas al zar Nicolás por los angustiados familiares y amigos de los sentenciados sólo recibieron el silencio.

Epílogo

El 22 de diciembre de 1849, Fiódor despertó temprano: amanecía. Por el ventanuco que daba a un patio de la prisión vio una larga hilera de pequeños carruajes. Cuando los miraba, preguntándose qué hacían ahí, la puerta de su celda se abrió y entró el carcelero con un atado de ropa: la que le hicieron quitarse en la noche de su arresto para darle a cambio el sayo utilizado durante sus meses de encierro.

—Vístase —le dijo el carcelero.

—¿A dónde me llevan?

—De prisa.

Igual que a los otros veinte prisioneros, Fiódor fue conducido dentro de un carruaje individual —de los que vio por el ventanuco— por una amplia calzada de la ciudad en compañía de un guardia. Hacía frío y el recorrido fue largo: terminó en la plaza Semenovski, muy familiar a Fiódor; por ahí paseó con Sonia un domingo, ahí iba a leer de vez en cuando, ahí conversaba con Grigoróvich.

En la plaza Semenovski habían emplazado una extensa plataforma de seis o siete metros por lado. Acordonaron el sitio para impedir el paso a los curiosos que se iban aproximando al grupo de prisioneros. Fiódor vio a Petrashevski, al amigo Mombelli y a muchos de quienes conoció en la tertulia; se agitaban de frío por la nieve caída durante la noche, trataban de saludarse o de cambiar palabras entre sí.

Un general a caballo se desprendió de la tropa y dio la orden de que los formaran de tres en tres, de acuerdo con una lista leída en voz alta por un militar de menor rango. A Fiódor lo unieron a Petrashevski y Mombelli: eran los primeros de la lista.

Apareció un sacerdote de negra sotana; sostenía una Biblia.

—Síganme —les dijo—. Hoy escucharán la justa decisión de su caso.

En el centro de la plataforma se leyó a cada uno su sentencia. Todas eran semejantes: pena de muerte por sedición, por confabulación, por rebeldía al zar, por terrorismo.

Resultaba evidente que los tres primeros en la ejecución serían ellos. Los apartaron del resto. Petrashevski quedó en el centro, entre Mombelli y Fiódor.

—No es posible que nos vayan a fusilar —murmuró Fiódor, todavía incrédulo. Petrashevski se encogió de hombros.

Un soldado les enfundó un batón blanco y les encasquetó un gorro para cubrirles completamente la cabeza.

La luz del sol empezaba a clarear el sitio, sobre la bruma. La concurrencia aumentaba agolpándose sobre el acordonamiento: había familiares, amigos de los prisioneros, pero sobre todo curiosos. Una mujer lloraba, otras rezaban en voz alta. Un viejo trató de tranquilizar a la gente diciendo que llegaría el indulto, en el último momento; ya había sucedido en otras ejecuciones como un desplante público de Nicolás Primero para hacer notoria su generosidad. Todo era un truco, repetía el viejo.

Biblia en mano, alzando la voz, el sacerdote instó a Petrashevski, a Mombelli y a Fiódor, a reconocer sus faltas, a arrepentirse, a confesarse en público. Ninguno respondió.

—El pecado es la causa de su muerte —dijo el sacerdote.

Condujeron a los tres prisioneros al fondo de la plataforma y los ataron a sus respectivas estacas con los brazos sueltos. Petrashevski se arrancó el gorro de la cabeza: quería enfrentar cara a cara a la muerte. Sonriendo dijo a Mombelli, que acababa de estornudar:

—Vas a llegar resfriado al reino de los cielos, Alexis. Se van a burlar de ti.

Un terror profundo, como místico, sacudía a Fiódor. Trataba de pensar en el reino de los cielos, en ese Jesucristo del que se había desprendido en los últimos años. Recordó a su padre asesinado, a su hermano Mijail, a una Sonia alegre y lejana, muy lejana.

El pelotón se formó delante de ellos y los tambores empezaron a tronar con un redoble continuo que enchinaba a la concurrencia.

Fiódor aproximó su cabeza encapuchada a Petrashevski para decirle:

—Pronto vamos a estar con Jesucristo.

—No seas imbécil —replicó secamente Petrashevski—. Vamos a ser polvo, solamente polvo.

Ahora voy a saber, pensó Fiódor cuando los disparos del pelotón, entre el redoble de tambores, acribillaron su cuerpo. Uno le dio en la frente.

Fiódor se dobló sobre la estaca, muerto al instante.

Resentimiento

—Es que me ha ido del carajo, no sé por qué. Cuando estudiamos juntos en la escuela de periodismo, tú lo sabes mejor que nadie, yo era de los más brillantes de la Septién García. Estaba ahí en San Juan de Letrán, ¿te acuerdas?, cerca de La Copa de Leche y del Cinelandia, en el segundo piso de un edificio que se cayó con el terremoto del 85. Al profe Avilés, Alejandro Avilés, que nos daba literatura y nos hacía leer a García Lorca y a San Juan de la Cruz, se le ocurrió un día convocar a un concurso entre los doscientos o no sé cuántos estudiantes para calarnos, para ver quiénes eran los verdaderos chingones. No sé si tú participaste.

—Sí, claro, por supuesto.

—Y nombraron un jurado de gente picuda. El padre Octaviano Valdés, famoso porque había escrito *El padre Tembleque*; los periodistas José Audiffred y Nacho Mendoza Rivera, a quien le habían dado un premio nacional por un reportaje sobre la Tarahumara, y Luis Calderón Vega, fundador del PAN y conferencista de cajón en la escuela. El presidente del jurado era Alfonso Junco, al que por cierto le decían Alfonso Xunco porque siempre andaba de necio escribiendo México con jota. Puros picudos, te digo. Pues en ese concurso de la Septién, inolvidable para mí, los tres que nos llevamos los premios, y hasta salimos en los periódicos, fuimos Gerardo Medina, Antonio Estrada y yo.

—Me acuerdo, cómo no.

—A Gerardo Medina le dieron el premio de poesía, lógico; él y Dolores Cordero eran buenísimos para hacer versitos y el profe Avilés los ponía de ejemplo a cada rato. Pero Gerardo era un latoso. Tenía fama de contestatario y alumno problema. Protestaba por todo; que si la mayoría de los maestros eran una punta de mediocres, que si necesitábamos más clases de periodismo, que si el nivel parecía de preparatoria. Uy, se traía de puerquito a Carlos Alvear, el director. Ah, no no. Alvear no era entonces el director, ya no nos tocó a nosotros. El director de entonces era este cuate, ¿cómo se llamaba?, este tipo flaco, paliducho, de pelo restirado que había trabajado la fuente religiosa con Septién García en *La Nación*, ¿cómo se llamaba?, y que luego fundó la revista *Señal*. Tú le hacías mucho la barba.

—Josene Chávez González.

—Ése. Josene Chávez González, taurófilo enajenado como todos los discípulos del Tío Carlos. Y mira, para mí, aquí entre nos, el Tío Carlos, es decir, Carlos Septién García —qué pinche manía de ponerse un seudónimo para escribir sus crónicas taurinas— no era tan maravilloso como nos decían a cada rato. Era un panista cien por ciento, conservador, derechoso, chapado a la antigua. Yo todavía guardo por ahí un libro que escribió poco antes de su muerte, cuando viajó a España y entrevistó a Francisco Franco.

—*Testimonio de España*. Es de 1950.

—Ah, pues si conoces el libro te debes acordar de los elogios que le embarra a ese dictador hijo de la chingada. Lo llama caballero de la cristiandad, ¡hazme el maldito favor!, luego de entrevistarlo con una veneración y un embelesamiento —¿está bien dicho embelesamiento?— que te caes de espaldas. Si ahora se volviera a publicar esa entrevista del mártir que le dio nombre a nuestra escuela, te juro que los alumnos y todo mundo lo mandarían al carajo por muy buen periodista que haya sido. ¿Sabes qué fregó a Septién García? ¿Sabes qué? Su mochería. Su pavor al comunismo. Tengo la impresión de que odiaba más al comunismo que a los gobiernos corruptos contra los que luchaba el PAN.

—Me estabas hablando de Gerardo Medina.

—Sí sí, Gerardo Medina Valdés. Como poeta y como alumno de la Septién García: notable, ni hablar. Pero como persona, qué lata, tú y todos lo sufrimos. Qué lata cuando organizaba protestas para tumbar a algún maestro. Qué lata cuando se pasaba las clases de Domingo Álvarez Escobar levantando la mano para decirle que las entrevistas de opinión no debían hacerse así, como nos enseñaba Álvarez Escobar: muy buen reportero Álvarez Escobar, por cierto. Lo llamaron de *Novedades* y escribió reportajes espléndidos, yo los leía. Pero en fin, Gerardo Medina ganó ese premio de poesía, muy merecido, y cuando salió de la escuela se fue a encauzar sus complejos a *La Nación*. Porque estaba lleno de complejos, no me digas que no. De lucha de clases, de resentimiento, y hasta de esas manchas blancas en las manos, algo así como mal del pinto, no sé. Pues se graduó de la escuela y se fue a echar sapos y culebras a *La Nación*. Eran los tiempos de López Mateos, de Díaz Ordaz, y *La Nación* ya no se parecía a la de antes, lo que sea de cada quién y a pesar de lo gordo que me cae la mitificación de Septién García. La encabezaba entonces, me parece, su maestro Alejandro Avilés, buen poeta, pero que de periodismo sabía lo que yo de comida china. Allí trabajó Gerardo Medina un titipuchal de años: como reportero y como militante del PAN, necesariamente. Lo nombraron director de *La Nación* y fue diputado en tres o cuatro legislaturas. Era de los duros en la cámara: peleonero, cabrón, siempre inteligente, como cuando lo conocimos. Murió poco antes de cumplir setenta años, de nuestra edad.

—Antes escribió un libro.

—Sí, *Operación 10 de junio*, sobre las matanzas del jueves de corpus por los halcones aquellos. Ese libro y su participación en la cámara como diputado del PAN lo volvieron famoso, muy famoso. Mucha gente de nuestros tiempos sigue hablando de él y lo respeta, como a mí me gustaría que me respetaran y me reconocieran ahora, ¿es mucho pedir?

—También a Antonio Estrada lo premiaron, me decías, en aquel concurso de la Septién.

—A Antonio Estrada le dieron el premio de periodismo sobre un reportaje de nota roja. Era muy amigo tuyo, ¿no?

—Buen amigo siempre.

—Comparado con Gerardo, Toño era otra cosa. Inteligente, abusadísimo, pero humilde. Se sentaba hasta atrás en el salón, me acuerdo.

—Porque llegaba tarde.

—Llegaba tarde porque se mataba trabajando todo el día, tú lo sabes. Tenía mujer, hijos, carencias económicas que no sufríamos nosotros. Era de Huazamota, Durango. Su padre fue líder de la segunda cristiada, la de los campesinos duranguenses que no aceptaron los arreglos corruptísimos de los obispos con el pendejo de Portes Gil. Apenas llegó a la Septién García, Antonio Estrada decidió entrarle al periodismo combinándolo con otras chambitas mugres que agarraba por dondequiera. A mí me decía: yo no quiero aprender periodismo teórico, yo quiero aprender periodismo en vivo. ¿Y sabes qué hizo el cabrón? Desde que estábamos en primer año, antes de dominar los famosos *qué* y *cómo* y *cuándo* y *dónde* de la entrada de noticia, Toño se lanzó como el Borras a la reporteada. Conocía de puro oídas a un gordito que cubría la nota roja de *El Universal Gráfico* y se le plantó en Bucareli. Le pidió trabajar con él, como su ayudante. Yo no te puedo pagar, le dijo el gordito. No importa, dijo Toño, trabajo gratis. Y así, de gratis, sin siquiera una lana para el desayuno, Toño se puso a chingarle en la sección de nota roja. Se levantaba a las cinco de la mañana, todos los días, y se lanzaba a recorrer delegaciones para averiguar qué hechos de sangre habían ocurrido durante la noche. Luego de consultar actas y entrevistas a agentes ministeriales, llegaba a las nueve a la redacción de *El Universal Gráfico* y le entregaba su bonche de información a ese reportero de la fuente. El cabrón la tenía fácil. Escribía las notas y poco a poco se las fue dando a escribir a Toño. Hasta los versitos que les ponían como pie de foto a los delincuentes eran textos redactados por Antonio Estrada. Tú lo regañabas, me acuerdo. Que te pague. Te está explotando. Tú le haces todo.

—Y Toño me respondía: Estoy aprendiendo. El que me hace el favor es él.

—La verdad, se volvió un gran reportero mi querido Antonio Estrada. Años después, en los sesenta, se fue a vivir a San Luis Potosí, militó en el movimiento político de Salvador Nava y sobre eso escribió un libro: *La grieta en el yugo*. Extraordinario trabajo.

—Para entonces ya había estado en *El Universal*, en *Mundo Mejor*, en *Señal*, en *Siempre!*, y había escrito *Rescoldo*.

—Claro, *Rescoldo*. La novela ésa que te digo sobre su padre cristero, el que se enfrentó a la Iglesia y siguió la lucha hasta que los federales lo mataron en presencia de Toño. Los hicieron polvo a él y a su gente. Me encantó la novela. Hasta le hice una crítica muy elogiosa en un periodiquito literario de Julio Enrique Ortiz Franco, ¿te acuerdas de él? Colaboraba en *Columbus* junto a Manuel Pérez Miranda. Luego Juan Rulfo, que nunca elogiaba a nadie, dijo públicamente cosas maravillosas de *Rescoldo*; lo mismo que Jean Meyer, y mira que Meyer es un verdadero experto en la cristiada. Al principio nadie peló la novela de Antonio Estrada pero ahora es un clásico. La publicó Jus, ¿verdad? Tú la recomendaste.

—Yo sólo presenté a Toño con Abascal, entonces director de Jus. Estaba seguro de que se la rechazaría por el tema, y se lo advertí a Toño, porque Abascal era un viejo sinarquista muy conservador, defensor a capa y espada de la Iglesia.

—Yo sé todo de Salvador Abascal, no necesitas ni decirme. Fue fundador de los sinarquistas y entró a Tabasco a caballo, en los años treinta, para combatir a los garridistas que se oponían al culto católico. Se pasó la vida escribiendo contra el comunismo, el liberalismo y los judíos, no sé cómo aceptó la novela de Toño Estrada.

—Pues la aceptó, aunque a la hora de la edición suavizó algunos términos que le parecían muy groseros, indignos de aparecer en el libro de una editorial católica, según me contó Estrada. Cambió palabras. Por ejemplo: donde un personaje decía *cabrón*, Abascal puso *carbón*. Y donde otro decía *¡a la chingada!*, él corrigió: *¡a la tiznada!* Yo mismo le reclamé a Abascal cuando leí el libro ya editado pero él me explicó muy sonriente, porque era muy sonriente y muy simpático el viejo: El lector entiende; aparecen otras palabras, pero el lector lee entre líneas las que escribió el autor, como si fueran erratas, ¿cuál problema?

—¿Y Toño aceptó la censura?

—No le quedó de otra.

—Te digo que era un tipo muy noble y muy tranquilo nuestro querido Antonio Estrada. Y le fue bien, con sus libros y con sus colaboraciones en tantísimos periódicos. La hizo. Por eso me dolió mucho, cuando me enteré en el sesenta y tantos, que se hubiera muerto tan joven.

—Dejó incompleta una novela, *Los indomables*.

—Eso es lo que te venía diciendo, para que veas, volviendo a mi rollo. De aquellos tres estudiantes de la Septién García que triunfamos en el concurso de Avilés, Gerardo Medina y Antonio Estrada se hicieron famosos, publicaron libros, tuvieron éxito. Y yo qué. Yo soy un don nadie en este país. Soy inteligente, más inteligente de lo que ellos eran aunque me esté mal el decirlo, y nadie me lo reconoce. Nadie sabe quién soy. Sencillamente no existo.

—Pero has publicado libros, me dices.

—Ocho en total. Dos novelas, un libro de cuentos, tres de poesía y dos de ensayos narrativos de política-ficción. Pero de nada han servido.

—¿Por qué?

—Deja que te cuente mi historia, que para eso vine. No quiero cansarte mucho, ¿tienes tiempo?

—Media hora.

—Cuando salí de la Septién García, como todos, tenía muchas ambiciones. Ganas inmensas de comerme al mundo. Ya había sufrido un descalabro medio desalentador con ese cuento premiado, porque lo primero que hice fue llevárselo al presidente del jurado, a don Alfonso Xunco, para ver si me lo publicaba en la revista *ábside*. Se llamaba *La sombra del tragafuegos* y tenía como doce páginas, o un poquito más. Tan famoso era entonces Alfonso Xunco como pagado de sí mismo, no sé si tú estés de acuerdo. Se sentía el Alfonso Reyes de los escritores católicos. Pero me recibió muy amable en su casa de San José Insurgentes; ahí frente al parque de la bola donde luego pusieron unos laboratorios médicos y ahora hay dos torres de edificios de departamentos. Era enorme la casona de Alfonso Xunco con libros por todas partes en libreros altísimos que sólo se podían alcanzar con una escalera de bomberos. Me felicitó por el premio el cabrón como si él en persona me lo hubiera regalado, pero con dos o tres frases me mandó al carajo en menos de cinco minutos. Ni madres. Que en *ábside* —ay sí, tú— sólo publicamos cuentos de autores reconocidos; es decir, que mi cuento no representa ningún reconocimiento, ¿no? Que se publican más bien ensayos, poemas, reflexiones sobre asuntos trascendentes; cuentos, muy pocos. Pues entonces muchas gracias don Alfonso y adiós para siempre. Qué podía hacer yo, un muchacho que empezaba, ni modo de insistir. Josene terminó publicándome el cuento en *Señal.* Pero lo metieron en las últimas páginas, antes de las tiras cómicas de Serafín, con una letrita de ocho puntos y una ilustración horrorosa que nada tenía que ver con mi tragafuegos.

—Lástima, caray.

—Seguí escribiendo cuentos, no le hace, y algunos reportajes para *Mañana*, para *Hoy*, para esa *Revista de América* que dirigía Adrián García Cortés, ¿te acuerdas?; chaparrito, moreno, también nos daba clases y era del grupo de Carlos Septién García. Como lo mío era la literatura y no el periodismo, me partí el alma para publicar cuentos en revistas literarias. Fui a todas: *Letras Patrias*, *Revista Mexicana de Literatura*, *Estaciones* de Elías Nandino, *Cuadernos del Viento* del pinche Batis, *Zarza*, todas ésas, donde trataban de abrirse paso los jóvenes de nuestra generación. Qué va. Las manejaban los exquisitos de las mafias de *Revista de la Universidad* o de los suplementos de Fernando Benítez, de Octavio Paz, de Carlos Fuentes; o los serviles del taller de Juan José Arreola y los becarios del Centro Mexicano de Escritores, otra mafia de lo peor. Por fortuna yo me casé con María Luisa Acosta, no sé si la llegaste a conocer; creo que no, ¿verdad?, tú y yo nos dejamos de ver apenas salimos de la escuela de periodismo. Era una muchacha guapa, plantosa como se decía antes, hiperactiva. Había estudiado para estilista en San Diego y luego puso una cadena de salones de belleza; seguramente oíste alguna vez de las salas de estética Lady Godiva. Había una en la colonia Del Valle; otra en la Cuauhtémoc, otra en la Nápoles. Así. Un buen negocio. Además, los padres de María Luisa le dejaron una casa en la Anzures, grande, hasta con alberca, donde vivimos mucho tiempo, y una herencia nada despreciable. Eso me permitió olvidarme de todo y dedicarme a escribir pensando solamente en eso: en convertirme en un gran escritor; un novelista famoso como Carlos Fuentes o Juan Rulfo. A eso le tiraba. Fue cuando escribí durante tres años, tres años y medio, mi primera novela: *El cuerno de la abundancia*. ¿Sabes por qué le puse ese título?

—Por las clases de geografía.

—Justamente, por las clases de geografía de la primaria. Eso nos decían que era la República Mexicana: un cuerno de la abundancia. Y por eso le puse así a mi novela, con ironía, claro. Buen detalle, ¿no te parece?, buen título. Mi novela era ambiciosa hasta decir basta. Se cruzaban cuatro historias siguiendo un poco los recursos de John Dos Passos que entonces estaba en el ajo desde que compararon *La región más transparente* con la técnica del gringo. Una de mis historias sucedía en la ciudad de México, por supuesto; otra en Chihuahua, entre los tarahumaras, y otra en las costas de Jalisco como en *La tierra pródiga* de Yáñez. Me fascinaba Agustín Yáñez. Era como el padre de la literatura mexicana moderna y lo elogiaban más que a Juan Rulfo. Ahora en cambio, ya ves, pasado el tiempo, ni quien lo cite. Los mismos mafiosos que lo exaltaron hasta la exageración le hicieron el silencio después del 68, ¿te acuerdas?, porque se puso en contra de los estudiantes cuando era secretario de Gobernación de Díaz Ordaz. Además de Yáñez —yo nunca he renegado de él— ¿sabes quién me influyó, aunque de otra manera, en *El cuerno de la abundancia*? Un novelista muy recomendado por Alejandro Avilés: Rubén Marín. Era médico de profesión y escribió sobre eso, sobre las andanzas de un médico rural; algo así como el cura rural de Bernanos pero en la provincia michoacana. Otro michoacano que me enseñó el valor de la prosa fue Alfredo Maillefert, no sé si lo has leído. El tipo admiraba a Gutiérrez Nájera y a Azorín y tenía un estilazo, un poder poético en su narrativa como no se ha vuelto a dar en la literatura mexicana. Él me influyó de alguna manera y también un español muy denigrado por todos, ¿cómo se llama? Este autor, caray, el de *Peñas arriba* y *Don Gonzalo González de la Gonzalera*, cómo se llama, costumbrista, descriptivo hasta más no poder, muy en la línea de Maillefert y en otro sentido de Pérez Galdós. ¡Carajo, mira nada más cómo me está fallando la memoria! Lo leí muchísimo. De la generación del 98, un poco antes quizá. *El sabor de la tierruca*, *Sutileza* ¡Pereda! Eso es. José María Pereda. Me influyó, pues. Me ayudó con su detallismo para *El cuerno de la abundancia*. En fin, como te digo, durante cuatro años escribí la novela después de largos viajes a la Tarahumara, a las costas de Veracruz y de Jalisco, a todos los lugares donde ocurrían las historias cruzadas, en paralelo, al contrapunto. Llené seiscientas páginas y en las correcciones me quedé en quinientas, en cuatrocientas ochenta, algo así, ya no sé. Un esfuerzo brutal como los de Fernando del Paso o el de Luis Spota en su tetralogía del poder.

—¿Publicaste la novela?

—Sufrí más para publicarla que para escribirla, ¿vas a creer? Recorrí todas las editoriales, todas, pero como no tenía influencias ni pertenecía a ningún grupito cultural, me dieron con la puerta en las narices. En Siglo XXI Arnaldo Orfila ni me recibió: que lo que sobraba ahí eran libros y propuestas. Díez Canedo, en Joaquín Mortiz, la tuvo ocho meses encima de su escritorio, ¡ocho meses!, para que al final me la devolviera con un informe de lectura de uno de sus consejeros pendejos. ¿Sabes qué decía ese informe? Que mi novela no tenía centro de gravedad, esa palabra utilizó. Que sus personajes eran esquemáticos y simbólicos. No te rías, así dijo. Por fin, ¿o son esquemáticos o son simbólicos? Si son simbólicos ya no pueden ser esquemáticos, ¿o no? Puras tonterías como ésas, ya ni me acuerdo. También traté de colocarla en Costa Amic, en Grijalbo, en Novaro, ¡párale de contar! ¿Y sabes qué hice?, ya cansado de andar de un lado para otro proponiendo mi obra, una novela valiosa, te lo juro, no exagero; una novela que rompía con todo lo que estaban haciendo los escritores de nuestra generación; bien intensa, bien redactada, con un aparato formal complejo pero bien trabado. Tal vez no era el libro de un premio Nóbel, no me hago tonto; era mi primera novela y bueno, tú sabes, necesariamente tenía sus fallas, como todas, los titubeos propios de quien empieza; aunque ahí lo importante, lo que no lograron ver esos informantes a sueldo, incapaces de leer una novela completa, porque no las leen, te lo garantizo; le echan una ojeada al principio y otra al final y si acaso leen algo de la mitad lo hacen a la carrerita, saltándose párrafos, en diagonal. Lo que ellos no vieron, te digo, fue que *El cuerno de la abundancia* tenía alma, carácter, personalidad, estilo; un estilo propio y original.

—Y qué hiciste, pues.

—La publiqué por mi cuenta. Ya. ¡A chingar a su madre! Primero me inventé el nombre de una editorial: El Ancla; muy sugestiva, ¿no?, con todo y su logotipo calcado de una edición para adolescentes de Julio Verne. Luego me fui a una imprenta del centro que me recomendó Raúl Navarrete —tú conociste a Raúl Navarrete, me imagino, también novelista pero con más suerte— y con mi dinero, con el dinero de María Luisa, mandé imprimir quinientos ejemplares. La portada era un dibujo de Manuel Laisequilla con un mapa de la República Mexicana parodiando esa idea de la primaria. Me gustó bastante, no demasiado, pero ya me urgía y no tenía tiempo de buscar otra posibilidad. Tardaron meses y meses en terminar la edición hasta que por fin tuve el primer ejemplar en mis manos. No te imaginas la emoción: un orgasmo, de veras, la felicidad completa. Casi completa porque luego vino la talacha interminable de llevar ejemplares a todos los periódicos, a todos los suplementos culturales, a todos los críticos de entonces: Carballo, Huberto Batis, Paco Zendejas, Reyes Nevares, González Casanova. A todos todos y ninguno de ellos, te lo juro, en ninguna parte se publicó una pinche línea de mi libro. Nadie habló de él ni para celebrarlo ni para hacerlo pedazos ni para escribir cualquier pendejada. El silencio absoluto. La ley del hielo. Hasta me enfermé, ¿vas a creer? Una semana con un calenturón de cuarenta grados y una depresión hasta los suelos que no se la deseo a nadie. Me sentía el escritor más desamparado del mundo, imagínate. Me repuse después, hice concha. Terminé regalando ejemplares a parientes y amigos, y distribuyéndolos de casa en casa a gente desconocida. Tocaba el timbre, me abrían la puerta y zas, les enjaretaba la novela con un breve espich que los dejaba de a seis. También hice algunas presentaciones mafufas a las que sólo asistían mis gentes cercanas y algunas clientas de los salones de belleza de María Luisa. Todavía conservo en mis libreros unos diez o quince ejemplares de *El cuerno de la abundancia*.

—Pero seguiste escribiendo.

—Hasta completar ocho libros, te digo, todos editados por El Ancla. Como cinco años después escribí otra novela, una novela de amor, *Josefina y Josefa*, un poco a la manera de *María* de Jorge Isaacs o de *Pablo y Virginia*, para ver si por el lado romántico le pegaba a este negocio. Me fue un poquito mejor porque un tal Zárate le dedicó una reseña muy interesante en *El Universal*, pero párale de contar. Me clavé entonces en mis libros de cuentos y en mis ensayos, yo los llamo así, de política-ficción. Uno de ellos me gustó mucho, era bueno de verdad. Trataba sobre el PRI; lo que sucedería en México si el PRI perdiera las elecciones presidenciales con un tipo como Salvador Nava, el de San Luis Potosí. Todo ficción, claro, pero con un sustento documental muy investigado. Luego me dijeron que Armando Ayala Anguiano había publicado una novela sobre el mismo tema, o un como libro condensado en la revista *Contenido*, pero yo nunca lo leí porque estuviera escrito como estuviera, bien o mal, se trataba de un planche infame. A veces pienso que ese libro sobre el PRI fue el mejor de todos. Lo escribí por ahi de los ochenta; ahora resultaría anacrónico aunque se salva un poco porque se trata de una versión audaz, muy seria y muy profunda, de la realidad política de nuestro país, siempre vigente.

—Todos los libros los pagabas tú.

—Hasta el último centavo. Cuando estaba casado con María Luisa ella me soltaba los cheques con toda naturalidad, hasta me infundía ánimos. Luego vinieron los problemas conyugales, que nunca faltan, y terminamos divorciándonos después de un jaleo horrible. Ella se volvió a casar con un japonés-gringo que jugaba tenis y tenía negocios de bienes raíces en Ciudad Satélite, por esa zona.

—¿Tuvieron hijos?

—Dos. El mayor trabaja ahora con el japonés de María Luisa, le va de maravilla. El otro es biólogo y pobre, trabaja en la UNAM. Como después del divorcio yo me quedé con una mano atrás y otra adelante entré al Seguro Social, a contaduría, recomendado por mi primo Jaime. Sabía de eso, no era un simple aviador. Antes de entrar en la Septién yo estudiaba en la Bancaria y Comercial, y aunque estaba empolvado, me dieron esa chamba de burócrata. Ahí estoy en el IMSS, desde hace años, con un sueldo que me ha permitido seguir viviendo nada más, entre ascensos y descensos porque ya ves que cada que entra un nuevo político, un nuevo director, empiezan los cambios y te mandan de un lado para otro sin ninguna consideración. En un tiempo me pusieron a escribir los discursos del director, porque descubrieron mis habilidades para la retórica, y me fui para arriba. Y luego para abajo otra vez. Y ahí he seguido hasta hoy, como autómata, con derecho a jubilarme, pero convencido de que mi verdadera vocación fue la de novelista, la de cuentista, la de poeta. Me dio por la poesía, ya te dije, y escribí un libro de setenta y dos sonetos. ¿Te acuerdas de Cabral del Hoyo? Pues me puse a escribir a la manera de Cabral del Hoyo hasta dominar la forma de *los catorce versos dicen que es soneto*, ¿te acuerdas? Un tipazo el Cabral del Hoyo. Apenas se imprimieron mis *Sonetos del desamparo* fui a llevarle el libro. Le encantó. Me dijo maravillas con una sinceridad impresionante. Es el único reconocimiento, el único, que he recibido en mi pinche vida por parte de un escritor verdaderamente grande. Me hice su amigo. Iba a verlo y hablábamos de la vida, el amor, la literatura. Su muerte me dejó un agujero aquí muy grande en el corazón.

—Me imagino, era un gran tipo.

—En fin, no quiero quitarte más tiempo. Ya te conté en pocas palabras lo que fue mi vida desde que nos conocimos hace tantos años. Y lo hice porque quisiera pedirte un favor, un enorme favor. Puedes negármelo y olvidar de golpe todo lo que te he dicho, estás en todo tu derecho, pero me gustaría que escribieras un cuento, no sé, un relato a manera de entrevista de lo que platicamos esta tarde. Una especie de testimonio de mi pinche existencia. Me gustaría irme de esta vida para siempre sabiendo que un amigo de los de antes va a poner por escrito la experiencia de un fracaso. No lo escribo yo, aunque podría hacerlo desde luego, quizá mejor que tú porque me nacería del alma, pero ocurriría lo mismo de siempre: no lo publicaría nadie. Tú, en cambio, tienes manera gracias a tus influencias en los medios literarios y podrías hacerlo en alguna revista o como parte de un libro, no sé. Lo que importa es que alguien lea este testimonio, que en letras de imprenta, como dicen, quede una constancia perdurable para ilustrar a las viejas o a las nuevas generaciones de una desgracia semejante a la de muchos otros, supongo. Con eso me iría tranquilo. Ya no tiene caso seguir luchando, para qué. A quién le importa saber que un escritor totalmente desconocido se quitó la vida en un hotel de paso. Si acaso, o ni eso, alcanzaré una pequeña noticia perdida por ahí en las páginas de un periódico. Y te lo digo así, tan tranquilo como me ves, sin esperar de ti un sermón para convencerme de que no me vaya. Me iré de cualquier manera porque lo he pensado lo suficiente y estoy seguro de mi decisión. Es una decisión que nadie cambiará y confío en que tú me respondas escribiendo ese texto en cinco o seis páginas, no necesito más. Hasta he pensado en el título aunque tú puedes ponerle el que te dé la gana. Un título breve, contundente. Qué te parece *Resentimiento*, ¿te gusta?

Los cuatrocientos años de *Hamlet*

Rafael había decidido no participar nunca más como jurado de concursos literarios. Además del fatigoso trabajo de leer docenas de cuentos y revisar diez o quince novelas por una paga que los organizadores calificaban de "simbólica", las discusiones con los otros miembros del jurado resultaban casi siempre fatigosas, cuando no tensas y próximas al pleito.

La última ocasión, en el premio anual de novela Jorge Ibargüengoitia convocado por el gobierno de Guanajuato, Rafael llegó a la reunión para el fallo con tres propuestas, seleccionadas entre quince, que ninguno de los otros incluían entre sus favoritas. Los alegatos fueron estridentes. La que él consideraba la mejor le perecía pésima a sus compañeros; "francamente débil", dijo Arturo Ramos; "infumable, primeriza, mal escrita y tonta", afirmó Héctor Manjarrez. Rafael consideró que el calificativo "tonta" lo implicaba a él, porque "tonto" resultaba quien lo proponía para ser premiada. Respondió con un exabrupto, y en su réplica reviró el calificativo a Manjarrez, quien agregó más razones para descalificarla de entrada. Total, que se hicieron de palabras, y de no ser porque Arturo Ramos —presidente del jurado— se empeñó en calmar lo ánimos, aquella reunión hubiera terminado en un pleito a manotazos. Rafael se largó de ahí luego de mandar a la chingada a sus compañeros; así, textualmente.

Fue a raíz de ese episodio cuando Rafael tomó el hábito de rechazar toda invitación para los premios que se convocaban frecuentemente en el país. Nunca más, decía, y sus negativas a quienes le telefoneaban de Sonora, Chihuahua, Durango, Querétaro… eran siempre terminantes, cuando no majaderas.

—¡Dejen de molestarme, carajo! —y apagaba el teléfono.

Una noche, sin embargo, lo llamó Hernán Lara Zavala, su amigo del alma, para proponerle ser jurado de un concurso sumamente/

—Ya sabes que yo no participo en esas vaciladas, no me chingues.

—Espérate, déjame que te explique.

—No me chingues —repitió Rafael.

—Este concurso es muy original y el presidente del jurado voy a ser yo, no tendrás problemas —dijo Hernán—. Se trata de que los escritores mexicanos de nacimiento, o extranjeros residentes en México, escriban un cuento, no mayor de diez cuartillas, sobre Shakespeare o los personajes de Shakespeare. Lo organizan el International Globe Center de Londres, la embajada de la Gran Bretaña y Conaculta. Habrá concursos iguales en otras partes del mundo: en España, en Inglaterra por supuesto, en Francia, en Alemania, en Argentina, en Chile. Es para conmemorar los cuatrocientos años de la escritura de *Hamlet*.

—Una jalada —exclamó Rafael.

—El que gane en México recibirá el equivalente en libras de ocho mil dólares y luego competirá con los ganadores de los otros países. El jurado definitivo estará compuesto por gente de la talla de Harold Bloom y George Steiner. Y se publicarán los textos finalistas en un libro.

—Se antoja más concursar —dijo Rafael.

—Puedes hacerlo si quieres, yo también lo pensé. Pero preferiría que fueras jurado conmigo y con otros que ya invité, gente seria: Ignacio Solares, Luis de Tavira, que sabe mucho de Shakespeare, Guillermo Samperio y Nacho Padilla.

—¿El del crack?

—También sabe mucho de Shakespeare.

—Yo no.

—Pero sí de narrativa y el concurso es para cuentos, no para obras de teatro ni para ensayos sobre Shakespeare.

—Hubiera sido mejor que pidieran obras de teatro —dijo Rafael.

—El concurso es así, qué quieres que haga. Y a mí me parece más original.

Rafael se resistió un poco pero terminó aceptando. Le pagarían dos mil dólares por su participación —nada despreciables considerando la miseria que solían ofrecer las instituciones mexicanas—. Además no le representaría gran esfuerzo, pensó, leer cuentos de menos de diez cuartillas.

El concurso se publicitó en la prensa y en internet, y cuando se terminó el plazo de dos meses para recibir los originales sólo se presentaron cuarenta. Diez fueron rechazados por los supervisores de Conaculta porque no cumplían con los requisitos o porque eran francamente malos, de manera que cada miembro del jurado sólo recibió treinta: poco más de doscientas páginas en total.

Ocurrió en esos días una contrariedad que enojó a Rafael. A última hora invitaron a Hernán Lara Zavala a la universidad de Glasgow, en Escocia, con José Emilio Pacheco, para impartir un seminario sobre la influencia de la literatura inglesa en la literatura mexicana. No pudo rechazar la invitación; prefirió declinar su nombramiento de jurado en *Los cuatrocientos años de Hamlet*, que así se llamaba el concurso de cuentos.

—Me dejaste colgado de la brocha, pinche Hernán —le dijo Rafael por teléfono.

—Discúlpame, compadre. Discúlpame, discúlpame, discúlpame —fue todo lo que replicó.

Rafael enojado pensó en renunciar también, pero como ya llevaba leídos veinte originales prefirió llegar hasta el fin.

La deliberación de los jueces se efectuó en casa de Ignacio Solares en el Fortín Chimalistac —atendidos con mucho whisky, cervezas (ron Bacardí blanco para Rafael) y bocadillos preparados por su esposa Myrna—. Resultó tranquila. Tanto Solares como Luis de Tavira, Ignacio Padilla, Guillermo Samperio y el propio Rafael habían seleccionado un cuento titulado *Romeo y Julieta*, firmado con el antipático seudónimo de K. Tarsis.

Era el favorito de todos, con reservas de Rafael. Él llevaba otros dos como sobresalientes: uno sobre un Otelo de barriada, vendedor ambulante, y otro sobre un Shakespeare que en su lecho de muerte confesaba que sus obras no fueron escritas por él sino por unos amigos a quienes les pagaba con tragos. Él, William Shakespeare, el Cisne de Avon, sólo era genial como actor y escribía de vez en cuando algunos sonetos.

Tanto Solares como Ignacio Padilla fruncieron el gesto ante la peregrina elección de esas obras que no hubieran ganado un concurso de preparatoria, dijeron. Y Luis de Tavira, por su parte, aprovechó el momento para largar una erudita disertación sobre el Hamlet de Peter Brook.

Rafael paró en seco a Tavira mientras bebía su cuarto ron. Quería justificarse. No, no era que él prefiriera el Otelo ambulante y el William moribundo. Estaba de acuerdo con todos en que el *Romeo y Julieta* de K. Tarsis era tal vez el mejorcito de los cuentos pero tenía la impresión, dijo, de que ese relato ya lo había leído antes en otra parte. No lograba recordar en dónde, ni cuándo; sólo era una inquietud.

—¿No será un plagio?

Aunque a Solares no le sonaba el cuento a nada que hubiera leído con anterioridad —le pareció ingenioso, una parodia exquisita—, abonó como abogado del diablo las dudas de Rafael: por como el cuento estaba trazado, por como hablaban sus personajes, no parecía de un autor mexicano.

—A mí me dicen siempre que mis novelas no parecen de un mexicano —intervino Ignacio Padilla.

—Sí —acotó sarcástico Guillermo Samperio—, casi todos lo del crack escriben como extranjeros.

Para no dar pie a un alegato peligroso, Solares continuó:

—En los concursos literarios los plagios son muy frecuentes —y citó el caso de aquel cínico que mandó a concurso un cuento olvidado de Papini y luego se vio obligado a devolver el premio cuando lo descubrieron. O el de aquella secretaria que se planchó párrafos enteros de *Arráncame la vida* y de Rosa Montero para tramar una novela finalmente firmada, creía recordar, por el Nóbel Camilo José Cela. —Todos los cuentos pueden ser sospechosos de plagio —finalizó Solares.

—Pues a mí, la verdad, éste no me lo parece —dijo Tavira—. Nacho Padilla tiene razón. Ya es tiempo de que la literatura mexicana abandone sus localismos.

En su carácter de presidente del jurado, como relevo de Lara Zavala, Ignacio Solares redactó rápidamente un acta. El cuento *Romeo y Julieta* de K. Tarsis fue declarado, por decisión unánime, ganador del concurso.

Rafael fue el primero en firmar el acta y con el quinto ron, vaso en mano, se retiró de la casa sin dejar de pensar rumbo a su auto: "lo leí en alguna parte, me cachis, lo leí en alguna parte".

Romeo y Julieta de K. Tarsis*

El caballero inglés Oliver Mendeville, un joven que realizaba un viaje de estudios por Italia, recibió en Florencia la noticia de que su padre sir William había fallecido. Después de llorar durante toda una noche, verdaderamente apesadumbrado, sir Oliver se despidió de Magdalena, la chica con la que estaba viviendo en Florencia y a quien le juró volver lo antes posible. Enseguida, acompañado de su criado, se puso en camino a Génova.

Al tercer día de su viaje los sorprendió un aguacero precisamente cuando llegaban a una especie de refugio. Sir Oliver detuvo su caballo bajo un viejo olmo.

—Paolo —dijo a su criado—, ve a ver si hay por aquí algún albergue donde podamos refugiarnos hasta que pare la lluvia.

—En lo que respecta a su criado y al caballo —se oyó una voz encima de su cabeza—, el albergue está ahí, al dar la vuelta a la esquina. Pero usted, caballero, le haría un honor a mi parroquia si viene a refugiarse a nuestro humilde techo.

Sir Oliver se desprendió de su sombrero de alas anchas y se volvió hacia la ventana, desde donde le sonreía un viejo y gordo sacerdote.

—Reverendo padre —le dijo con respeto—. Le agradezco su gran amabilidad para con un extranjero que abandona su bello país tan pródigo.

—Si sigue hablando un minuto más —le dijo el párroco— se va a mojar de arriba abajo. Haga el favor de desmontar de su caballo y dése prisa porque llueve demasiado.

Sir Oliver se sorprendió cuando el párroco salió presuroso al pasillo. Nunca había visto un cura tan peque-

* Se reproduce a continuación el cuento por si algún lector coincide o no con la inquietud de Rafael.

ño. Cuando se inclinó para saludarlo, la sangre se le bajó a la cabeza.

—Déjese de reverencias —dijo el cura—. Soy un simple franciscano. Me llaman fray Hipólito. —De inmediato giró a sus espaldas: —¡Ey, Marietta! Trae salchichón, longaniza, vino —volvió a mirarlo—. ¿Es usted inglés?

Sir Oliver asintió.

—¡Válgame Dios! Desde que ustedes los ingleses se separaron de la Santa Iglesia Romana, hay ingleses por montones en toda Italia. Comprendo, es cuestión de nostalgia.

Marietta apareció.

—Mira, Marietta, este señor es inglés, ¡pobrecito! Tan joven y ya es inglés.

Al rato ya estaban frente a una mesa donde distribuía el salchichón, la longaniza, los quesos y las botellas de vino que la propia Marietta descorchó.

—Córtese un buen trozo, caballero —lo instó fray Hipólito—. Es salchichón de Verona. ¡Que se dejen envenenar los de Bolonia con su mortadela! Prefiera siempre el salchichón y la longaniza de Verona y las almendritas saladas —el párroco empezó a atracarse con el salchichón—. ¿Usted no ha estado nunca en Verona?

Sir Oliver negó mientras tomaba un sorbo de vino.

—¡Qué lástima! —dijo fray Hipólito—. De ahí era la divina veronesa. Y es que yo soy precisamente de Verona, ciudad famosa, señor. Se le dice la ciudad de Escalígero. Guilio Cesare Escalígero, un famoso médico y humanista italiano de los principios del clasicismo —bebió directamente de la botella—. ¿Está bueno el vino?

—Excelente —dijo Sir Oliver—. En mi país, en Inglaterra, se llama Verona la ciudad de Julieta.

—¡No me diga! —se exaltó fray Hipólito—. ¿Y por qué? Ni siquiera sabía que hubiera en Verona alguna duquesa Julieta. La verdad es que ya hace más de cuarenta años que no he estado por allí. ¿De qué Julieta se trata?

—Julieta Capuleto —explicó sir Oliver—. ¿Sabe? Nosotros tenemos una obra de teatro sobre ella, de un tal Shakespeare. ¡Hermosa pieza teatral! ¿La conoce usted, padre?

—No, pero… espere, espere… Julieta Capuleto. Yo debería conocerla. Visitaba a los Capuleto con el padre Lorenzo.

—¿Usted conoció al padre Lorenzo? —se interesó sir Oliver.

—¡Cómo no iba a conocerlo! Yo era su monaguillo —se llevó a la boca un gran trozo de salchichón y luego un trago de vino—. Oiga, ¿acaso esa Julieta no es la que se casó con el conde Paris? A ella la conocía bien. Muy piadosa, excelente señora esa condesa Julieta. De soltera era Capuleto, de aquellos Capuleto que tenían un comercio de terciopelos.

—No puede ser la misma —afirmó sir Oliver—. La verdadera Julieta murió de jovencita de la forma más conmovedora que usted pueda imaginarse.

—Entonces será otra —dijo fray Hipólito—. La Julieta que yo conocí estaba casada con el conde Paris, del que tuvo ocho hijos. Una esposa honrada y ejemplar, créame, ¡que Dios le dé a usted una igual! —siguió con la longaniza—. Es verdad que se decía de ella que antes anduvo medio loquita por un joven libertino. Ya sabe usted, de esos tarambanas que andan en pleitos y fandangos. Porque la juventud es irreflexiva y atolondrada, que me lo digan a mí. Usted puede estar contento de ser joven, pero cuidado —enchinó sus ojillos pícaros—. ¿También hay ingleses jóvenes?

—También —respondió sonriente sir Oliver—. Y también a nosotros nos enciende el fuego del joven Romeo.

—¿Romeo? —se extrañó fray Hipólito. Hizo una pausa, bebió. —A ése debería conocerlo yo. ¡Caramba!, ¿no era ese joven disipado, buscapleitos… aquel granuja de los Montesco? ¿El que hirió al joven Paris? Se decía precisamente que fue por causa de Julieta. Sí, claro, así es. Julieta estaba prometida con el conde Paris, ya le dije, un buen partido, señor, joven y muy rico... pero Romeo se empeñó en que Julieta fuera para él. ¡Vaya tontería! ¡Como si los ricos Capuleto quisieran casar una hija suya con alguno de los fracasados Montesco! Además, los Montesco eran partidarios de los Mantua, mientras los Capuleto estaban de parte del duque de Milán. No, no. Yo creo que aquel asalto con intento de asesinato contra Paris fue un vulgar atentado político. Desde entonces no hay en todo más que política. Claro que después de aquella historia de Romeo, Paris necesitó huir a Mantua y ya no volvió.

—Está usted equivocado —dijo por fin sir Oliver cuando fray Hipólito le permitió hablar—. Perdón, padre, pero la cosa no fue así. Julieta amaba a Romeo, pero sus padres la obligaron a casarse con Paris.

—¡Sabían muy bien lo que hacían! —exclamó el viejo párroco—. Romeo era un patán y estaba de parte de los Mantua.

—Pero antes de su boda con Paris —siguió narrando sir Oliver— fray Lorenzo le proporcionó a Julieta unos polvos para que cayera en una especie de sueño letal.

—¡Eso no es cierto! —gritó fray Hipólito—. El padre Lorenzo no hubiera hecho jamás una cosa así. La verdad es que Romeo atacó a Paris en la calle y le hizo unos rasguños. Quizás estaba un poco bebido.

—Perdón, padre, pero tengo entendido que fue completamente diferente —protestó sir Oliver—. La verdad es que enterraron a Julieta, y Romeo, sobre su tumba, atravesó a Paris con su espada.

—¡Momento, momento! —dijo el párroco—. En primer lugar no fue sobre la tumba de nadie, sino en la callecita que hay cerca del monumento a Escalígero. En segundo: Romeo no lo atravesó con la espada, sólo le hizo un pequeño rasguño en el hombro. ¡Caramba, caballero!, no es fácil atravesar a alguien con una espada. ¡Pruébelo usted, es complicadísimo!

—Le vuelvo a pedir perdón, padre, pero yo lo vi el mismo día del estreno. El conde Paris fue herido en el duelo y murió inmediatamente. En la creencia de que Julieta estaba realmente muerta, Romeo se envenenó sobre su cadáver. Así ocurrió, fray Hipólito.

—¡Qué va, qué va! —gruñó el sacerdote—. No se envenenó sino que huyó a Mantua.

—¡No! Lo vi con mis propios ojos, ¡estaba sentado en primera fila! Entonces, en aquel momento, Julieta se despertó, y cuando vio que su querido Romeo estaba muerto, tomó también veneno y falleció junto a él.

—Qué fantasía la tuya, hijo —empezaba a enfadarse fray Hipólito—. Me extraña que exista quien invente tantos chismes. La verdad es que Romeo huyó a Mantua y la pobrecita Julieta, por lástima hacia él, se envenenó un poquito, sólo un poquito. Pero no fue nada serio, hijo, solamente una niñada, ¡apenas tenía quince años! Desde luego que yo era un chiquillo así —y señaló un palmo de estatura—. A Julieta la llevaron a casa de su tía, en Bezensana, para que se repusiera. Allí fue a verla el conde Paris, que llevaba el brazo aún en cabestrillo. ¡Y ya sabe usted lo que ocurre en estos casos! Nació un amor como un tronco. Al cabo de tres meses se casaron —bebió un sorbo de vino—. Eso es lo que ocurre en la vida. Yo estuve en su boda como monaguillo.

Sir Oliver se mantenía sentado frente a la mesa, completamente deshecho. Tardó en decir:

—No se enfade conmigo, padre, pero en nuestra obra inglesa la historia es mil veces más hermosa.

Fray Hipólito resopló.

—¡Más hermosa, uf! Yo no sé qué ve usted de hermoso en que dos jóvenes se quiten la vida. Hubiera sido una lástima. Y yo le digo a usted, caballero, que es mucho más hermoso que Julieta se casara y tuviera ocho hijos. ¡Y vaya niños!, ¡una preciosidad!

Sir Oliver meneó la cabeza:

—Usted no sabe lo que es un gran amor.

—¿Gran amor? —guiñó ambos ojos pensativo—. Según mi opinión, un gran amor es cuando dos personas consiguen aguantarse durante toda la vida, fiel, abnegadamente. Julieta fue una señora extraordinaria. Educó a sus hijos y sirvió a su marido hasta la muerte —fray Hipólito levantó la botella y llenó su vaso a la mitad—. Así que en su país llaman a Verona la ciudad de Julieta. Está muy bien de parte de ustedes, los ingleses. La señora Julieta era de verdad una magnífica mujer, ¡Dios la tenga en su gloria!

El joven Oliver pareció salir de un sueño:

—¿Y qué le ocurrió a Romeo?

—¿Ése? Ni siquiera lo sé bien. Algo oí decir de él pero ni siquiera me acuerdo. Ah, sí, ya, ya me acordé: se enamoró en Mantua de la hija de no sé qué marqués ¿cómo se llamaba? Monfalcón, Montefalco… algo así. Aquello sí que fue lo que usted llama un gran amor. Creo que la raptó, no sé. Una historia muy romántica, pero ya se me olvidó. Ya sabe, eso ocurrió en Mantua y debió ser una pasión sin igual, extraordinaria. Por lo menos eso decían.

Fray Hipólito se bebió de un trago largo el vino y se puso de pie:

—Ya paró de llover —dijo.

También sir Oliver se levantó:

—Ha sido muy amable, padre. ¿Puede permitirme dejar algo para su parroquia? —y abriendo su bolsillo derramó todo el contenido de monedas.

—Qué ocurrencia la suya, hijo —sonrió el párroco—. Tanto dinero por un poco de salchichón de Verona.

—Algo también por su historia —dijo sir Oliver—, fue muy… cómo decirlo: muy aleccionadora.

En la ventana de la parroquia se reflejaba ya el sol.

Rafael no pudo dormir esa noche. Estaba enojado consigo mismo por no haber logrado recordar al autor del maldito cuento —lo había leído, lo había leído—. Además, dicho ahí entre él y su almohada, era un texto menor, un chiste largo que no tenía por qué entusiasmar tanto a los colegas del jurado: intelectualuchos de mierda; leen una simple parodia de *Romeo y Julieta*, porque eso era una realidad, una parodia plana como cualquier literatura de segunda, y se llenan la boca llamándola paráfrasis. Sí, cómo no. Paráfrasis el *Ulises* de Joyce; paráfrasis, aquel cuento de Arreola sobre el mito de Fausto o el *Leviatán* de Paul Auster. Éstas son jaladas. Me limpio el culo con su decisión unánime. Está bien que en comparación con los demás cuentos éste parezca mejor, pero el que me gustó a mí, el de William Shakespeare moribundo, le da veinte y las malas a la babosada de *Romeo y Julieta*. La culpa es mía por no entrar al pleito como aquella noche con Manjarrez, por mariconear y dejar sin un voto en contra su pinche decisión unánime. Ya me imagino cuando el cuento llegue con Harold Bloom y George Steiner; lo van a hacer a un lado a las primeras de cambio y se van a reír de los jurados de México. Me va a dar mucho gusto por andar premiando basura. Además es un plagio, eso sí ni hablar.

Pero un plagio de quién.

Rafael se levantó de la cama y se puso a recorrer su estudio como si de los estantes repletos fuera a brincar un libro de cuentos con la odiosa paráfrasis de *Romeo y Julieta*.

Borges no, desde luego, todos lo conocerían; él le entra a esos juegos pero con metafísica. Bioy Casares no. Ésta premio Nóbel, ¿cómo se llama? Selma Lagerlof: escribía parodias bíblicas, me parece, pero no tengo un pinche libro suyo aquí. Mishima, no. Pessoa, no. ¿Tabucchi?, sería muy arriesgado planchártelo. Tagore no, ni de relajo. ¿Mark Twain?

Rafael sintió un chispazo en la cabeza. Ah, sí, ya sé, claro. Claro, ya sé. Pero si cómo no. Qué pendejo soy. Este argentino que me presentó una vez Hernán con el que nos fuimos a tomar unos jaiboles a La Guadalupana. Gudiño Kieffer. Por supuesto. Eduardo Gudiño Kieffer que se pasó dos horas hablando de sus fábulas y hasta me regaló el libro, ¡y aquí lo tengo, carajo! Cómo no me acordé antes. Es él. Es él. Se lo planchó este ganador de la decisión unánime. Gudiño Kieffer.

No tardó en dar con el volumen en la sección de narradores argentinos. Se llamaba *Fabulario* y fue editado por Losada en 1969. Estaba dividido en *Fábulas con amoralejas*, *Fábulas de la nochebuena española* y *Fábulas para embrujados*. Revisó el índice; se puso a leer el título de cada uno de los cuentos y el principio de casi todos por si el plagiador había cambiado el título para despistar. No. Desgraciadamente no. Ningún cuento sobre *Romeo y Julieta*. Se parecían un poco en el estilo y en la intención al que envió K. Tarsis, pero no encontró evidencias del crimen.

Antes de regresar a la cama derrotado, Rafael se bebió medio vaso de ron y despertó a las diez de la mañana cuando ya su esposa había salido al trabajo.

A la premiación de *Romeo y Julieta* en la sala Manuel M. Ponce sólo asistieron, además de una escasa concurrencia, el agregado cultural de la embajada británica, un representante de Conaculta y dos jurados: Ignacio Solares y Guillermo Samperio.

Fue Samperio quien relató después a Rafael los incidentes de la insípida ceremonia. El tal K. Tarsis tenía una facha lamentable: descuajeringado, llevaba pantalones de mezclilla sucios y rotos, huaraches con calcetines y la chamarra de unos viejos pants. Afortunadamente se desprendió de una gorra beisbolera, con el logotipo de los

Yankees, en el momento de subir al estrado. Recibió un diploma y el cheque de manos del representante de Conaculta, antes de que Solares lo interrumpiera a tiempo cuando ya se arrancaba con un disparatado discurso sobre el ínclito Shakespeare de *Romeo y Julieta*. No parecía un hombre en sus cabales ese cuarentón de Guadalajara. Se llamaba Rufino Orozco.

Samperio y Solares lo volvieron a ver más tarde en el bar La Ópera. Al término del acto, los dos amigos se fueron a tomar una copa y hasta allá los siguió el tal Rufino. Se veía feliz. Pidió permiso para sentarse a su mesa. Solares le preguntó si quería un whisky, pero él prefirió un campari y una torta de pavo. De inmediato se puso a hablar de sí mismo.

Rufino no era un escritor profesional como ellos —confesó—; por eso se sentía tan afortunado con el premio. Se ganaba la vida vendiendo, en forma ambulante, títulos muy bien seleccionados de autores mexicanos contemporáneos en su mayoría; primeras ediciones casi siempre, que conseguía en las librerías de viejo de Guadalajara o de aquí de México, en Donceles. A veces se conformaba con segundas o terceras ediciones cuando los autores eran Rulfo, Arreola, Paz... La novedad de su negocio, el éxito relativo —porque no se había hecho rico con eso, sólo le daba para vivir modestamente— era vender los libros autografiados por el propio autor. Los cazaba cada vez que un famoso visitaba Guadalajara para dar una conferencia, impartir un curso, participar en la presentación de un libro propio o ajeno. Al término de los eventos, en ocasiones en su hotel, se hacía presente ante el célebre, libro en mano, y le pedía una dedicatoria que ninguno le negó jamás. Cuando algún autor le preguntaba su nombre para incluirlo en el autógrafo, él se hacía el humilde: "No no, lo que importa es el lector universal; dedíqueselo a él: al amigo entrañable, al admirador incondicional...; lo que usted quiera decir, póngalo ahí con su letra, yo me sentiré profundamente agradecido."

La más copiosa cacería de autores la realizaba Rufino en la Feria Internacional del Libro de Guadalajara. Asistía a ella cada año, desde que se inició a fines de 1987. Con suficiente antelación se enteraba de quiénes iban a participar, ya como premiados, ya como presentadores de algún título o como conferencistas o visitantes —la coordinación de prensa y difusión de la FIL le proporcionaba con gusto las listas—, y de inmediato se daba a la tarea de conseguir títulos de tales autores; si eran libros viejos mucho mejor. Luego, desde el primer día de la feria, asaltaba a los escritores al término de sus participaciones y todos accedían al autógrafo: a veces escueto, a veces largo, a veces —como los de García Márquez— sólo una firma y el trazo lineal de una flor. Así se hizo de libros dedicados por Elena Garro, Tito Monterroso, Jaime Sabines, Sergio Pitol, Salvador Elizondo... Y no sólo de autores nacionales sino de ilustres extranjeros de paso por la feria: los Nóbel William Golding y José Saramago; Nicanor Parra, Eliseo Diego, Julio Ramón Ribeyro, Nélida Piñon...

La variedad de libros autografiados fue por momentos notable, y su venta —ahí mismo en la feria o en la universidad o de casa en casa— convirtió su ingenioso oficio en un negocio pingüe aunque lento.

Sus más altas ganancias —confió Rufino Orozco a Solares y Samperio— las obtuvo de autores muertos. Para eso conservaba los libros de los viejitos a quienes había arrancado un autógrafo durante meses, a veces años, en espera del fallecimiento inevitable. Hasta entonces ponía a la venta el volumen. Así consiguió siete mil pesos por una primera edición de *Diario semanario y poemas en prosa* de Sabines, y seis mil por *La oveja negra* autografiado por Monterroso.

—¿Cuánto ofrecerían ustedes por éste? —preguntó de pronto Rufino Orozco en el momento de extraer, de una viejísima mochila deportiva que ni Samperio ni Solares habían detectado cuando el descuajeringado llegó a La Ópera, un libro de Arreola. Era *La feria* en la primera edición de Joaquín Mortiz, 1963.

—¿Cuánto ofrecerían?

La dedicatoria era exultante: *A mi generoso amigo lector, esta única novela que escribí en mi vida y que seguiré apreciando hasta mi muerte. Juan José Arreola.*

—Yo tengo un ejemplar —dijo Samperio.

—¿En primera edición y autografiado así?

—¿Cuánto pides? —preguntó Solares.

—Vale veinte mil varos.

—Estás loco —rió Samperio.

—También vendo la capa de Arreola, un bombín suyo y un sombrero de alas anchas, junto con un librero pequeño, de este tamaño, que tenía en su biblioteca.

—¿Y eso cuánto vale? —preguntó Solares.

—Es un lote. Y lo vendo completo en un millón de pesos.

—No mames —exclamó Samperio.

—Si ustedes me consiguen un comprador, les doy el diez por ciento.

—¿Y de dónde sacaste esas cosas de Arreola? ¿Te las vendió Orso?

—El origen es secreto. Pero todo es auténtico, lo puedo demostrar.

La conversación con Rufino Orozco se prolongó durante otro campari y otra torta de pavo. El descuajeringado siguió extrayendo de su vieja mochila libros y más libros con autógrafos insólitos. Como merolico voceaba sus precios, siempre por arriba de los dos mil. Más que para recibir un premio, Rufino parecía haber viajado a la capital a buscar clientes para su mercancía literaria.

Solares y Samperio terminaron hartos del tipo, quien desde luego no tuvo la menor intención de pagar sus camparis ni sus tortas de pavo.

Días más tarde, Samperio encontró a Rafael en la presentación de un libro de Gonzalo Celorio y le platicó de la ceremonia de premiación —¿por qué no fuiste?— y de la plática que él y Solares sostuvieron con Rufino Orozco.

—¡Se los dije, es un transa! —exclamó Rafael al enterarse de la facha de K. Tarsis y de su negocio de libros autografiados—. Quién te garantiza que esas dedicatorias no las escribió él mismo, imitando la letra, poniendo cualquier jalada, vete tú a saber.

—También nosotros sospechamos —dijo Samperio.

—Y un tipo así que ni escritor es, ¿no dices?, puede ser capaz el muy cabrón de cualquier plagio.

—Ahora ya no tiene remedio —meneó la cabeza Samperio.

—Claro que lo tiene y yo lo voy a descubrir; por mi madre que voy a desenmascarar a ese hijo de su chingada madre —sentenció Rafael como si hablara por su boca el detective Ifigenio Clausel.

Pero ni el héroe de *Trampa de metal* ni Rafael conseguían resolver el enigma. Ahí estaba el cuerpo del delito —el supuesto plagio— pero los rostros, las huellas, las pistas dejadas por el criminal se perdían en los malditos recovecos de la memoria.

Un mes después, Hernán Lara Zavala regresó de la universidad de Glasgow. Enterado por Rafael de los pormenores de la historia, de la sospechosa personalidad de Rufino Orozco, Hernán se comprometió a ayudar a su amigo en el esclarecimiento del caso. Desde luego leyó varias veces el mentado cuento premiado, y aunque no recordaba haber leído jamás algo semejante, las sospechas de Rafael, aunadas a la personalidad del tipo en la versión de Samperio y Solares, lo inclinaban a dudar también de la originalidad del texto.

En el primer autor en quien pensó Hernán fue en Saki, ese cuentista escocés de finales del diecinueve y principios del veinte del que había leído un buen número de relatos y de quien seguían hablando los estudiantes de Glasgow. A pesar de no tener en la memoria un texto del escocés relacionado con *Romeo y Julieta*, el ingenio de Saki, sus referencias a autores y personajes de la literatura clásica, su estilo directo y claro podrían haberlo llevado a escribir una anécdota así: "ejemplo de brevedad y eficiencia —como había escrito de su obra Jorge Luis Borges—; un cuchillo lanzado al intelecto del escritor".

Se hacia necesario revisar a Saki, dijo Hernán, de manera que él y Rafael se dieron a la tarea de examinar sus mejores libros: *Not-so-Stories*, *Reginald*, *Juguetes de paz*, *El huevo cuadrado y otros bocetos*, *Crónicas de Clovis*... Buscaron y buscaron. Nada.

Rafael seguía neceando: es un plagio, es un plagio, y ningún plagio puede quedar impune.

Recurrieron entonces a explorar antologías de cuentos célebres y a consultar críticos literarios a quienes dieron a leer —habían sacado fotocopias al por mayor— ese *Romeo y Julieta* del tal Rufino Orozco, alias K. Tarsis. Ni Emmanuel Carballo ni Juan José Reyes ni Christopher Domínguez resolvieron el enigma. En lo único en que coincidieron fue que el texto era malucho, indigno de un premio.

El fallo final del concurso *Los cuatrocientos años de Hamlet* pareció darles la razón. *Romeo y Julieta* de K. Tarsis no fue elegido siquiera entre los cinco finalistas que se dieron a conocer en Londres luego de un breve escándalo. Harold Bloom y George Steiner renunciaron a ser miembros del jurado porque no se respetó hasta el fin —dijeron— el anonimato de las obras. Los nombres de los premiados de cada país se revelaron localmente en el momento del fallo parcial —como ocurrió con K. Tarsis = Rufino Orozco— y eso contaminaba la objetividad del jurado internacional.

Pese al magullón sufrido por el International Globe Center, el gran premio otorgado a un estudiante inglés de veintitrés años, John F. Dewell, mereció pronto el aplauso de la crítica europea. El cuento ganador, *The suicide of Ophelia*, era perfecto: "un ejemplo de maestría literaria, de profundidad metafísica —opinaron—; un homenaje intenso al *Hamlet* del inmortal William Shakespeare".

A reserva de ser editado en un libro de lujo junto con los cinco finalistas, el International Globe Center decidió enviarlo para su publicación a diversas revistas literarias de los países participantes. En México lo dio a conocer la *Revista de la Universidad* en traducción de Margo Glantz. De no ser por una breve nota de José Ramón Enríquez, el cuento mereció escasos comentarios. "El problema de *El suicidio de Ofelia* de John F. Dewell —escribió Enríquez—, es que recuerda demasiado los recursos utilizados genialmente por Tom Stoppard en su pieza *Rosencrantz y Guildenstern han muerto*."

—¿Lo ves, lo ves? —gritó Rafael a Hernán Lara Zavala—, todo resultó una patraña. Hasta el cuento premiado es un plagio. Pinches ingleses, que vayan a chingar a su madre.

En realidad, tanto Rafael como Hernán se sentían decepcionados. No del concurso en sí —al fin de cuentas todos los concursos valen madres, decía Rafael— sino de su obsesivo empeño por descubrir el crimen literario de Rufino Orozco.

Se dieron por vencidos y ahora, al fin de cuentas, qué importaba ya —se atrevió a decir Hernán— si el *Romeo y Julieta* de K. Tarsis era o no era un plagio.

—Un crimen siempre es un crimen —replicó Rafael retorciéndose la punta del bigote como hubiera querido retorcer el cuello de Rufino Orozco. No sabía aún lo que habría de ocurrir meses después, en la Feria Internacional del Libro de Guadalajara en el 2005.

Rafael fue invitado ese año por la FIL a participar en una mesa redonda sobre literatura policiaca mexicana junto con Paco Ignacio Taibo II, Élmer Mendoza y Gerardo Villadelángel.

Fue un acto muy concurrido y celebrado por la chispa y el humor con que Rafael y Taibo II sobre todo condimentaron sus intervenciones. Se prolongó más de lo establecido. Al término, afuera del salón, Rafael se entretuvo para dar un par de entrevistas fugaces a una reportera de *El público* y a otro joven preguntón de una estación de radio a quien cortó de golpe porque llevaba prisa: había quedado de cenar con la directora editorial de Alfaguara, Marisol Schulz, y con un editor norteamericano interesado en traducir *Con M de Marilyn*.

A paso veloz se dirigió a la entrada B de las instalaciones de la FIL para llegar por el camino más corto al hotel Hilton, donde lo aguardaba Marisol. Antes de cruzar la calzada lo detuvieron unos gritos:

—¡Rafael! ¡Maestro Rafael! ¡Maestro, no se vaya!

Giró hacia los gritos. Tras él corría un hombre de gorrita beisbolera cargando con dificultad una pesada maleta de lona que lo hacía bambolearse.

—Un segundo, maestro, sólo le quito un segundo —dijo el hombre jadeante cuando llegó hasta él.

—Tengo prisa.

—Nomás quiero un autógrafo, aquí en sus libros —agregó mientras descorría el cierre de su maleta de lona.

—Búscame mañana —gruñó Rafael.

—Mañana no lo encuentro y es muy importante para mí. Lo he estado buscando todo el día, perdón —y le tendió dos libros que sorprendieron a Rafael. Él los había escrito muchos años atrás. Eran primeras ediciones.

Uno, *El ocaso*, publicado por Costa-Amic en 1966, cuando Rafael se veía obligado a pagar con su propio dinero la edición para convertirse en escritor conocido. El otro, *En el lugar de los hechos*, de 1976 en la editorial Diana.

—¿Dónde los conseguiste? Estos libros ya no circulan.

—Soy coleccionista, maestro. Lo admiro muchísimo —sonrió el de la gorrita—. Póngales un autógrafo, cualquier cosa, no lo interrumpo —y le tendió un bolígrafo Bic.

De las hojas de los libros, de aquellos libros queridos y escritos con el tesón de sus primeros años de búsquedas literarias, los ojos de Rafael subieron hacia el rostro del supuesto admirador. Observó su gorrita beisbolera con el logotipo de los Yankees, su aspecto sucio, y en su cabeza zumbó de pronto la plática con Guillermo Samperio. La rabia le empezó a trepar hacia la garganta. Se contuvo apenas.

—No me digas que tú eres Rufino Orozco, el que se planchó el cuento de *Romeo y Julieta*.

El hombre de la gorrita sonrió con ansiedad.

—Sí sí, yo soy pero no me planché nada. Lo escribí yo. Hasta me lo premiaron, ¿se enteró usted, maestro?

—Me enteré de que eres un plagiario de mierda —gritó Rafael y con las manos como tenazas se lanzó sobre el cuello de Rufino.

Sorprendido por la furia imprevista, tratando de librarse de las garras que apenas lograron tocarlo, Rufino perdió el equilibrio y cayó al suelo. Un zapatazo le golpeó la cara; luego el mismo zapato del escritor le oprimió el cuello para mantenerlo quieto.

—Ahora mismo me vas a decir a quién te plagiaste o te parto la madre.

—Déjeme, maestro, déjeme, está usted loco.

Rafael no le dejaba levantarse, le volvió a patear la cara.

—Confiésalo, cabrón.

—No, déjeme —manoteaba y chillaba Rufino—. ¡Auxilio!

El vigilante que estaba por cerrar el acceso de la puerta B advirtió que algo ocurría en la banqueta y se aproximó. Vio al hombre de la gorrita tendido y a Rafael convertido en una furia.

—Qué pasa con ustedes —preguntó el vigilante.

—Este hombre es un criminal y lo agarré. Le voy a partir su madre.

—Espéreme tantito —dijo el vigilante oprimiendo el brazo de Rafael y dando tiempo a que Rufino se levantara. La sangre le escurría por la nariz y tenía el pómulo hinchado, roto. Aprovechó la presencia del vigilante para ir hacia la mochila, levantar los libros tirados en el piso y guardarlos de inmediato. No alcanzó a correr el cierre porque Rafael tiró una patada que golpeó la maleta de lona.

—Aguántese, oiga —lo volvió a detener el vigilante.

—Es un hijo de la chingada —dijo Rafael.

Rufino se frotó la sangre con el dorso de la mano. Se envalentonó:

—Bueno, y qué. Si me plagié el cuento qué, maestro.

—Lo confiesas, cabrón.

—Pero usted no puede demostrarlo... A ver, dígame de quién me lo plagié. Dígamelo si se siente tan machito. Dígamelo. Ustedes los intelectuales saben de literatura lo que yo de chino.

—Cállate, pendejo.

—No lo sabe, maestro, no lo sabe —sonrió Rufino ante el desconcierto del vigilante, quien no alcanzaba a comprender lo que sucedía; se limitaba a observar a los rijosos, a estar pendiente de que Rafael no atacara a su enemigo—. Y sabe qué. Usted no lo podrá demostrar porque no tiene la más pinche idea de quién es el autor original del cuento. Nunca lo sabrá. Hasta que se muera nunca lo sabrá.

La cólera de Rafael se desinfló de pronto, como un globo picado por las bravuconadas del criminal. Sintió que sus brazos se descoyuntaban, que su respiración cedía tras el sofoco. Meneó la cabeza, se frotó con los dientes el labio inferior.

Rufino Orozco se alejaba ya por la calzada solitaria, con su pesada maleta deportiva colgando del brazo derecho.

Querido Óscar Walker:

Óscar Walker tenía una cara angulosa: nariz de flecha, pómulos salientes, barbilla como de piedra. Su palidez habitual hacía pensar que siempre estaba enfermo, pero la viveza de sus ojos desmentía toda posibilidad de un mal crónico. Era de Los Mochis y fumaba chupando sus Delicados como si fueran caramelos; a veces los mordía entre pausa y pausa, y en las colillas que dejaba morir en el cenicero alcanzaban a distinguirse las huellas de esos dientes frontales que trituraban la punta del pitillo.

Varias veces a la semana, en los años sesenta, nos reuníamos en el café La Habana de Bucareli y Morelos con Ernesto Ortiz Paniagua, Ramón Zorrilla, José Audiffred, Pepe Priani. A veces se sumaban a nuestra mesa rinconera junto al ventanal de Morelos: Isidro Galván, Ibargüengoitia, Miguel Manzur, algunos de los pupilos despistados de Zorrilla —los hermanos Correa, Felipe Flores— y fugazmente Víctor Rico Galán, antes de que lo encarcelaran en Lecumberri como preso político. Sin embargo, quienes conformábamos con él un trío sólido de amistad éramos Ortiz Paniagua y yo.

Óscar Walker estudió filosofía en Mascarones y de Spinoza y de Vico y de Hegel departía lúcidamente con Ortiz Paniagua y Zorrilla, lo mismo que recitaba de memoria a Porfirio Barba-Jacob, a López Velarde, a Renato Leduc. Vivía con aprietos económicos aunque lo disimulaba vistiendo siempre de traje y corbata: el eterno traje café de cuyas mangas brotaban los puños ligeramente deshilachados de sus camisas blancas. Sus trabajos más frecuentes tenían que ver con la tipografía, de la que era un experto obediente a las técnicas de Stols, el célebre tipógrafo del Fondo de Cultura Económica. Cuando lo conocí, trabajaba en el Instituto Indigenista a las órdenes de Gastón García Cantú y editaba para el PRI unos folletos delgaditos sobre la Revolución Mexicana que nos mostraba en el café con orgullo tipográfico.

Lo que me llamó la atención de Óscar Walker desde el principio de nuestra amistad fue su irrefrenable inclinación a imponernos entretenimientos ociosos, inspirado quizás en aquel librito de Jacques Leclerq, *Elogio a la pereza*, que nos recomendó el poeta Ortiz Paniagua en la librería Biblia, Arte y Liturgia de Gaspar Elizondo. Nos metía de lleno en la mecánica del *hobby* en turno como si fuéramos adolescentes, no adultos entre los veinticinco y los cuarentaicinco años, y guiados por su entusiasmo nos dedicábamos durante semanas a practicarlos descuidando cínicamente nuestras obligaciones.

Primero fue el ajedrez, del que Ortiz Paniagua se abstuvo, aunque nos acompañaba como mirón. El propio Óscar Walker llevaba el tablero y las piezas al Chufas de Dolores, muy cerca de Avenida Juárez, y allí nos enfrascábamos por las mañanas los más asiduos: Zorrilla, Audiffred, yo y desde luego Óscar Walker. Aplicando una lógica descartiana muy peregrina, Óscar introdujo una variante inaudita al reglamento en la salida de peones. Se permitía avanzar dos peones a la vez, una casilla cada uno —casi siempre los peones de las torres—, dado que las reglas autorizan que un peón en su salida se deslice dos escaques en un solo movimiento. Nadie objetó tal aberración; lo promulgaba Óscar Walker.

La fiebre del ajedrez nos llevó a organizar un campeonato interno en casa de Priani y en la mía, en la que participaron también Isidro Galván, Pepe Priani y el joyero-escultor Ernesto Paulsen. El campeonato terminó en agria disputa entre Paulsen y Zorrilla, por no sé qué trampa o desacuerdo ajedrecístico, y ya no volvimos a jugar.

Semanas más tarde, Óscar Walker se presentó en La Habana con la novedad de la nemotecnia. Se había enterado de un método memorioso, practicado según él por John F. Kennedy en sus conferencias de prensa, consistente en formular y aprenderse de memoria una lista personalísima, del uno al veinte —o al treinta, o hasta el cincuenta—, de objetos o personajes. Una especie de imágenes de la lotería. Verbigracia: El uno: Dios; el dos: Adán y Eva; el tres: los tres reyes magos; el cuatro: las cuatro milpas; el cinco: el diablo; el seis: una víbora; el siete: un billete de lotería. Así. Debía memorizarse esta clave personal como quien se aprende para siempre un poema de Amado Nervo. Una vez dueños de la clave se pedía al oyente a quien deseábamos apantallar con nuestra "extraordinaria memoria" que fuera escribiendo en un papel, al tiempo que los enunciaba en voz alta, los conceptos al gusto de una lista numerada: 1- cama; 2- silla; 3- amor; 4- envidia; 5- arte; 6- cigarro; 7- plato; etcétera. Con su clave personalísima, lo que iba haciendo el memorioso era configurar imágenes poderosas, absurdas, combinando los objetos de su clave con los conceptos enunciados. Uno: *Dios* dando brincos en una *cama*; Dos: *Adán y Eva* cogiendo en una *silla*. Tres: *los tres reyes magos* gritando *amor, amor*. Cuatro: *las cuatro milpas* pelándose *envidiosas* entre sí. Cinco: *el diablo* convertido en *obra de arte*; etcétera. Tales imágenes resultaban, de ese modo, inolvidables. Podíamos repetir a ciegas los veinte términos escritos por el oyente en orden de numeración o recordarlos aislados si se nos pedía el cuatro, el siete, el diecinueve... Practicábamos el método con los esporádicos visitantes a nuestra tertulia, con el mesero, con los compañeros de trabajo. El efecto era apantallador. Según Óscar Walker, Kennedy impresionaba así a los periodistas en sus conferencias. Dejaba que cada reportero le formulara una pregunta, que él numeraba mentalmente y convertía en una imagen con su clave personal, y no respondía hasta que los diez o veinte periodistas concluían sus preguntas. Entonces Kennedy, con presunción de memorioso, soltaba su retahíla: A esto que usted me preguntó le respondo esto. A usted, esto. A usted, esto. Los dejaba boquiabiertos. ¡Qué chingón era Kennedy!, ¡cómo podía memorizar de golpe tantísimas preguntas! Aseguraba Óscar Walker que tal método nemotécnico era un instrumento indispensable para los reporteros en el momento de memorizar placas de automóviles, números telefónicos, domicilios, fechas. Sin embargo, yo nunca lo usé más que como trivial diversión.

De la nemotecnia pasamos al *hobby* de los viejos corridos. Óscar Walker nos puso a buscar y a descubrir en tiendas antiguas de discos y en tenderetes de La Lagunilla corridos revolucionarios de Pancho Villa, de Zapata, de los cristeros, grabados en aquellos acetatos de 45 o 78 revoluciones por minuto. Audiffred encontró la joya de un *Valentín de la sierra* cantado por músicos de pueblo, pero el hallazgo más feliz fue el de Óscar: una grabación, también pueblerina, del viejo corrido de *La modesta Ayala* que él se sabía de memoria y que sólo algún trío despistado de Garibaldi lo recordaba vagamente. Era una composición antiquísima —nos explicaba Óscar Walker— que ni siquiera Vicente T. Mendoza consigna en su ensayo sobre *La canción mexicana*. Una noche, en casa de Pepe Priani, llevamos los frutos de nuestra búsqueda y los oímos y los cantamos, ya ligeramente briagos, acompañados por la música que brotaba del tocadiscos: *Una tarde de julio encontré / por las calles tranquilas de Iguala…*

Agotada la búsqueda de viejos corridos, Óscar Walker —siempre Óscar Walker— nos introdujo en el coleccionismo de timbres postales. Era un experto. Manejaba a la perfección un grueso libro de pastas amarillas donde se consignaba con datos y precios del mercado internacional filatélico, cuantos sellos se habían emitido en cualquier país del mundo: el *Standard Postage Stamp Catalogue*, editado por Scott Publications en Nueva York.

Recordé entonces una bolsa repleta de timbres postales que a su muerte había dejado mi padre arrumbada en su despacho. Con ella, como suelen hacer los adolescentes acumulativos, decidí iniciar una colección filatélica. Óscar Walker nos recomendó elegir una especialidad temática, porque las colecciones universales resultan tan inabarcables como fatigosas, dijo. La suya sería —era ya— de timbres mexicanos. Ortiz Paniagua eligió el tema de la filosofía, pero lo amplió de inmediato al de escritores en general para no forzar demasiado su búsqueda. Zorrilla se fue con el de aves y flores, y lo abandonó muy pronto. Como en los sellos postales de mi padre encontré un timbre de Uruguay de 1928, que el *Postage Stamp Catalogue* valuaba en setenta dólares y que fue emitido para conmemorar el triunfo de Uruguay en el primer campeonato mundial de futbol, me aboqué a coleccionar timbres con temas deportivos. Óscar Walker me aconsejó hacer subdivisiones: futbol, beisbol, tenis, golf, etcétera, y así los fui ordenando en una carpeta que llegó a sumar, con el tiempo, más de mil piezas. Me sentía orgulloso de mi colección. Se las mostraba presuntuoso a amigos y familiares. Óscar Walker nos había enseñado de filatelia más de lo que pudimos imaginar: que los timbres con marcas del correo valen menos que los intactos; que para separar un timbre de su sobre es necesario utilizar agua tibia para no dañar el reverso y la "huella de agua"; que deben pegarse en la carpeta utilizando laminillas de papel fabricadas ex profeso; que no deben manosearse; que es necesario amar a los timbres como objetos preciosos. Para enriquecer nuestras respectivas colecciones acudíamos de vez en vez a una tienda especializada en la Zona Rosa, aunque preferíamos ir a las reuniones de viejos filatelistas en la Casa del Lago o en la cafetería, junto al cine Metropolitan, donde los jueves por la noche varios ancianos mañosos se dedicaban al canje o a la venta de ejemplares insólitos. Ahí conseguí, en cambalache por unos cincuenta timbres de mi padre, una serie inglesa donde en seis sellos hermosísimos se narraba la historia del futbol, desde su nacimiento hasta el esplendor de las copas mundiales. El viejo que me la canjeó era un hombre tuerto, con aire de pirata, que no pudo ocultar su asombro cuando descubrió en mi tambache un sello texano de 1936 donde se veía a Sam Houston y a Stephen F. Austin; se conmemoraba el centenario de la batalla del Álamo. Seguramente el viejo te transó, me dijo después Óscar Walker, pero a ti lo que te importa es la historia del fut, y ese amor a tu colección vale más que cualquier abuso. Y tenía razón. Aunque ya sin el fervor de los primeros años, seguí coleccionando timbres deportivos hasta 1976. Ese año, durante el golpe a *Excélsior*, dejé mi carpeta en la oficina de *Revista de Revistas* y cuando fui a recoger mis objetos personales, dos semanas después, mi colección de timbres había desaparecido.

¿Tú conoces el rastro?, me preguntó un día Óscar Walker en el café La Habana. Puse cara de fuchi y me regañó: Todo buen periodista está obligado a conocer los lugares sórdidos de nuestra realidad, me dijo. Y nos lanzó a una excursión a Ortiz Paniagua y a mí. Antes del rastro de Ferrería nos llevó a conocer la Cruz Roja, pero no todo el hospital sino únicamente el pabellón donde sufrían las víctimas de alguna quemazón. El espectáculo era espantoso. Semidesnudos, con los cuerpos llagados o chamuscados, sin sábanas que les hicieran más doloroso cualquier contacto con su piel lacerada, los accidentados sufrían de veras. Jóvenes, adultos, mujeres, niños, encamados en hileras interminables con quemaduras del primero al tercer grado. Era inútil acercarse para proferir palabras de consuelo; parecían ajenos e indiferentes a todo signo de piedad. A nosotros, simples mirones, se nos colaba en el alma un extraño sentimiento de culpa, surgido de una pregunta lógica, dijo bien Óscar Walker: ¿Por qué él y yo no? ¿Por qué estos pobres desgraciados sufrieron un accidente terrible que me pudo ocurrir a mí? La única respuesta aceptable la daba ese piquetazo solidario del sentimiento de culpa.

Al salir de la Cruz Roja Óscar Walker me sugirió, casi me forzó a realizar un reportaje para *Señal*—la revista donde yo trabajaba entonces— sobre las aventuras nocturnas de las ambulancias. En lugar de pensar en la Cruz Roja, solicité y obtuve permiso de montarme en una ambulancia de la Cruz Verde, gracias a que un primo hermano de mi padre había dado su nombre al hospital Rubén Leñero. Elegí el turno de las seis de la tarde a las dos de la mañana, y en compañía de dos camilleros, un paramédico y un chofer, viajé en la zona posterior de esa unidad lanzada al vuelo por las calles de la ciudad, a sirena abierta, para acudir al llamado de las desgracias. Fue una noche de locura envuelta en la velocidad, los gritos de dolor y la angustia de los accidentados. En las primeras horas recogimos a un obrero acuchillado, a una mujer cuyo marido le había estrellado una botella en la cabeza, y a un viejo que se cayó de un balcón y murió en la ambulancia. Hubo un par de llamadas falsas y a las doce de la noche, cuando conducíamos al hospital a un loco que se contorsionaba en la camilla como un epiléptico, un camión de carga se estrelló aparatosamente contra nuestra ambulancia. El choque fue brutal pero ninguno de los ocupantes, ni siquiera el loco epiléptico, resultó malherido. Salí cojeando de la ambulancia: regresé a mi casa en un taxi.

El reportaje publicado en *Señal* no resultó lo dramático que yo hubiera querido porque abusé de comentarios sentimentales en boca del reportero y de una moralina chocante que le impedía al lector —me dijo Óscar Walker— sentirse objetivamente frente a los hechos, ya de suyo conmovedores. Deberías leer a Norman Mailer, remató con un guiño.

Otra noche, ya de madrugada, Óscar Walker, Ortiz Paniagua y yo visitamos por fin el mentado rastro de Ferrería, en Azcapotzalco. El hedor que se esparcía por la calle, cuadras antes de llegar a la entrada principal, presagiaba el espectáculo. Óscar Walker nos fue guiando por la inmensa instalación como si la conociera de a diario, como si fuera un funcionario del matadero. Área tras área entre mugidos, rugidos y chillidos animales. Vimos cómo entorilaban a las reses mustias y las hacían avanzar, una a una, por un larguísimo corredor, estrecho como el callejón de una plaza de toros, pero recto, hasta llegar a una puerta de tablas. Allí, un par de puntilleros trepados a la cerca descargaban sobre la nuca de la bestia la puñalada fatal. Recordaban a los puntilleros de la fiesta taurina, sólo que sin música, sin trajes de luces, sin pañuelos ondeando. A las reses les da lo mismo, decía Óscar Walker; tienen la misma suerte: una tras otra, una tras otra, en un desfile imparable, rapidísimo, que las conduce a la muerte inevitable. Vimos también cómo hacían deslizarse a los cerdos rechonchos por una resbaladilla parecida a las que montan en las grandes albercas de los parques de diversiones. Pero en lugar de caer en el agua tibia, entre risas de festejo, los cerdos caían aquí en una paila de agua hirviente. El chilladero era escandaloso. Tal clase de muerte, que nos pareció crudelísima a Ortiz Paniagua y a mí, impedía que la carne de cerdo —nos explicó Óscar Walker— sufriera alteraciones y dañara su futuro sabor. Vimos también, en el área de las carnes blandas, una hilera infinita de gallinas degolladas deslizándose colgantes por una banda sin fin. Al pasar frente a un grupo de operarias, dispuestas como en una maquiladora, las jóvenes de gorro blanco hendían con un ganchito el culo de cada gallina para extraerle su excremento. Eso hacían toda la noche las jóvenes de gorro blanco, durante ocho horas: sacar con un ganchito la caca de las gallinas; toda la noche, gallina tras gallina. Óscar Walker no era vegetariano ni mucho menos, pero filosofaba: Esto nos permite conocer cómo llega hasta nosotros, por el camino del sacrificio, la carne animal que nos comemos a diario.

Teníamos planeada una visita más, al Anfiteatro Juárez, para observar cadáveres y el proceso de las autopsias, pero Ortiz Paniagua y yo nos negamos de manera terminante. Y nos fuimos a las carreras de caballos.

Nunca había estado yo en el Hipódromo de las Américas, pero sí sabíamos que también en ese mundo Óscar Walker era un experto. Él nos enseñó el sistema de las apuestas; cómo y por qué se juega al favorito o al primero y segundo lugar en los momios, en qué consisten las quinielas y la selección uno dos. Él nos enseñó a leer el *racing form* que comprábamos la víspera de las carreras de los jueves en un estanquillo junto al cine Metropolitan, vecino por cierto del café de los filatelistas mañosos.

Óscar Walker abría el cuadernillo y nos explicaba: Miren, vamos a ver, analicemos esta carrera. Ocho caballos. Primero leemos lo que sugiere el pronóstico oficial: *Cantaniña, ligera ventaja. Eleonora, en buenas manos; Bernlight, veterana horanda; Mohín, con la penúltima; Major Circuit, puede escaparse; Gráfica, un rato adelante; Glory Trail, nunca estuvo mejor; Montelargo, podría sorprender*. Eso dice el pronóstico oficial, que en realidad no dice nada, pero ahora nosotros vamos a analizar a nuestro favorito. A mí me gusta Major Circuit —señalaba Óscar Walker—, pero veamos los datos. De los ocho caballos, Mohín tiene el mejor tiempo en la milla. En febrero 18 corrió la distancia en un minuto cuarenta y tres segundos un quinto, con 51 kilos de peso. Igual que hoy, lo montaba Molina. Llegó segundo, en final de fotografía. War Pounce entró en primero y Major Circuit en tercero. Es decir —decía Óscar Walker— que en aquella carrera le ganó a Major Circuit. Y Major Circuit, en aquella carrera, quedó tercero, a cinco cuerpos y medio del primer lugar. Le ganaron por cinco cuerpos y medio. Por lo tanto, Major Circuit no puede ganarle ahora a Mohín, a menos que suceda un milagro. Major Circuit desechado. Vamos a ver ahora qué dice el programa de Cantaniña...

Como suele ocurrir con los villamelones, la primera vez que Ortiz Paniagua y yo nos presentamos en el Hipódromo de las Américas salimos ganando tres mil pesos de aquellos pesos de los años sesenta. Nada mal. Y dado que al iniciar las carreras hacíamos un fondo común con el dinero que aportaba cada quien, las ganancias se repartían por igual. En realidad, y pese a la experiencia de Óscar Walker en ese mundo de los caballos, ganamos muy pocas veces en el par de años que acudimos con cierta frecuencia al Hipódromo: un jueves de cada mes o de cada dos meses. Tomábamos un autobús en Paseo de la Reforma y comprábamos boletos de localidades generales, repletas de obreros, albañiles, viciosos de medio pelo que trataban de salir de pobres por la vía fácil. En un restorancillo de localidades generales comíamos un plato de arroz con huevos montados y tacos de bistec. Luego nos encandilábamos con el ceremonial de las apuestas y la observación del público. Aquí se sentaba siempre el dueño de una zapatería de Tepito —nos contaba Óscar Walker—. Un tipo triste del que me hice amigo en la desgracia de perder y perder. Una tarde que no vine, pero que me contó el chaparrito aquel, el tipo triste le metió todos sus ahorros a una selección y perdió. Iba preparado. Sacó de su chamarra una pistolita escuadra y se pegó un tiro, delante de toda la gente. Así nomás. Aquellos otros dos calvos, miren, son libaneses y presumen a gritos cada vez que ganan. Pero al final pierden. Al final, todos perdemos —concluía Óscar Walker triturando el Delicados y soltando una de sus risitas roncas interminables, de alguna manera trágicas.

Un jueves, cerca de las taquillas, Óscar Walker se detuvo frente a un hombre alto que fumaba ansiosamente mientras hojeaba con nerviosismo su *racing form*. Parecía hundido en lucubraciones, ajeno al mundo circundante. Óscar lo sacó de su agobio cuando le preguntó: Cuál te gusta. El abstraído levantó la cabeza y apenas sonrió, al reconocer a Óscar Walker: No sé. La tres-uno. Ruletera-Royal Pavot. Ruletera anda mal, le advirtió Óscar Walker. Pero es hija de Rulership, replicó el abstraído. No sé. Entonces Óscar Walker giró hacia mí para presentármelo, pronunciando su nombre. Era Jaime Sabines, poeta de corazón, aunque se dedicaba entonces a vender alimento para granjas avícolas y se veía muy fregado, muy ansioso al menos ante la proximidad de la séptima carrera. Yo lo admiraba de veras; había leído días antes su *Diario semanario y poemas en prosa*, pero no se lo dije porque sonaría a falso, a lambiscón. Con el mucho gusto le estreché la mano. Ahí, en el Hipódromo de las Américas, Jaime Sabines parecía todo menos el gran poeta que ya era desde entonces.

Tú conoces a todo el mundo, le dije luego a Óscar Walker. Y lo decía en serio. No sólo me introdujo aquella vez a la amistad con Sabines, sino que me presentó en el café La Habana a Ibargüengoitia, a Juan de la Cabada, a Renato Leduc, a Emilio Uranga. Cuando escribí mi primera novela y se la di a leer, Óscar regresó para decirme: Llévasela a Sergio Galindo, él te la publica. De Sergio Galindo había leído yo sus novelas *Polvos de arroz* y *La justicia de enero*, y sabía que era director de la editorial *ficción* de la Universidad Veracruzana. No lo conocía personalmente pero sí Óscar Walker, desde luego. Óscar se ofreció a acompañarme a Xalapa cualquier día entre semana. ¿Le hablas antes por teléfono? No hombre, le caemos y ya, es mi amigo.

En el Fiat blanco que compartíamos Estela y yo, me fui a Xalapa con Óscar Walker, muy de mañana. Llegamos directamente a la casa de Sergio Galindo y él mismo nos abrió la reja. Se abrazaron. Le dio gusto al novelista ver a Óscar Walker. Hablaron de sus tiempos, de sus amigos comunes en Mascarones, antes de que Óscar señalara el fólder donde yo apresaba mi manuscrito. Sergio Galindo prometió leerlo esa misma noche y nos invitó a comer con su madre, con su tía, con su mujer. El platillo principal eran chiles rellenos; estaban muy ricos pero picaban como el diablo. El problema fue que cuando yo dije mmm, deliciosos, la madre de Sergio Galindo me sirvió dos chiles rellenos más que me comí tratando de disimular el ardor de mi lengua y de mi boca a punta de vasos continuos de agua de jamaica y echándome sal en la lengua, a escondidas. Eso me hizo perder buena parte de la conversación entre Sergio Galindo y Óscar Walker, a quien las anfitrionas celebraban sus chascarrillos, sus bromas, sus chismes sobre la gente de la cultura. Las terminó impresionando con una demostración *in situ* de su sistema nemotécnico. A la hora del café, Sergio Galindo remató una larga explicación sobre la editorial *ficción* aludiendo a mi novela: Si Óscar la recomienda, ten la seguridad de que la vamos a publicar.

Casi siempre Óscar Walker, Ortiz Paniagua y yo salíamos del Hipódromo derrotados y cariacontecidos. En el autobús, de regreso al centro de la ciudad, escuchábamos solidarios los lamentos de los pasajeros que venían de las carreras como nosotros: La tres-uno, carajo, cómo no la vi. Yo vi la tres-cuatro, pero el pinche Royal Pavot se acalambró después de la curva. Lo frenaron, son una punta de tramposos. Aquí no gana más que la empresa. Yo no vuelvo, me cai. Yo me desquito el sábado, cómo chingados no.

Para serenarnos y consolarnos, de vuelta en el café, Óscar Walker nos propuso un juego al que llamamos *Cintarazo* en memoria de un caballo lodero que una tarde insólita nos hizo ganar en el Hipódromo. En trozos de papel o en servilletas individuales trazábamos una cuadrícula de cinco por cinco espacios. En la coordenada vertical poníamos letras elegidas al azar: P, E, N, J, U. Y en la coordenada horizontal: los temas a resolver con apellidos que se iniciaban con tales letras: Suicidas célebres, Filósofos del siglo veinte, Personajes de tragedias griegas, Monstruos, Pintores del Renacimiento. Ganaba quien en veinte o veinticinco minutos fijados como lapso llenara más casillas. Del juego del *Cintarazo* —que Ramón Zorrilla calificaba de infantil y soso— pasamos a elaborar quinielas macabras. Cada quien debería predecir qué dos o tres personajes de la cultura o de la política morirían primero. Qué horror —comentó Zorrilla— eso es invocar a la muerte. Y para que las quinielas resultaran más macabras aún, decidimos hacer pronósticos sobre quiénes de nosotros, de los miembros de nuestra tertulia, seríamos los primeros en morir. Entonces Ramón Zorrilla se enojó de veras —están rematadamente locos— y se largó del café impulsado por la risita sarcástica de Óscar Walker, promotor de esa clase de juegos estúpidos.

Era frecuente que del café La Habana hiciéramos camino a pie hasta la calle de Berlín, a la librería Biblia, Arte y Liturgia, donde Gaspar Elizondo nos recomendaba las novedades de la editorial Descleé, de Carlos Lohlé Ediciones, de Taurus, de Cristiandad, de Prisma. Por Elizondo y por Ortiz Paniagua leí a Romano Guardini, a Teilhard de Chardin, a Von Baltasar y al mismísimo Karl Rhaner, cuyas obras completas me enjaretó Elizondo con un descuento fenomenal.

Ramón Zorrilla prefería jalarse a Audiffred y a Ortiz Paniagua a la cantina Splendid de Insurgentes, cerca de donde hoy se encuentra la glorieta del metro. Desde ahí, más de una vez, Ortiz Paniagua pedísimo me telefoneaba a media noche a mi casa para que les fuera a pagar los tragos de una cuenta que a punta de jaiboles se había abultado más allá de sus fondos monetarios.

Una mañana del 61, Óscar Walker nos planteó la idea, perpetrada por él, por Pepe Priani y por Isidro Galván, de echar a andar una modesta editora de libros donde se publicarían obras de los miembros de la tertulia. Libros diseñados por Priani, de no más de 36 páginas en papel cartoncillo, grueso, con un tiraje numerado de 300 ejemplares. Empezaríamos con un libro de esos poemas que escribía Ortiz Paniagua y no se los mostraba a casi nadie; tal vez a Priani, a Zorrilla, a Óscar Walker, a mí no. Del cuidado de la edición se encargaría Óscar, por supuesto, y los venderíamos a nuestros conocidos o en alguna librería como Biblia, Arte y Liturgia, precisamente. De Audiffred y Zorrilla —que habían trabajado con Carlos Septién García en *La Nación* y *Revista de la Semana*— publicaríamos algún ensayo periodístico o filosófico; de Óscar Walker, un ensayo sobre Erasmo Castellanos Quinto; de Priani, una tesis arquitectónica; de mí, un cuento… Así. Lo que pudo haber quedado en una simple charla de café se convirtió en realidad. En enero del 62 apareció el libro de poemas de Ernesto Ortiz Paniagua, impreso con letra cairo negro de diez puntos, sobre hojas de cartoncillo que por desgracia se desencuadernaban con sólo abrirlas. Contenía dos poemas largos, el primero de los cuales daba título al libro: *A un esclavo negro*, referido, para mi sorpresa, a San Martín de Porres: *Vestido de fraile blanco, vestido de cara negra / te multiplicas en los altares laterales. / Y se arrodillan los devotos dolientes / porque eres para Dios el mulato del cielo.*

Fue el primero, pero también el único de los libros de nuestra modesta editorial. Nos repartimos los ejemplares. No recuerdo que se haya vendido alguno comercialmente.

De pronto se espaciaron nuestros convivios en el café La Habana y la ausencia de Óscar Walker disolvió nuestra tertulia como una tela que se deslava. Al parecer Óscar regresó a Los Mochis y durante años nada supe de él. En el 80, por fin, me telefoneó. Estaba en Puebla, daba clases de literatura en la universidad autónoma del estado y dirigía la editorial de esa casa de estudios. Nos vimos. Parecía el mismo Óscar de siempre: su nariz de flecha, su risita sardónica, su traje café. Me he estado especializando en el arte de la ortografía, dijo; en el acento diacrítico, especificó, pero atajó con su risita la risa que me brotó espontáneamente. Va en serio, no tienes idea de lo importante que es; ¿tú sabes usarlo? Para distinguir un monosílabo de otro, respondí como si fuera su alumno; el *tú* pronombre del *tu* adjetivo. Pero no solamente en los monosílabos, me volvió a atajar: en los disílabos y en cualquier palabra que presente un problema de anfibología. Claro, era el mismo Óscar Walker de siempre, metido en aficiones insólitas en las que profundizaba con una devoción contagiosa: la nemotecnia, los sellos postales, el rastro, las carreras de caballos; ahora el acento diacrítico. Estoy dirigiendo la tesis profesional de una alumna sobre ese asunto, siguió diciendo: *El uso y abuso del acento diacrítico en la obra de Juan Rulfo*. Ya no me reí pero recordé una objeción que me formuló Francisco Liguori a una escena de mi obra teatral *Compañero*. En la escuela rural a donde lo confinan, el Comandante Uno observa en el pizarrón una frase escrita con letra infantil que dice: *Ya sé leer*. El Comandante Uno replica entonces a la Maestra: *Ahí sobra un acento*. Según Francisco Liguori el Comandante Uno estaba en un error porque el acento del *sé* era un acento diacrítico, para distinguir el verbo *saber* del verbo *ser*. ¿Estaba en lo cierto Francisco Liguori?, pregunté a Óscar Walker. Mi viejo amigo se llevó un Delicados a los labios —seguía fumando Delicados— y me soltó una lección: Sí, pero no por esa razón. Tanto el *sé* del verbo *saber* en la frase ya *sé leer*, como el *sé* del verbo *ser* en frases como *sé buen hombre* deben llevar acento diacrítico —se produce en la frase una diacrisis— porque tienen mayor categoría gramatical que el *se* reflexivo de frases como *Juan se peina*, que el *se* impersonal de *se dice*, *se piensa*, y que el *se* de la forma pasiva en *se vende*, *se compra*.

Dejé de ver a Óscar Walker otros cinco años o más. Una noche, sin telefonema previo, fue a visitarme a las oficinas de *Proceso* acompañado de su esposa. De una bolsa de plástico extrajo de pronto un paquete de hojas carta de grosor descomunal. Soltó una risita: Escribí una novela, dijo, un poco larga pero aquí está; tiene mil doscientas páginas. Sopesé el paquete cuando lo puso en mis manos: Larguísima, dije, como *Palinuro de México*, como *Terra Nostra*. Esencialmente es una novela filosófica, pero creo que está muy bien; me ha llevado escribirla la mitad de mi vida. Pero cómo nunca me dijiste, repuse. Nunca le dije a nadie, ni siquiera a Ortiz Paniagua; era un secreto mío, muy personal; la escribía y la escribía mientras me dedicaba a otras cosas.

Volví a sopesar el paquete, amarrado en cruz por un cordel, y recordé aquella anécdota que narró Elías Canetti cuando le dieron el Nóbel. A los veintitantos años, Canetti escribió su primera novela —larga pero no tan voluminosa como la de Óscar Walker—, a la que tituló *Auto de fe*. Admiraba a Thomas Mann y en busca de una opinión, más bien de un aval, le llevó su manuscrito. Thomas Mann sopesó el ladrillo y le dijo con franqueza brutal que él no podía dedicar su apretado tiempo a leer un original tan largo de quien sólo era un principiante. Si su novela es buena, le dijo, se publicará sin duda tarde o temprano. Entonces la leeré.

Desde luego había un abismo entre la pareja de Mann y Canetti con la que yo formaba en ese momento con Óscar Walker, y no me atreví a decirle algo semejante, que era en verdad lo que se me antojaba. Le solté un discurso mucho peor. Que por principio de cuentas, y haciendo de lado la indudable calidad, no resultaba nada fácil que una editorial de las nuestras se animara a recibir para dictamen, ya no digamos para su publicación, una primera novela de tamaña extensión. Que lo que debería hacer, antes de que yo la leyera —y lo haría con mucho gusto, dije— era abreviarla y abreviarla, por lo menos a la mitad. Que sacrificara escenas, capítulos, discursos filosóficos, todo lo sacrificable, regular, bueno o buenísimo, porque lo verdaderamente importante para él y para sus posibles lectores era encontrar una vía práctica, factible, a la publicación de esa obra de toda la vida. Es tu vida, le dije —qué pedante— y debes intentar cualquier sacrificio para que nazca.

Óscar Walker tardó en sonreír. No lo hizo con su risita ronca de siempre, sino con un ruidito largo semejante a un silbido. Se rascó la nariz, miró a su esposa y tomó de mis manos el paquete; lo volvió a meter en la bolsa de plástico. Ya lo había pensado, dijo, tienes razón. Voy a darle una buena cortada y cuando tenga la segunda versión te la traigo.

Nunca trabajó Óscar Walker esa segunda versión, supongo. Nunca volvió a telefonearme. Nunca regresó a las oficinas de *Proceso*. Supe de él cuando pasado el tiempo —un par de años quizá— su esposa me llamó para decir que Óscar Walker había muerto.

Días antes de empezar a escribir este relato —por esa razón me decidí a hacerlo—, encontré en el revoltijo de mis libros una vieja libreta de apuntes de los años sesenta. Ahí había garabateado los tres nombres que seleccioné para aquella quiniela macabra de los amigos del café La Habana que nos encabezarían en el inevitable viaje a la muerte. Eran Ramón Zorrilla, José Audiffred y Óscar Walker. Me di cuenta de que había ganado la quiniela, pero ya no tenía sentido vanagloriarme con nadie.

De ajedrez

La apertura Topalov

Para Myrna Ortega

I

No sé cómo fue que perdí la cabeza, pero ya eran muchos días de soportar su risita irónica, sus gestos despectivos a todo lo que yo decía o preguntaba, su continuo inclinarse de lado para susurrarle al compañero vecino alguna observación ladina. Me tenía cansado, harto de su presencia. Qué falta de respeto al maestro, carajo. Qué ganas de mofarse. Si menospreciaba al coordinador del taller, que se largara del salón y no perturbara más al grupo. Por eso me comporté así.

Mediaba el mes de noviembre de 1993. Nos hallábamos en el salón Octavio Paz de Casa de América, en Madrid. Invitado a impartir un taller intensivo de dramaturgia, junto con el colombiano Santiago García y el español José Sanchis Sinisterra, me reunía a diario, de diez de la mañana a dos de la tarde, con un grupo de talleristas interesados en aprender o mejorar la escritura de textos teatrales. Los alumnos eran becarios hispanoamericanos elegidos por Casa de América entre cientos de solicitantes. A cada uno de los tres coordinadores nos correspondieron ocho dramaturgos noveles con los que habríamos de trabajar durante diez días. En mi grupo estaban inscritos dos argentinos, un chileno, una chica venezolana y cuatro españoles. Tenían entre veinte y treinta y cinco años de edad, aunque este muchacho al que me refiero era originario de Bulgaria pero avecindado en Salamanca; hablaba perfectamente el castellano —por eso lo inscribieron entre los españoles— y no parecía haber cumplido siquiera los dieciocho. Era un mocoso imberbe de rostro como en triángulo isósceles, nariz flechada y una tez blanquísima que se le manchaba de color de rosa en las mañanas frías de ese noviembre. Andaba siempre de traje, muy atildado, y su apariencia contrastaba con la maldad gestual que le surgía de lo profundo. Tenía veneno en la sangre —me decía yo— y por eso lo apodé para mis adentros El Venenoso.

Desde la primera reunión, El Venenoso dio muestra de repudio a mi persona. Era un hipócrita porque cuando yo valoraba la importancia del espacio teatral o definía las exigencias del diálogo como factor determinante para la psicología de los personajes, él no se atrevía a expresar en voz alta su evidente desacuerdo. Era un cínico además, porque me lo daba a entender sin tapujos con toda esa suerte de expresiones tangibles: risitas irónicas, gestos de fuchi, susurros con el compañero vecino... En varias ocasiones sentí el impulso de enfrentarlo con alguna admonición o una pregunta directa —¿qué te traes!, ¿de qué te ríes, imbécil!—, pero no quise provocar un pleito público entre maestro y alumno. Me contenía. Me contuve siempre y fui hábil en disimular un desagrado del que seguramente sus compañeros se daban cuenta.

Durante cada sesión, después de una breve exposición teórica de mi parte sobre algún problema dramatúrgico, cada uno de los talleristas debía leer, ante todo el grupo, la obra de teatro propuesta en la solicitud para su beca. Una vez terminada la lectura se efectuaba la consabida ronda de opiniones. El chileno del grupo, apodado De la Parra, era quien más se extendía en sus apreciaciones; remataba su discurso, como si él fuera el maestro del taller, exponiendo principios profundísimos del arte de escribir y encomiando a sus compañeros el deber de hacer un teatro trascendente. Era abrumador pero simpático, porque sus análisis siempre concluían con un mensaje animoso para el autor del texto.

El Venenoso, en cambio, abusaba de la parquedad. Cuando llegaba su turno se contentaba con decir: Me gusta, No está mal, Va bien. Y cuando lo urgía: Pero explica por qué, da razones, él contestaba dirigiéndome su risita sardónica: Porque me gusta y ya; no tengo más que decir. Luego se ponía a murmurar con el vecino, como gloriándose de su lacónica respuesta.

Amaneció por fin el día en que a El Venenoso le tocaba leer su obra. Salí temprano del hotel Victoria donde me hospedaba y desde la Plaza Santa Ana recorrí a pie el camino hasta Casa de América. Me regocijaba el encuentro con aquel tallerista odiado. Por sobre todas las cosas quería que su obra fuera la peor de las que se habían estado leyendo día tras día. Que resulte espantosa, rogaba a Dios; que tenga defectos suficientes para encarnizarme con ellos y hacerlos resaltar ante todos los talleristas; que me dé la oportunidad de humillarlo, de exhibirlo, de hacerlo talco. Y si la obra no está del todo mal —me seguía diciendo mientras cruzaba por la Cibeles rumbo a Recoletos—, que tenga tropiezos y fallas —toda obra los tiene, hasta las de Shakespeare— merecedores de mi burla. Voy a mofarme de él con cualquier pretexto; voy a conseguir que sus compañeros se rían de esos errores, que la humillación resulte pública, que su fracaso sea contundente.

A diferencia del nerviosismo con que los talleristas se presentaban en el salón Octavio Paz la mañana en que les correspondía leer, El Venenoso se veía tranquilo. Saludaba alegremente a todos en el momento de entrar en la cámara de tortura, e incluso me sonrió a mí, afable, cuando le estreché la mano y le dije con un picoso sonsonete: Te llegó la hora. Volvió a sonreír sin huella alguna de ironía, con una serenidad que no le había visto en todo el taller. Está cagado de miedo pero lo disimula sonriendo, pensé. Y me sentí feliz.

El Venenoso leyó su obra, página tras página, con claridad, con buena voz. Por primera vez su español se escuchaba contagiado por los resabios guturales de su lengua materna, lo que imprimía a su lectura una cadencia extraña pero de alguna manera fascinante. No leía nada mal El Venenoso: marcaba bien las pausas gramaticales; cambiaba con precisión el tono cuando enunciaba el nombre del personaje y luego el diálogo correspondiente, y lo variaba de nuevo al proferir las acotaciones.

Sin embargo, para mi fortuna, la obra era elemental en grado sumo, muy simplona en su estructura, sin complejidad en su desarrollo, ajena a toda malicia. Presentaba a dos únicos personajes a la manera de los ejercicios dramatúrgicos que Sanchis Sinisterra suele proponer a sus alumnos. Sin duda El Venenoso había sido discípulo de Sanchis, pero no de los mejores. Ahí estaban esos dos personajes sentados frente a frente, de principio a fin del texto, ante una mesa de ajedrez. Jugaban una partida y hablaban en voz alta, craso error, porque el asunto que impelía sus parlamentos —escritos con la ingenuidad de quien utiliza la técnica del monólogo anacrónicamente— era doble: por un lado las jugadas que iban haciendo sobre el tablero, y por el otro los pensamientos de cada uno de ellos en relación con su enemigo. Algo así como lo siguiente, sin puntuación: *Juego peón e4 y ahora él va a jugar peón e5 o caballo c6 y el muy imbécil no se da cuenta de que Antonia ya está harta de sus manías.* Y el otro: *Ya lo está pensando ya no sabe qué hacer le voy a decir a Antonia que nos vayamos de fin de semana a Málaga mejor juego alfil c5 y le voy a adelantar el caballo.* Y el primero: *Ah qué torpe se enrocó demasiado temprano no sabe que Antonia está enculada conmigo me voy a lanzar sobre su enroque.* Y el otro: *Este gilipollas no se da cuenta de que ya vi que su peón va a ir a g5 pero yo le voy a poner caballo en g3 y no voy a permitir que Antonia lo encuentre en la carnicería de don Simón.* El primero: *Ese caballo en g3 lo amenazo con el alfil no le conviene el cambio de piezas me lo voy a joder con Antonia y lo voy a traspeonar al muy idiota.* Etcétera.

Lo mismo toda la obra. Aburridísima. Tonta porque el espectador se encuentra muy lejos del tablero y no tiene posibilidad alguna de presenciar el desarrollo de la partida. Y aunque la pudiera presenciar, aunque supiera mucho de ajedrez, no hay dramatismo suficiente para sentir, ¡sentir!, el conflicto de ese par de jugadores en su disputa por el triunfo en el ajedrez y por el amor de una mujer.

Hice papilla la obra de El Venenoso. Lo acusé de una influencia tardía del teatro del absurdo y de la técnica pinteriana. Le critiqué su falta de acción. Le dije, en una palabra, que una cosa es escribir en el papel lo que piensan los personajes, y otra cosa es imprimirle verosimilitud al hecho teatral de escuchar en voz alta lo que sólo están pensando.

Durante mi prolongado discurso, los talleristas se mantenían inmóviles en sus sillas, absortos, tal vez sorprendidos por la contundencia de mi argumentación. Con ninguno de ellos me había portado así: tan duro en la crítica, tan severo en la descalificación.

—El ajedrez es un tema imposible para una obra de teatro —finalicé, como burlándome—, pero si quieres escribir una pieza sobre el ajedrez, necesitas primero entender los principios básicos de la dramaturgia y aprender después los secretos profundos del juego-ciencia. No es un pasatiempo de niños, es una experiencia que involucra íntegramente al jugador, que lo tensa, que lo obliga a comprometer toda su inteligencia y toda su pasión.

El enorme silencio que se impuso en el salón Octavio Paz, enmarcado por las molduras doradas y retorcidas que atiborraban techo y paredes, fue interrumpido de pronto por el ruido que produjo la silla de El Venenoso cuando se levantó de la mesa. Su semblante sonrosado se veía ahora lívido por la iracundia contenida. Con lentitud recogió las hojas de su texto, las golpeó de canto contra la mesa para emparejarlas, las metió en el fólder y guardó el fólder dentro de su portafolio. Caminó hacia la puerta de doble hoja. Ahí se volvió hacia mí:

—Lo reto a una partida de ajedrez —me dijo.

—Cuando quieras —respondí.

Sin despedirse de sus compañeros, El Venenoso desapareció detrás de un portazo.

Una hora más tarde me reuní a comer con Pepe Sanchis y Santiago García en el restorán de Casa de América. Les conté del incidente pero no me prestaron mucha atención, interesados como estaban en contarme sus propias anécdotas con los talleristas de sus grupos.

Mientras Pepe Sanchis hablaba de un becario mexicano que había escrito una burda parodia del *Edipo Rey* titulada *Edipo Reyes,* Santiago García me hizo una leve seña con la cabeza para que me diera la vuelta. A mis espaldas se hallaba El Venenoso, de pie, cargando aún su portafolio, con el semblante nuevamente sonrosado pero con las quijadas tensas.

—Perdón que los interrumpa —dijo—. Un segundo nada más. —Y se volvió hacia mí: —No quedamos en el lugar y en la hora, maestro.

—¿En la hora de qué?

—De la partida.

—Nos vemos aquí mañana —contesté—. A la hora del taller.

El Venenoso me miró un segundo; luego estiró su mano derecha y gancheó el índice, como para llamarme. Me levanté y dejé que me tomara del antebrazo para hablar conmigo aparte, sin que lo escucharan mis colegas. En voz muy baja pronunció:

—Como decís vosotros los mexicanos, le voy a partir su madre, maestro.

Se alejó de inmediato y yo regresé a la mesa, sonriendo.

—Éste es El Venenoso del que les estaba hablando —dije.

—Yo lo conozco —dijo Pepe Sanchis—. Estuvo conmigo en un taller. Se llama Veselin Topalov.

—Sí, es búlgaro —dije.

—Es un ajedrecista fenomenal —dijo Pepe Sanchis—. El mejor que hay en España en este momento.

—¿Y qué hace aquí en un taller de teatro? —preguntó Santiago García.

—Le gusta el teatro para distraerse —dijo Pepe Sanchis—, para desembotarse de tantas jugadas que trae siempre en la cabeza.

—¿Tú juegas ajedrez, Pepe? —pregunté a Sanchis Sinisterra.

—Figúrense: llegó a España cuando tenía catorce, quince años, después de hacer un papel muy brillante en el Campeonato Junior de Europa. Aprendió el castellano con mucha facilidad, lo habla muy bien, y aquí gana todos los torneos en los que se presenta. Su clasificación anda por los 2,600 puntos, según me dijeron. Es un genio.

El Venenoso Veselin Topalov no volvió a Casa de América en el tiempo en que duró mi taller. Nada supe de él hasta muchos años más tarde. Una mañana, cuando hojeaba en los puestos callejeros de la Gandhi una revista española especializada en ajedrez, me topé con su fotografía. Había embarnecido pero seguía teniendo la misma facha de El Venenoso que conocí en Madrid: su rostro de triángulo isósceles, su nariz ganchuda, su tez como de porcelana japonesa. En la foto se le veía concentrado frente a un tablero, llevando las blancas. Traía una camisa con dibujos escandalosos del folclor búlgaro, supongo, y el índice de su mano derecha pálida, de dedos ligeros, descansaba en su labio inferior acentuando ese gesto concentrado de quien estudia la posición del contrario.

En el texto se decían maravillas de él. Que en un torneo de Ámsterdam *terminó primer exaequo con el campeón del mundo Kasparov, tras derrotar a éste. Luego acabó primero exaequo con el español Illescas en Madrid; primero, también exaequo con el ruso Kramnik, en el torneo de Dos Hermanas, por delante de Anand y Kasparov.* El texto enfatizaba: *Su modestia le ha llevado a declarar a la revista francesa Europe Échecs: "En la actualidad, basta no cometer errores de bulto para ganar."*

Qué lástima, pensé.

II

Myrna Ortega, la subdirectora de la Casa del Lago, me telefoneó. Nada menos que Veselin Topalov, convertido en campeón mundial de ajedrez, acababa de llegar a México y se había hospedado en el Presidente Intercontinental de Paseo de la Reforma. Venía a participar en el Torneo Internacional Ciudad de Linares, en Morelia, donde se celebraría también el Gran Abierto Mexicano de Ajedrez. Antes de ir a Morelia daría una charla y una conferencia de prensa en la Casa del Lago.

—Me preguntó por ti —dijo Myrna—. No sabía que lo conocías.

—Lo conocí en Madrid hace trece años —dije haciendo un rápido cálculo mental.

—Dijo que tenían una partida pendiente, ¿es cierto?

¡Hijo de la fregada!, el miserable no lo había olvidado. A pesar del tiempo y de sus éxitos continuaba alimentando su rencor. Lo recordé, como si lo estuviera viendo ahora mismo, picándome la oreja en el restorán de Casa de América: "Le voy a partir su madre, maestro."

—¿Me estás oyendo?, ¿me oyes? Parece que se cortó la comunicación.

—Te oigo perfectamente, Myrna.

Aunque fue él y no yo quien se rajó a última hora, me retó a duelo, y un duelo es un duelo. Según los clásicos, desde los Pardaillán hasta las novelas de Balzac, el que no recoge el pañuelo o el guante del retador se hunde en la deshonra.

—Nos propone que la partida sea el viernes después de la conferencia de prensa —dijo Myrna—. ¿Estás de acuerdo?

—¿Puedo llevar padrinos?

De inmediato pensé en amigos escritores que juegan ajedrez mejor que yo: Homero Aridjis, Daniel Sada, Eliseo Alberto: Lichi. Podría llamar también al actor Enrique Rocha, con quien me batí algunas veces durante aquellos tiempos de El Perro Andaluz. Serían testigos de mi trance y me darían consejos y apoyo moral. Yo sabía de antemano —no soy idiota— que frente a las estocadas de un campeón del mundo nada tenía que hacer, aunque en mis términos literarios y teatrales, como decía Ignacio Retes, las etiquetas de campeón mundial son siempre relativas. Las novelas de un escritor de Los Mochis —por decir algo— pueden ser tan valiosas o más que las de un premio Nóbel. Pinter es enorme y famosísimo pero hay quienes prefieren, por sentirlo más próximo, el teatro de Emilio Carballido.

Acompañado de mis padrinos llegué a la Casa del Lago a las seis en punto del viernes 10 de febrero de 2006. Me sorprendió el tumulto que llegaba para ver jugar a Veselin Topalov. Varones jóvenes y viejos, mujeres, niños y adolescentes como en tarde de fiesta; sobre todo reporteros con cámaras fotográficas y de televisión que me preguntaban a oleadas: ¿Le da miedo jugar contra el campeón del mundo? ¿Ya tiene preparada su estrategia? ¿Piensa ganarle?

—Todos los que juegan ajedrez juegan a ganar —dije pedante, y me escabullí hasta donde se hallaba

Marcel Sisniega. Él sí que era un figurón del ajedrez mexicano: gran maestro internacional, campeón de México durante años y digno sucesor de José Joaquín Araiza, de Carlos Torre Repetto, de Mario Campos López. Marcel no iba a jugar, por desgracia, sino a comentar la partida sobre el tablero proyectado en una pantalla frente a las gradas ya repletas a esas horas de espectadores ansiosos.

Entre la concurrencia abundaban campeones de distintos estados de la República, campeones universitarios, miembros del equipo de las olimpiadas de ajedrez, competidoras de uniforme color guinda, el rector de la universidad de Morelos, niños prodigio…

—Topalov es un jugador agresivo, implacable, terrible con las torres —me advirtió Marcel Sisniega—. Sale casi siempre con e4.

—Si sale con e4 respóndele con la siciliana —dijo Daniel Sada.

—¿Y si sale con d4?

—También la siciliana, siempre la siciliana.

—Para que no quedes en ridículo —volvió a hablar Marcel, irónico— necesitas aguantar por lo menos veinte movimientos. Si no llegas a los veinte será una vergüenza —y volvió a sonreír con picardía.

—Muévete a la defensiva y con suerte le haces tablas —terció Homero Aridjis.

—No le digas eso —protestó Lichi—, tiene que jugar a ganar.

—Acuérdate de Arreola —dijo Homero. Y lo citó: —"Lo que importa es lograr hacer tablas con la vida."

Mientras el búlgaro continuaba con su conferencia de prensa en un salón interior, Myrna Ortega se abrió paso entre los fotógrafos de prensa. Venía a informarme que a última hora, con el consentimiento de Topalov y dada la presencia de tantísimos ajedrecistas empecinados en enfrentarse con el campeón del mundo, se había decidido formar un cuadrángulo con cuarenta tableros para que Topalov jugara simultáneas.

—¿No que era una partida entre él y yo? —pregunté, haciéndome el valiente.

—Él me dijo que te dijera —explicó Myrna— que las simultáneas serán solamente juegos de exhibición; la partida en serio será contra ti.

Me resonó en la memoria el "le voy a partir su madre, maestro", mientras Lichi me tomaba del brazo y me alejaba de los reporteros.

—Te convienen las simultáneas, no seas pendejo. En lo que tú armas tu estrategia, nosotros te lo distraemos y ya cansado le puedes hacer tablas, hasta ganar.

—¿Tú piensas que puedo ganar?

—A la vuelta y vuelta podría ser.

Y recordé en voz alta lo que pensaba en Casa de América:

—Lo voy a hacer talco. Me voy a mofar de él. Voy a conseguir que todos se rían de sus errores, que la humillación resulte pública, que su fracaso sea contundente.

Lichi pensó que estaba hablando en serio y se rió con desparpajo.

En el enorme cuadrángulo de cuarenta tableros, mi lugar correspondía al cuarto tablero de la mesa norte en la terraza de la Casa del Lago. Junto a mí tomó asiento Lichi, en vecindad con Daniel Sada. En esquina, muy cerca, se hallaba Enrique Rocha ocupando el primer sitio de la mesa larga de dieciséis tableros que hacían dar la espalda al viejo lago de Chapultepec.

Apareció por fin Veselin Topalov haciéndose el sencillo. Vestía un traje café, con saco y pantalón ligeramente acampanados. Llevaba una horrible corbata a rayas. Sin lugar a dudas, en trece años se había convertido en un joven formal de treintaiún años que ya no necesita de risitas ni de gesticulaciones ni de murmullos con el vecino para sentirse seguro de sí mismo. Ése era su verdadero problema en Casa de América. La inseguridad y el miedo a estar pisando el terreno de la literatura, que no era evidentemente lo suyo, lo impulsaba a reaccionar defensivamente —diría Estela— con esa agresividad lanzada contra mi autoridad, más que contra mi persona.

Terminados los discursos de presentación, los halagos ditirámbicos, las preguntas de los niños-genio sentados como duendes ante los enormes tableros, Topalov empezó a caminar frente a cada uno de sus contendientes moviendo hacia los escaques vacíos su pieza de salida.

—Es muy alevoso, lleva blancas —me susurró Lichi en el momento de encender un cigarrillo.

Que juegue e4, que juegue e4, rogaba yo como rogaba en Madrid por encontrar errores garrafales en la obra de El Venenoso.

Avanzaba muy rápido Topalov. Movía su pieza y saludaba de mano al rival según el rito de los jugadores de simultáneas. Ante mí se detuvo un instante más prolongado. No me estrechó la mano. Me clavó el punzón de sus ojillos negros y sonrió con el sarcasmo de trece años atrás. Su nariz parecía un pico de águila con ganas de morderme. Al fin dobló el brazo. Estuvo a punto de prensar el peón del rey para llevarlo a e4, pero en un parpadeo reorientó sus tres dedos de ajedrecista y levantó el caballo del rey para hacerlo saltar hasta f3.

—¡Madre mía! —exclamé.

Aunque la salida con el caballo del rey me pareció insólita —un jeroglífico inesperado—, suele ser utilizada por los grandes maestros internacionales como Kasparov, quien se la jugó a la Deep Blue en 1997. Los expertos dan a la apertura, que ese movimiento desata, el nombre de Réti o de Bacza, dos húngaros que la impusieron en sus partidas. Facilita el fianchetto del flanco derecho de las blancas y protege al rey cuando se enroca construyéndole una casita, según explica el maestro Seirawan. El caballo en f3 anuncia, además, una apertura tranquila, de alguna manera defensiva, ideal para que las negras se apoderen del centro del tablero.

Como yo no sabía absolutamente nada de esa apertura —¡pinche salida con caballo!—, me desconcerté de golpe. Recordé a Daniel Sada —"salga como te salga respóndele con la siciliana"—, pero desoí su consejo, y en lugar de llevar mi peón de rey a e6, avancé tímidamente mi peón de dama a d6 —los expertos lo avanzan hasta d5, según supe después—, lo que provocó un guiño insidioso de Topalov en el momento en que regresó una vuelta después a mi tablero y me vio realizar el movimiento.

De ahí en adelante todo fue sufrir. Como yo no tomaba la ofensiva que la apertura Réti exige, Topalov me adelantó sus peones con fiereza, inmovilizó mis caballos, sacó su dama y se enrocó en corto por su flanco derecho.

—Enrócate ya —me susurró Lichi cuando ya íbamos por la jugada diez—. Te lo estamos distrayendo, apúrate.

Ciertamente, entre jugada y jugada tenía tiempo suficiente para pensar. El recorrido al que se obligaba Topalov moviendo sus piezas en cuarenta tableros era una especie de reloj de competencia generoso. Pero ya que no podía enrocarme en corto —como prefiero hacerlo para mi seguridad—, porque tenía un alfil atrancado en la hilera ocho, me vi obligado al enroque largo y eso aceleró mi desazón. ¡Pinche salida con caballo!

Sobre mi enroque se lanzó implacable Topalov. Llegó un momento en que sobre el débil peón que protegía a mi rey en b8, el ventajoso campeón tenía sus dos torres enfiladas —"es terrible con las torres"—, su dama metida ya en el corazón del mate y un caballo relinchando en espera de soltar la dentellada. Defendí aguerridamente a mi peón con otro peón, con un alfil, con un caballo y con mi dama. ¡Por aquí no entras, cabrón!

Entonces empezaron a caer quienes conspiraban a favor mío en las simultáneas. Primero cayó un niño-genio, luego un joven de cabello alborotado, luego un adolescente mustio, luego el rector de la Universidad de Morelos. Si no lo detenía con mi defensa loca yo sería el quinto, es decir, el único al que Topalov deseaba realmente vencer de acuerdo con aquel reto a muerte lanzado en Madrid.

Por eso era su saña despiadada, por eso se detenía a cavilar durante largos segundos frente a mi tablero como no lo hacía con los demás. Ya no me miraba a los ojos como al principio. Tenía clavados los suyos en el garabato de piezas negras y blancas al tiempo que desentumecía los dedos de su derecha a la manera de un pianista.

Cuando llegué a la jugada diecinueve, luego de que Topalov amacizó su ataque con un alfil en blancas traído de no sé dónde, me sentí perdido. Desde su esquina, Enrique Rocha se percató de mi naufragio y me lanzó una mirada dulce como quien tira al mar un salvavidas. Ya era demasiado tarde. ¡Pinche apertura con caballo!

—Ve pensando en doblar tu rey —me dijo Lichi quedamente. Se veía triste, igual que si él fuera perdiendo.

—Tengo que pasar de la jugada veinte —le dije, recordando a Marcel: "sería una vergüenza si no pasas".

Hice mis cálculos. En ese movimiento diecinueve podía tapar la flecha del alfil traído de no sé donde con un caballo que quedaría sin protección. Topalov tomaría el caballo, lógicamente, pero yo llegaría a la veinte sacrificando mi dama, a la veintiuno sacrificando mi alfil, a la veintidós resignándome al mate estrepitoso.

—Dobla tu rey —me dijo Lichi—, ya no tiene remedio.

—Puedo llegar a la veintidós.

—Por dignidad, maestro.

Tenía razón. Era indigno mantener vivo a mi rey por un simple capricho de orgullo propio. La dignidad consistía en desenchufarlo como se desenchufa a un desahuciado en estado de coma. Un acto responsable de eutanasia.

Cuando Topalov completó su monótona rutina por los tableros y se detuvo en el mío, se veía un hombre feliz. Había satisfecho su venganza. Nos miramos un rato, ojos contra ojos. Entonces prendí mi rey con la punta de los dedos y lo dejé caer suavemente sobre el tablero.

Por primera vez, Topalov sonrió afable y me regaló un fuerte apretón de manos, mientras Enrique Rocha me miraba con pesadumbre a la distancia y Lichi me palmeaba el brazo.

Me levanté de la mesa. Rehuí a los reporteros. Myrna trató de convencerme de que aguardara al final de las simultáneas y me quedara al coctel para charlar a mis anchas con Topalov. No tenía caso. En el tablero ya había dicho a Topalov, al campeón del mundo, a El Venenoso, todo lo que necesitaba decirle.

Regresé a mi casa.

—¿Cómo te fue? —me preguntó Estela.

—Mal, me partió la madre.

Y subí al estudio para escribir, en forma de obra teatral, este cuento inverosímil.

Ajedrecistas

Mover un peón sobre el tablero nada más.
LUIS IGNACIO HELGUERA

22 de septiembre de 1953

La secretaria giró el picaporte, le dijo "Pase usted", pero Luis Ignacio se mantuvo inmóvil en el vano de la puerta, esperando.

En su despacho de *Revista de la Semana* de *El Universal*, Carlos Septién García hablaba por teléfono, de pie junto a su escritorio. Era un hombre gordo cuya frente iba ganando espacio al cabello negro, estirado hacia atrás. Eso y su poblado mostacho lo hacían verse mayor de los treintaiocho años que acababa de cumplir. Luis Ignacio estaba al tanto de la fama pública del director como reportero y como fundador de *La Nación*, órgano oficial del Partido Acción Nacional que desde sus orígenes se empeñó en denunciar las atrocidades de los regímenes políticos de Ávila Camacho y Miguel Alemán. Para el diario *El Universal* Septién García escribía cada lunes sus crónicas taurinas, y desde 1948 estaba al frente de *Revista de la Semana*. Lo comparaban con Carlos Denegri, reportero estrella de *Excélsior*, aunque Denegri —de brillante estilo, maestro de la precisión— era servil a los gobiernos en turno y por dinero era capaz de adular a cualquier pillo que le pagara.

Septién García concluyó su conversación telefónica: colgó el auricular. Con un ademán instó a Luis Ignacio a sentarse frente al escritorio. Lo auscultaba con ojos de investigador.

Veinteañero, delgaducho, Luis Ignacio tomó asiento. Llevaba un portafolios enorme que hizo recordar a Septién García el dicho burlón de sus reporteros: "no hay indio sin huarache ni pendejo sin portafolios". El muchacho puso el portafolios al pie de la silla y trató de no mirar de frente al director. Tenía miedo de no poder disimular su aprensión, de ponerse a tartamudear como siempre que enfrentaba situaciones difíciles.

—Así que tú eres Luis Fernando, el recomendado de Ramón Zorrilla.

—Luis Ignacio, don Carlos —corrigió Luis Ignacio.

—No me digas don Carlos, por Dios. Si prefieres dime Tío Carlos, como el que firma mis crónicas. Mis amigos me dicen simplemente Carlos o Lic.

—Claro que sí, señor.

—Según Zorrilla, eres un campeón de ajedrez hecho y derecho, ¿es cierto?, ¿eres muy bueno para los jaques? Yo de eso no sé nada.

—No no, qué va. Yo yo he ju he jugado en algunos torneos, pero estoy muy lejos de ser un gran ajedrecista.

—¿Y por qué piensas que es importante una sección de ajedrez en *Revista de la Semana?* Eso vienes a proponerme, ¿no?

—Sí, don Carlos.

—Necesitas convencerme primero. ¿Por qué es importante?

—Po porque el ajedrez es muy impor importante, don Carlos. Y en México, las revistas no le dan su lugar. Es un arte.

—¿Es un arte, Luis Fernando?

—Como usted di dice de los toros. La la tauro maquia es un arte para usted, ¿verdad?

—Claro que lo es. Pero del ajedrez yo sólo he oído decir que es el juego ciencia.

—Ciencia y y también arte, don Carlos.

—Y tú me propones encargarte de esa sección, como ajedrecista que eres.

—Co como periodista, don Carlos.

—¿Periodista o reportero?

La pregunta sorprendió a Luis Ignacio como un imprevisto jaque al descubierto. No la entendió. No supo qué responder. Trató de sonreír estúpidamente, se rascó la punta de la nariz.

—Todos los que trabajan o escriben para la prensa —explicó Septién García— se dicen periodistas. Pero muy pocos lo son. El verdadero periodista, el único que merece ese título, es el reportero: porque es el reportero el que trabaja la noticia, la esencia del periodismo. ¿Entiendes eso?

—Cla claro claro que sí, don Carlos. Y bueno, el ma maestro Ramón Zorrilla me dijo. Bueno. Yo le traje aquí un texto co como muestra de de lo que podría ser la la sección de ajedrez. —Se inclinó para alcanzar el portafolios y de él extrajo un fólder; lo tendió hacia Septién García. —Son son tres cuartillitas, como como muestra sobre Carlos Carlos Torre Repetto.

—¿Carlos Torre qué?

—Re repetto.

—¿Y quién es ese tocayo?, nunca lo había oído mentar.

—El mejor el mejor aje ajedrecista que ha dado México —siguió tartamudeando Luis Ignacio, no podía evitarlo—. Se se las dejo aquí, señor. Para para que las lea con calma.

Septién García consultó su reloj de pulsera antes de decir:

—Las puedo leer ahora mismo, Luis Fernando, aquí contigo, para decirte de una vez lo que pienso. ¿Te molesta?

—No no claro, claro que no.

Carlos Septién García sacó su pluma fuente con la derecha, y con la izquierda tomó las hojas. Eran de papel revolución y estaban escritas en una Remington con cinta negra y rojo. La máquina parecía desajustada, de tal manera que el filo interior de las líneas aparecía en rojo, como subrayando las frases, lo que entorpecía un poco la lectura.

En el centro de la primera página se veía en altas el título del artículo, sin crédito alguno.

El texto que se puso a leer en silencio el periodista, pluma fuente en ristre para añadir acentos que faltaban, corregir signos de puntuación o dedazos, rezaba así:

Carlos Torre Repetto

A los 24 años de edad, después de una breve pero intensa carrera nacional e internacional, Carlos Torre Repetto, el mejor ajedrecista que ha tenido México, fue víctima de una crisis psicótica y se vio obligado a abandonar para siempre el juego ciencia.

Lleva 26 años sin tocar las piezas de un tablero. Vive enclaustrado en un hospital psiquiátrico de Mérida atendido por su hermano médico, Luis Torre, y por el psicoanalista Reuben Fine, gran maestro de ajedrez. Lo tienen aislado. Sólo le permiten leer libros de otros temas que lo apasionan: budismo, filosofía, matemáticas. Se la pasa comiendo dulces "como loco".

La carrera ajedrecística de Carlos Torre Repetto, quien nació en Mérida en 1904, empezó desde niño. Durante la adolescencia fue a vivir a Nueva Orleans, donde trabajó en una farmacia y en una zapatería. Ahí, a los 19 años, ganó el campeonato del estado de Luisiana y empezó a acumular triunfos en otras partes del mundo: Baden Baden, Marienbad, Moscú, Chicago, Nueva York.

"Torre Repetto nos gana —dijo alguna vez el gran maestro Tartakower— porque a las dos torres de su tablero agrega una más: la de su apellido."

Aunque en 1926 ganó fácilmente en México el campeonato nacional, aplastando a José Joaquín Araiza, las partidas que sorprendieron a los grandes, por su inventiva genial, por el trazo artístico de sus escaramuzas, se produjeron en el extranjero.

En 1925 en Marienbad, jugando contra el gran maestro Grünfeld, Torre lo vence en lo que el ajedrecista Réti llamó "el juego más hermoso del torneo de Marienbad".

También en 1925, en Moscú, consigue la hombrada de hacer tablas con el campeón mundial José Raúl Capablanca, invencible por aquel entonces, y con el implacable Alejandro Alekhine, rudo y contundente en la batalla sobre los escaques.

Su gloria mayor, sin embargo, en ese mismo torneo de Moscú, es vencer al excampeón mundial Emmanuel Lasker, quien había conservado su título durante 21 años hasta que Capablanca lo destronó en 1921. Su guerra en Moscú contra Lasker fue feroz. En la jugada 25, Torre sacrifica su dama; siete movimientos después, Lasker pierde la suya y no puede resistir los embates de "la lanzadera", como los ajedrecistas de Moscú llamaron a esa táctica con la que Carlos Torre parecía atacar con lanzas, más que con piezas.

En cuanto la acepción de juego-arte, la más bella partida en toda la carrera del yucateco fue la de "el rey magnetizado". Así la bautizó el poeta yucateco Antonio Castro López, quien luego se puso a narrar en verso la crónica: "Torre no se preocupa ni se espanta / y sacando su peón a tres caballo / ataca el peón del rey que se adelanta, / torre casilla rey juegan las blancas / a la negra soberana amenazando / pero alfil torre tres: ¡jaque al monarca! / es la respuesta audaz que van llevando…". En esa partida, jugando Dupré con las blancas, Torre Repetto obligó al rey enemigo a avanzar escaque tras escaque por el tablero hasta caer muerto en la casilla d-5.

Vale la pena reproducir la partida. Es tan bella como un cuadro de José María Velasco.

Septién García detuvo de golpe su lectura. Levantó los ojos hacia Luis Ignacio. Se había anticipado al registro técnico del juego y protestó:

—Estos garabatos no los entiende nadie. Nada más ustedes, los ajedrecistas.

—La sección es para ajedrecistas —dijo Luis Ignacio. El muchacho se sentía bien, seguro de sí mismo. Tenía la impresión de que al director le estaba gustando su texto.

Septién García regresó a la última cuartilla, saltándose como un caballo los garabatos:

1925 / Dupré (blancas). Torre (negras)
1. P4R – P4R
2. C3AR – P3D
3. P4D – P4AR
4. A4AD – PRxPD
5. PRxPAR – D2R+
6. R2D – P3CR
7. TR1R – A3TR+
8. R3D – AxPAR+
9. RxPD – A2CR+
10. R5D – P3AD MATE!!

En 1926 ocurrió el derrumbe. Después de beber con un grupo de amigos ajedrecistas unas copas en un bar de la Calle 15 de Nueva York, Carlos Torre Repetto perdió la memoria, se desprendió de su ropa, y como un hombre mono se fue caminando desnudo al zoológico. La policía lo detuvo y terminó en un hospital psiquiátrico.

En un sanatorio psiquiátrico de Mérida permanece hasta el día de hoy el más brillante ajedrecista mexicano de todos los tiempos. Sin jugar ajedrez, sin ver siquiera un tablero. Leyendo libros de matemáticas, de filosofía. Comiendo dulces.

Septién García abandonó las cuartillas sobre el escritorio.

—Este Carlos Torre Repetto es un ser increíble —dijo.

—¿Le le gustó mi texto, don Carlos?

—El personaje, muchísimo; tu texto no.

—¿No?

—Es un desperdicio, Luis Fernando. Un tipo así, con esa historia, encerrado en un manicomio sin jugar, tragando dulces, es extraordinario. Merece ser trabajado por un reportero.

—Yo yo yo soy ajedrecista, don Carlos.

—Pero puedes pensar y enfrentar al tipo como un reportero. Por lo que se ve, nadie sabe tanto de él como tú; hablas su mismo lenguaje de jaques y caballos, puedes entrevistarlo mejor que cualquiera. Además, aunque te falta estilo, no redactas mal.

—Pero co cómo le hago.

—Búscalo y entrevístalo, ya, ahora mismo. Si quieres escribir en *Revista de la Semana*, ahí tienes un gran tema, ambientado con todo lo que escribiste en tu texto. No me vuelvas a buscar hasta que no me traigas esa entrevista. ¿Hecho?

Septién García se levantó como para despedirlo. Se rascó el mostacho y le devolvió las cuartillas. Luis Ignacio no lograba ponerse de pie: lo habían sorprendido con un jaque doble, se veía anonadado.

Del 22 de septiembre al 13 de octubre de 1953

Después de salir de la oficina de Septién García, Luis Ignacio se echó a caminar sin rumbo fijo: por la avenida Juárez, por la Alameda, por Cinco de Mayo. Intentaba reponerse del sofocón y por momentos lo avasallaban oleadas de enojo. Que se fuera al diablo el señor director de *Revista de la Semana*; si no le gustaba su sección de ajedrez —así como él la había planeado— llevaría su propuesta a otra parte: a *Revista de Revistas* de *Excélsior*, al *Novedades*, a *La Prensa*. Quizás en esos periódicos no fueran tan exigentes; al menos no lo obligarían a convertirse en reportero. Él no era ni deseaba ser reportero, ¡faltaba más!; él vivía para el ajedrez, en todo caso para la filosofía, no para andar entrevistando famosos a los que no sabría cómo abordar y que seguramente terminarían burlándose de su tartamudez.

Amainaban luego las oleadas de enojo para dar paso a la curiosidad. Sea como fuese, el disfrazarse de reportero, el simular serlo por una sola vez en su vida le permitiría, quizás, acercarse en persona al gran Torre Repetto, el enorme mito del ajedrez mexicano.

Decidió por lo pronto, cuando llegó al Zócalo, telefonear esa noche a Ramón Zorrilla para contarle su entrevista con Septién García y pedirle consejo.

Luis Ignacio había conocido a Zorrilla por intermediación de un primo hermano: Sebastián Helguera. Sebastián tenía su misma edad y estudiaba en la Escuela de Periodismo de la Acción Católica, fundada precisamente por Septién García, donde daba clases de Historia del Periodismo el tal Ramón Zorrilla.

Sebastián admiraba muchísimo al maestro Zorrilla y un mediodía llevó a Luis Ignacio al café La Habana, en Bucareli, para presentárselo y para oírlo hablar de Chesterton, de Evelyn Waugh, de Bruce Marshall, o para escuchar sus críticas feroces contra el gobierno saliente de Miguel Alemán.

Luis Ignacio imaginaba al legendario Ramón Zorrilla como un viejo sesentón de cabello blanco, pero se encontró con un treintón que vestía de traje y corbata y se peinaba, sin copete, restirándose el pelo negrísimo hacia la derecha. Usaba lentes y bizqueaba su ojo izquierdo contra la comisura exterior. No era claro al hablar; las palabras parecían tropezarse con los dientes y brotaban en tono muy bajo, ininteligibles a veces.

Ahí en el café La Habana, Zorrilla se reunía casi a diario con un grupo de amigos, la mayor parte reporteros a las órdenes de Septién García, discípulos formados en *La Nación* y activos ahora en *Revista de la Semana*. A la tertulia acudían también de vez en cuando algunos alumnos de Zorrilla sedientos del saber de este Platón del altiplano: sus cultivos. Aunque trabajaba como reportero, su fuerte era la filosofía o el análisis de la realidad mexicana. No le gustaban los toros —a diferencia del común de los seguidores del Tío Carlos— y jugaba ajedrez mediocremente.

Desde ese mediodía en que Sebastián le presentó a Ramón, Luis Ignacio se volvió su adicto. Lo empezó a acompañar a los bares para escucharlo filosofar en todas partes; lo venció cada vez que jugó ajedrez con él, leyó a todos los autores que le recomendaba. Hasta que fue el propio Zorrilla quien le recomendó proponer a Septién García una sección del juego-ciencia para la revista.

Ahora esa sección estaba a punto de irse al carajo.

—De ninguna manera —le replicó Zorrilla luego de que Luis Ignacio le relató por teléfono los incidentes de la frustrada entrevista—. Nada de frustrada, no te portes como niño chillón. Tan le interesó tu trabajo a Carlos, tan sintió que podías hacer algo mejor que te mandó entrevistar a ese ajedrecista que me dices. Yo habría hecho lo mismo, Luis Ignacio, no te rajes.

—Pero yo no soy reportero, maestro.

—Yo tampoco. Soy filósofo, y si trabajo en el periodismo es para ganarme la vida. Pero a la larga, el periodismo me ha enseñado tanto como la filosofía, Luis Ignacio.

—Pero es que es que soy soy soy tartamudo, nomás óigame.

—También Demóstenes era tartamudo, acuérdate, y se curó enfrentando el problema. Se iba a gritarles a las olas para acostumbrarse a soportar el escándalo de las masas. Terminó siendo el mejor orador de Grecia.

—Yo no soy Demóstenes.

—Todos somos Demóstenes, Luis Ignacio.

—De de déjeme pensarlo, maestro.

Lo pensó durante toda aquella noche de insomnio.

Por la mañana Luis Ignacio fue al club de ajedrez a hablar con Alejandro Báez. Lo conocía bien. Era un maestro de las aperturas y durante algún tiempo le ayudó a mejorar la Ruy López; a perfeccionar, con las negras, la defensa siciliana, y a resolver el gambito de flanco planteado por Marshall y Fletcher. Alejandro Báez tenía el don, la paciencia suficiente para enseñar a los demás los secretos ajedrecísticos. Dos años atrás —en 1951— ganó el campeonato del Distrito Federal, pero acababa de perderlo con el temible Alfonso Ferriz.

Báez era, además, el amigo más cercano a Torre Repetto. Lo visitaba con frecuencia en el psiquiátrico de Mérida. Y pensaba visitarlo ahora, en dos semanas —le dijo cuando Luis Ignacio le contó de su plática con Septién García y de su peregrina intención de hacer una entrevista al genio yucateco.

—No sé si se pueda —meneó la cabeza Báez—. No sé si él quiera. No sé qué tan lúcido esté. Hace mucho que no lo veo: desde que se lo llevaron a Monterrey.

—¿Está en Monterrey?

Como habían trasladado a Luis Torre a un hospital de la capital de Nuevo León, el hermano médico de Carlos decidió llevárselo con él para tenerlo cerca, para cuidarlo mejor. Lo instalaron en un cuarto trasero de la casa alquilada por la familia, y una monja enfermera lo atendía todo el tiempo. Según Alejandro Báez —así se lo informó Luis Torre—, las crisis se le presentaban con menos frecuencia. Luis y el doctor Reuben Fine habían acordado, además, probar con nuevos fármacos que le sentaron bien.

Se mantenía tranquilo leyendo, viendo televisión; dormía entre doce y quince horas diarias.

Hasta no ver personalmente a Carlos Torre, Alejandro Báez no podía formarse un juicio cabal sobre la salud de su amigo. Pero le costaba un gran esfuerzo visitarlo. La última vez en Mérida —dijo— se echó a llorar al salir del sanatorio.

—Y es que para un ajedrecista, vivir sin el ajedrez es como vivir dentro de una tumba.

Aprovechando que estaba por asistir al gran torneo anual de Monterrey, con jugadores de toda la República, Alejandro Báez ocuparía cualquier tiempo libre para visitar a Carlos Torre Repetto. A su regreso contaría a Luis Ignacio cómo lo encontró y las posibilidades de esa entrevista para *Revista de la Semana*.

—A lo mejor le hace bien hablar un poco de ajedrez aunque sea —dijo Báez—. Tal vez su hermano no lo deje. Quién sabe. Ya te diré.

El 13 de octubre regresó Alejandro Báez a México. No le fue bien en los tableros: ganó tres partidas, empató cuatro, perdió seis; andaba en mala racha. Le fue mejor con su visita a Torre. Lo halló sereno, sin rastro de psicosis, feliz de encontrarse con su amigo y ansioso por saber qué tal andaba el nivel del ajedrez mexicano.

Total, para lo que importaba a Luis Ignacio: Carlos Torre Repetto, con la anuencia de su hermano, estaba en la mejor disposición para conceder esa entrevista sobre ajedrez, únicamente sobre ajedrez según lo estableció Luis Torre, a manera de exigencia. Nada de preguntas sobre su enfermedad, ni sobre sus episodios psicóticos, ni sobre su paso por el manicomio. Nada que lo pudiera perturbar.

—Aquí entre nos —bajó la voz Báez porque estaban en el club de San Juan de Letrán—, Carlos me pidió que le llevaras, bien escondido, un ajedrez de este tamaño.

Yo no lo hice ni lo pensé siquiera, seguramente su hermano pondría el grito en el cielo. Pero a mí me da lástima, la verdad. Dice que a veces se pone a jugar de memoria en un tablero invisible.

—Como como el perso el personaje de Zweig, ¿no?

—También llévale un regalito a la monja, es más estricta que un carcelero.

—¿Qué cosa?

—No sé. Una medallita, un libro de religión.

17 de octubre de 1953

No le fue fácil a Luis Ignacio dar con la dirección de Carlos Torre Repetto que le anotó en una tarjeta su amigo Báez. Había llegado a Monterrey esa mañana en el tren Águila Azteca y se había hospedado en el Colonial, hotel cómodo, un poco caro, en el centro de la ciudad. Salió de ahí como a las cinco de la tarde y tomó un autobús rumbo a Topo Chico, donde se ubicaba la calle Sebastián Aveleyra.

Parecía sencillo llegar con las indicaciones que le dieron en la recepción del hotel, pero despistado como era, Luis Ignacio equivocó seguramente la parada, perdió el rumbo y necesitó abordar un taxi cuyo chofer no conocía la calle y anduvo dando vueltas por la zona hasta dar por fin, después de media hora, con el número 37 de Sebastián Aveleyra.

La casa donde vivían los Torre Repetto era de una planta, pero grande. Le salió a abrir una mujer regordeta, de baja estatura: sin duda alguna la monja enfermera, porque tal y como se la describió Báez era áspera, inflexible. No lo dejaba entrar. La familia del médico estaba de vacaciones y ella no tenía autorización, dijo, para dejar pasar a un desconocido.

Resultaron inútiles las explicaciones que le dio Luis Ignacio con su trepidante tartamudeo: su condición de amigo del señor Báez; la charla de no más de una hora que tendría con el señor Torre Repetto acordada por Báez y el doctor Luis; la seguridad de que nada inconveniente se diría porque ella misma podía estar presente.

—No, joven. No lo voy a dejar pasar. No insista.

El milagro se produjo cuando Luis Ignacio abrió su portafolios —donde escondía un ajedrez dentro de la caja-tablero de veinte centímetros— y extrajo un libro empastado que le tendió a la monja: las poesías completas de San Juan de la Cruz.

La monja enfermera tomó el libro, lo abrió, revisó algunas páginas y soltó un suspiro.

—En el convento no nos dejaban leer a San Juan de la Cruz, ¿usted cree? Nos decían que lo había prohibido el papa.

Por una larga entrada de autos que llegaba hasta la cochera, la monja condujo a Luis Ignacio hasta una construcción aledaña e independiente de la casa. Con una mano, ella nudilleó suavemente sobre una puerta de madera desvencijada mientras con la otra hacía girar el picaporte.

Carlos Torre Repetto se hallaba sentado sobre un reposet, desaliñado. Vestía una guayabera yucateca y un pantalón oscuro, huaraches sin calcetines. Se alzó con dificultad, apoyándose en los brazos del sillón.

No se parecía mucho al Torre joven y elegante de las fotografías colgadas en el club de San Juan de Letrán. Conservaba los mismos lentes de aros redondos, muy grandes, pero traía disparatado el cabello que empezaba a encanecer y un aire de cansancio profundo.

Luis Ignacio sintió en el pecho la emoción de un privilegiado por estar ahí, frente al enorme ajedrecista. La misma emoción que sentiría un admirador de Pedro Infante si se lo encontrara de pronto en una casa. O de un literato frente a Alfonso Reyes. O de un taurófilo ante Arruza.

Cuando le estrechó una mano guanga y dijo "muchísimo gusto, maestro", no exageraba un ápice. Le sonrió y de inmediato, con nerviosismo, hurgó en su portafolios para extraer una pequeña bolsa que le tendió con gesto generoso.

—Le traje unos chocolatines —dijo.

—Hubiera preferido caramelos —replicó Torre Repetto mientras se asomaba al contenido.

La monja enfermera se adelantó; introdujo su mano regordeta en la bolsa y extrajo de golpe cuatro chocolates. Enseguida fue a sentarse con ellos y con su libro al fondo del cuarto, lejos, para comérselos uno tras otro antes de ensimismarse en la lectura de San Juan de la Cruz.

Torre Repetto había regresado a su reposet y con la derecha temblorosa le señaló una silla de mimbre, enfrente, donde Luis Ignacio tomó asiento.

—Alejandro me habló de ti —dijo Torre—. Que eres de los grandes jugadores jóvenes que hay ahora en México. Que vas a llegar muy lejos, dice.

—No no, qué exageración —se turbó Luis Ignacio—. Me falta mucho. De niño gané un campeonato, pero hasta ahí. Ahora juego en algunos torneos, nada más. Todavía tengo mucho que aprender.

Torre sonrió por primera vez. Guardó silencio y luego de mirar hacia la monja, de cerciorarse que estaba distraída con la lectura, apeñuscó los dedos de su derecha y los hizo brincar en el aire como una gallina que picotea granos de maíz. Alzó las cejas, interrogante.

Luis Ignacio entendió que estaba preguntándole por el ajedrez y asintió con la cabeza mientras señalaba hacia su portafolios, al pie de la silla.

Un gesto de alegría alumbró el semblante de Torre, al tiempo en que agregaba algo más sobre Alejandro Báez.

Intercambiando frases sobre el amigo de ambos Luis Ignacio se dio cuenta, para sí mismo, de que ya no tartamudeaba, de que la emoción sentida desde el principio, cuando se vio frente al genio, en lugar de cohibirlo —¡qué maravilla!— le había otorgado la seguridad de Demóstenes: sin necesidad de meterse piedras en la boca ni de increpar al fragor de las olas. Bienaventurado Demóstenes, Ramón Zorrilla tenía razón.

La locuacidad de Torre a partir de ese momento asustó un poco a Luis Ignacio. El maestro se desbocaba hablando de ajedrez y su notoria ansiedad parecía la de un esquizofrénico, pensó el muchacho, la de un hombre que evidentemente no las tenía todas consigo.

En su calidad de reportero improvisado, Luis Ignacio había extraído de una chamarra una libreta de taquigrafía donde llevaba anotadas las preguntas para el maestro. Leyó en voz alta sólo dos o tres porque Torre no requería de apoyos para hilvanar su imparable y desorganizado discurso.

Apoyándose en sus notas garabateadas al paso, pero sobre todo en la prodigiosa memoria que tan útil le era para el ajedrez, Luis Ignacio conseguiría después condensar el torrente verbal y armar un texto en ocho apartados. El pensamiento esencial de Carlos Torre Repetto. Su evangelio:

1.- Es importante alejarse de las mujeres porque cuestan mucho dinero. Aunque las mujeres son un mal necesario. Ya lo dijo Sócrates: te cases o no te cases, de todos modos te vas a arrepentir. No me interesa el sexo femenino ni el sexo en general; me interesa el ajedrez.

2.- Si algo hemos de aprender de este juego es todo lo que nos permita apreciar la verdadera belleza del ajedrez. Pero tratemos de no dejarnos seducir por las apariencias de brillantez. Hacer esto, retarda en muchos casos nuestro desarrollo lógico y en algunos otros lo deforma totalmente. Muchas veces torna en incongruente lo que es inherentemente bello. La belleza, en el ajedrez, está por encima de la espectacularidad y de las combinaciones por las combinaciones mismas. Esa belleza no excluye las combinaciones brillantes, es una resultante de la congruencia intrínseca, el equilibrio y la precisión; es decir, la armonía.

3.- Debemos siempre jugar lo mejor hasta para ganar un juego ganado. "Perdí una partida ganada" es una frase que se escucha en casi todos los torneos. Y está equivocado quien la pronuncia.

4.- La belleza de una partida, aunque sea muy sencilla en su esencia, se encuentra en su armonía, armonía de concepción y armonía de ejecución; porque la belleza y la armonía son una. Recordemos que para Platón los valores de belleza, bondad y verdad se identifican entre sí en el campo de las ideas.

5.- Compenetrémonos clara y distintamente en que el desarrollo de nuestra habilidad no consiste en que lleguemos a ser conocedores de las aperturas y diestros en los finales, porque no hay desarrollo sin armonía. En consecuencia, para desarrollar nuestra habilidad, debemos primordialmente jugar todas las partes del juego igualmente bien. Esto es: en jugar ajedrez. Jugar ajedrez no significa mover las piezas ni dominar una de las tres fases del juego, sino dominar y articular las tres. Eso permite producir una obra maestra.

6.- A mí nunca me atrajo la idea de la lucha o de la competencia, aunque entiendo que son inherentes al juego de ajedrez. Para mí no existió nunca la alegría de la victoria por sí misma o la amargura de la derrota, porque el ajedrez es tan sólo y ante todo un arte.

7.- Yo espero fielmente que el ajedrez habrá de evolucionar muy en breve como las muchas artes nacionales: literatura, música, canto. Ninguna otra unidad internacional nos aventaja y bien podemos esperar que, con nuestros esfuerzos, México llegará a ser la nación más representativa en el ajedrez: el sendero y la antorcha que mejor alumbre el infinito laberinto de Caissa.

8.- Mi gran derrota en el ajedrez ha sido el abandono del ajedrez.

Carlos Torre Repetto había perorado su disertación —eso era a fin de cuentas: una disertación, una conferencia ante el universo ajedrecístico, pensó Luis Ignacio— mirando fijamente al muchacho y desviando por momentos su atención hacia la monja enfermera que permanecía apoltronada en su silloncito lejano leyendo poemas y chupándose en los dedos los restos de chocolate.

De pronto, la monja se levantó y avanzó rápidamente hacia los ajedrecistas. Primero se dirigió a Luis Ignacio, sacudiendo el libro. Los interrumpió:

—Está divino, mijito, divino divino. Qué regalazo me hiciste.

Luego arrancó de las manos de Torre Repetto la bolsa de chocolates, de la que el maestro no había sacado un solo, y dijo:

—Ya se me hizo tarde para mi rosario, me voy corriendo a la iglesia. Ahorita vuelvo, los dejo aquí pero pórtense bien, muchachitos, ¿eh?, pórtense bien —y salió del cuarto comiendo chocolates.

La desaparición de la monja finiquitó de inmediato la supuesta entrevista. Seguramente Torre Repetto —encarrerado como estaba— hubiera continuado especulando sobre el ajedrez, pero ahora su ansia y su mirada se concentraron en el portafolios de Luis Ignacio. Se lanzó sobre él:

—El ajedrez, el ajedrez —farfullaba.

Sacó la caja, la miró como un tesoro. Dentro estaban los diamantes: las piezas negras y las piezas blancas, amontonadas.

—Órale, vamos a jugar una partidita antes de que regrese esa pinche vieja. Tenemos tiempo.

Abandonó el reposet, buscó el taburete que hacía las veces de buró junto a su cama y lo puso entre los dos lugares. Empezó a acomodar las piezas.

—Te dejo las blancas.

Luis Ignacio sintió que estaba a punto de tartamudear pero se mordió los labios. Al fin dijo:

—No, maestro, con usted no puedo. Yo no yo no estoy a su nivel.

—Nadie está a nivel de nadie. Yo estoy frío, tengo años de no tocarlas, de no sentirlas. Me hierve la sangre.

—Se va arrepentir, maestro.

—Sal, apúrate.

Luis Ignacio tomó el peón del rey pensando en la Ruy López.

Empezaron a jugar con extrema ortodoxia, como si Torre Repetto tratara de no desanimar demasiado pronto al joven ajedrecista. Éste mantuvo una posición conservadora para resistir los embates inevitables del genio. Ése fue su error. Permitió que las negras tomaran la iniciativa, apresuró el enroque corto y avanzó muy pronto la dama.

Torre hubiera podido forzar al muchacho a un ajedrez rápido, pero prefirió accionar con calma para dar a sus trazos una elegancia y una armonía que parecían aludir a la búsqueda de la belleza que tanto encomió en su disertación teórica.

A Luis Ignacio le admiraba el estilo, la inventiva del maestro, la búsqueda de variantes, la manera de sorprenderlo haciendo saltar hacia atrás un caballo en lugar de avanzarlo hacia el frente sobre escaques sin peligro.

El derrumbe se precipitó al llegar a finales. No sólo las negras de Torre Repetto conservaban la dama y sus dos torres, sino que tenían un peón en la séptima casilla, a punto de coronar y dar un mate estrepitoso. Las blancas de Luis Ignacio, en cambio, no contaban más que con la dama, un caballo y dos peones acorralando a su propio rey. Jugara lo que jugara Luis Ignacio, en su último turno, la derrota era inminente.

La situación se encontraba así:

Torre Repetto (negras)

Luis Ignacio (blancas)

—Es tu turno. Juega —dijo Torre.

Luis Ignacio ya no quería mirar el tablero. Meneaba la cabeza. Se rascaba el cráneo con las uñas.

—Sólo me queda doblar el rey.

Le era suficiente haber llegado a tropezones al final de una partida con el gran Torre Repetto. Ésa sería siempre su mayor gloria en aquella tarde inolvidable, que se hizo posible finalmente —debería reconocerlo— gracias al empujón de Carlos Septién García.

—Espera, piensa un poco —interrumpió Torre el ademán que estaba por hacer el muchacho de echar por tierra su rey blanco—. Tienes una jugada.

—De qué me sirve.

—Piénsala bien. En cinco movimientos, si la piensas bien, me puedes ganar. La partida es tuya.

Absortos frente al pequeño tablero, ni Carlos Torre ni Luis Ignacio sintieron la súbita aparición de la monja. Llegó como un tanque, ya sin la bolsa de chocolates pero aún agarrando con la derecha el libro de San Juan de la Cruz.

—¡Traidores, traidores! ¡Me engañaron! ¿Quién trajo ese ajedrez? ¿No saben que está prohibido? Usted es el demonio, muchachito, ¡un demonio cabrón!

En simultáneas con sus gritos, la monja había arremetido contra el tablero al aire sin dejar de gritar y lanzar cachetadas contra Luis Ignacio.

—Perdón, perdón —gemía el muchacho mientras Torre Repetto echaba hacia atrás la espalda sobre el reposet.

En lo que Luis Ignacio se puso a levantar las piezas regadas por el suelo, a meterlas en la caja, a guardar todo dentro del portafolios, la monja regañaba chilloteando a un Torre silencioso, indiferente a las recriminaciones, satisfecho en lo más profundo de su corazón.

—¿Pero cómo me hace esto a mí, Carlitos? Yo que lo cuido tanto. Yo que me paso las noches vigilando su sueño, trayéndole lo que necesita, poniéndole sus inyecciones —se le escurrían las lágrimas a la mujer—. Yo que le preparo su caldito de lima, su papdazul, su cochinita pibil.

Luis Ignacio se detuvo en la puerta antes de salir. Se dirigió a Torre:

—Gracias, maestro.

La monja retomó sus gritos.

—¡Lárguese estúpido! ¡Lárguese de aquí, animal del demonio! ¡No quiero volver a verlo en mi vida!

Antes de que la puerta se cerrara, Torre Repetto alcanzó a decir a Luis Ignacio.

—En cinco movimientos, muchacho.

Anochecía, empezaba a lloviznar cuando el joven regresó al hotel Colonial. Subió a su cuarto y se pasó buena parte de la noche tratando de reconstruir con sus apuntes y su memoria la desbaratada disertación de Torre Repetto. Se le dificultaba la tarea porque la partida de ajedrez le había borrado muchos de los conceptos expresados por el maestro: ya no los tenía tan claros. Alcanzó a redactar unas seis hojas de su block de taquigrafía. Luego, pensó, ordenaría esos párrafos en forma de entrevista para que el director de *Revista de la Semana* no fuera a pensar que se trataba de un simple escrito del campeón. Lo alternaría con descripciones del personaje, con episodios de su vida y de su estallido psicótico en Nueva York. Le pondría mucho color al texto, como llamaban en la escuela de periodismo a todo lo que viste y enriquece una entrevista, según le contó alguna vez su primo Sebastián Helguera. Quizá le pediría ayuda para eso al propio Sebastián con el fin de entregar a *Revista de la Semana* un trabajo en toda forma, digno de publicarse.

El final de la entrevista sería, por supuesto, ¿tal vez?, la narración de la partida entre él y el más grande ajedrecista de México. No sólo lo entrevisté —se dijo a sí mismo Luis Ignacio, con orgullo—. Lo entrevisté y jugué con él. Aunque perdí, llegué a finales.

¿Perdí?

La duda lo asaltó.

Antes de que la maldita monja los interrumpiera y armara aquel escándalo, Torre Repetto le había dicho, con toda seriedad: Piénsala bien. La partida es tuya. En cinco movimientos me puedes ganar.

¿Lo decía de verdad? ¿Con un peón y una torre a punto de dar mate había alguna posibilidad? ¿Se lo estaba pitorreando el maestro?

Buscó la caja de ajedrez. La puso en la cama y ordenó las piezas —recordaba perfectamente la posición— tal y como quedaron después del último movimiento de las negras. El turno era de él, de las blancas.

Lo único que podría hacer de momento, para retardar el mate, era llevar su dama hasta e6 y jaquear al rey negro. Pero el rey negro se escondería y ya no habría modo de atraparlo ni de buscar siquiera un jaque continuo. Para evitarlo estaba la torre negra, agresora.

Luis Ignacio tardó un par de horas en encontrar la solución del enigma.

Sí sí, claro. Era una serie de jugadas brillantísimas, magistrales, dignas de Philidor.

Jugó así:

Blancas **Negras**

1

Blancas | Negras

2

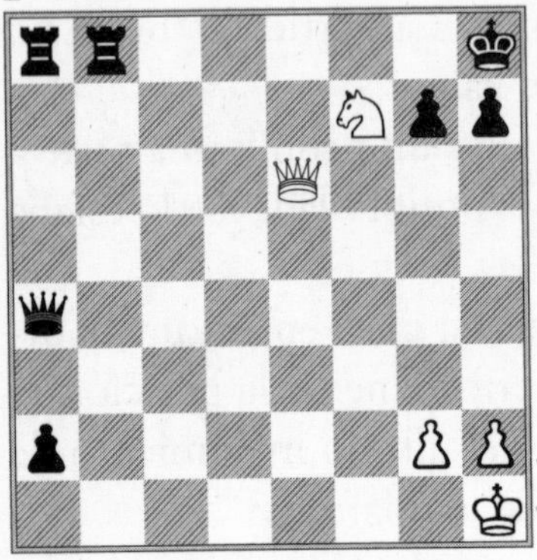

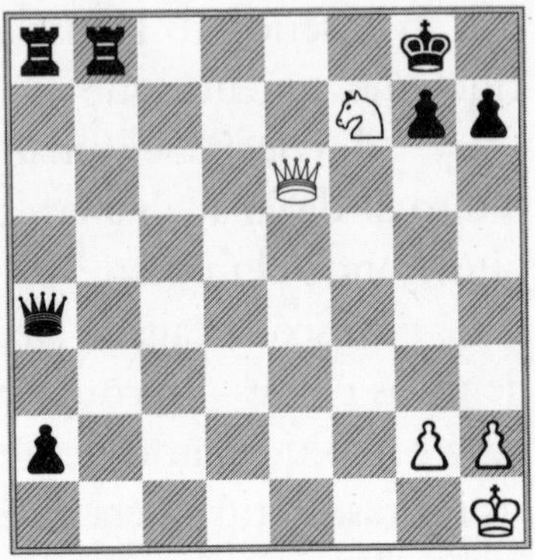

3

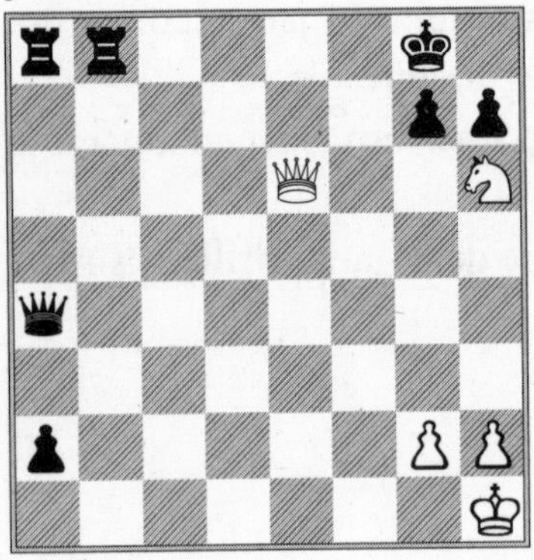

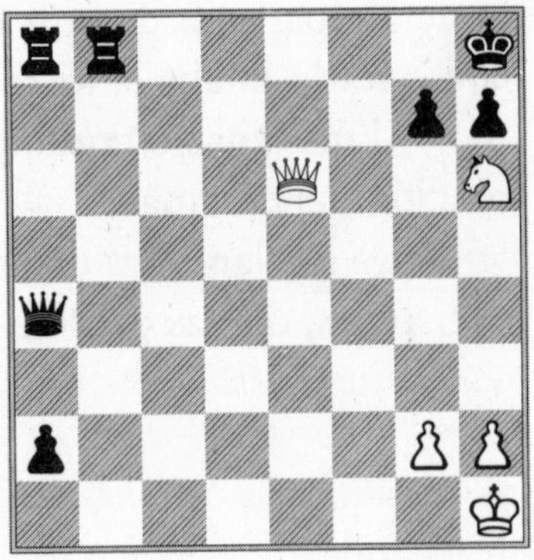

4

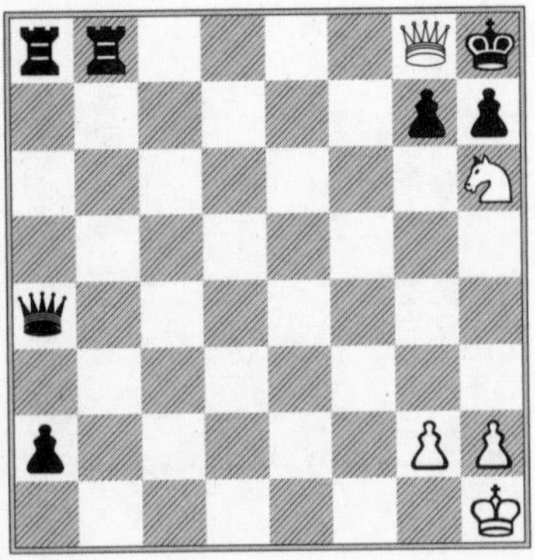

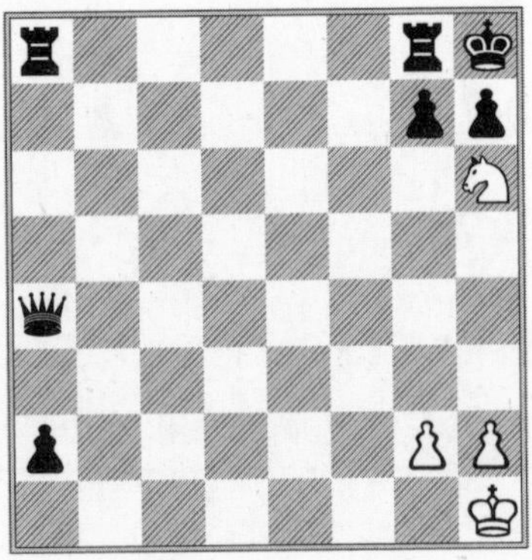

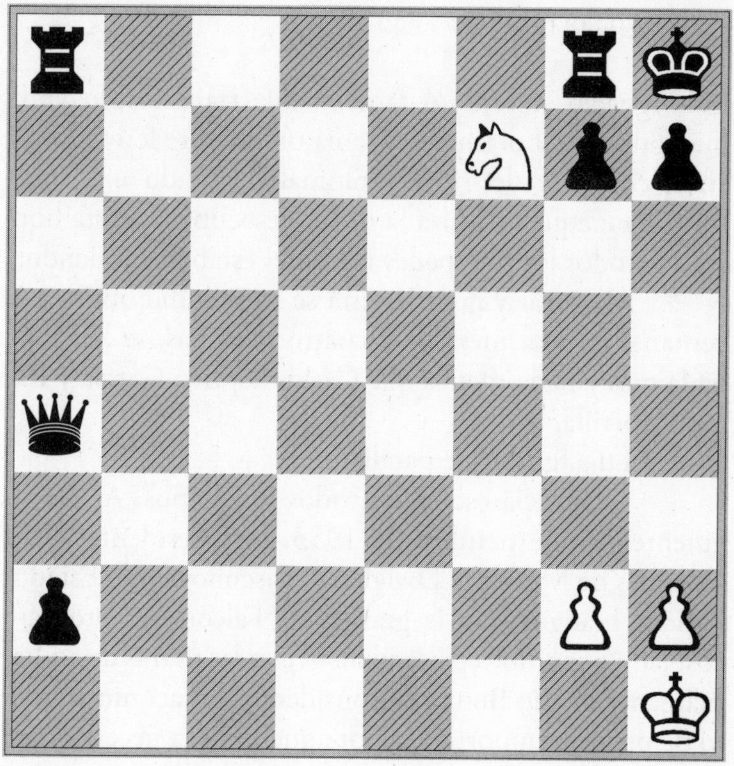

—¡Mate!, ¡mate!, ¡jaque mate! —gritó Luis Ignacio en el cuarto de hotel después de poner su caballo en f7—. ¡Lo maté! —saltaba por la habitación como si quisiera hacerse oír de todo mundo: de los compañeros del club, de Alejandro Báez, de los campeones de la República—. ¡Le di jaque mate a Carlos Torre Repetto!

Ciertamente había previsto y anunciado ese mate el genio del ajedrez, pero había sido Luis Ignacio quien lo dio, como un balazo al corazón. Él movió las negras que ya no pudo mover Torre, pero a todas luces resultaban movimientos obligados por los jaques continuos de las blancas. El mérito era todo suyo.

Miró el tablero para recordarlo siempre: era en realidad una obra de arte.

18 y 19 de octubre de 1953

Luis Ignacio se levantó tarde; había transcurrido ya el mediodía, dos horas más, y tenía un hambre feroz. Entró en el comedor del hotel Colonial buscando una mesa rinconera: aquélla, quizá la única desocupada a esta hora en que todos los huéspedes del hotel estaban comiendo.

Al cruzar y girar la vista se sorprendió: junto a la ventana, en una mesa para cuatro personas, se hallaban nada más y nada menos que Carlos Septién García y Ramón Zorrilla.

Luis Ignacio se paralizó.

La noticia estaba en todos los diarios. Al día siguiente, 19 de octubre de 1953, los presidentes Ruiz Cortines de México y Dwight D. Eisenhower de Estados Unidos inaugurarían la gran presa Falcón, un proyecto costeado por ambos países para irrigar las tierras de ambas márgenes del río Bravo. Se consideraba un acontecimiento de primera importancia por aquello de la necesidad de estrechar las buenas relaciones entre el poderoso vecino del norte y un México que estaba a un año de devaluar su moneda de 8.65 pesos por dólar a 12.50.

Los diarios mexicanos y los estadunidenses enviaron a sus mejores hombres para cubrir el breve encuentro que se produciría en la cortina de la presa, situada por el lado mexicano cerca de Ciudad Guerrero, en el estado de Tamaulipas. Por *El Universal* viajaron a Monterrey —y de ahí volarían a la presa por la mañana del lunes 19— Carlos Septién García y el veterano Carlos Violante, quienes cubrirían la información del diario dirigido entonces por Armando Chávez Camacho. Por *Revista de la Semana* iban Ramón Zorrilla y José Audiffred.

Precisamente de Audiffred le estaba hablando Zorrilla a Septién García mientras comían, esa tarde de domingo, sendos platos de un suculento cabrito regiomontano. Audiffred estaba enfermo —informaba Zorrilla—, se había puesto grave esa noche y tuvieron que trasladarlo a un hospital de Monterrey. No podría estar presente en la entrevista de los mandatarios.

—¿Se le pasaron los tragos? —preguntó.

En eso apareció Luis Ignacio, caminando tímidamente hacia la mesa.

—¿Qué haces aquí? —se sorprendió Zorrilla.

Septién no pareció reconocer de momento al muchacho.

—Vine a ver a Carlos Torre Repetto, el que usted me mandó entrevistar, don Carlos.

—¿Quién?

—¿Y lo entrevistaste? —preguntó Zorrilla—. ¿Al famoso ajedrecista ese?

—Ayer, toda la tarde hasta en la noche.

—Te decidiste por fin a ser reportero.

—Sí, don Carlos.

—Felicidades —dijo Zorrilla—. ¿Y cómo te fue?

Lo invitaron a sentarse, aunque el mesero no se aproximó de inmediato.

—Pide cabrito —dijo Septién—, está delicioso.

Luis Ignacio exageró las incidencias de su aventura cuando se puso a relatar con detalles inútiles cómo localizó al gran ajedrecista en Monterrey, cómo consiguió verlo a pesar de que lo tenían encerrado, cómo le hizo una entrevista de más de dos horas y cómo, finalmente, jugó una partida de ajedrez que le ganó.

—¿Le ganaste? —se volvió a sorprender Zorrilla.

—Con un mate fulminante —dijo Luis Ignacio con abierta jactancia.

—Te hiciste reportero —dijo Septién en el momento de levantarse de manera imprevista—. Perdón, pero me tengo que ir. Luego me platicas, muchacho.

—¿A dónde va, Lic? —le preguntó Zorrilla.

—A la plaza de Monterrey. Torea Arruza.

Septién respondió con una sonrisa a la sonrisa de Zorrilla y se alejó hacia un hombre que parecía aguardarlo a la entrada del restorán.

Por fin llegó el mesero y por fin Luis Ignacio pidió el cabrito cuando vieron regresar apresuradamente a Septién García. Se dirigió a Luis Ignacio:

—Se me enfermó un enviado y como tú ya eres reportero, puedes venir con nosotros, mañana, a la presa Falcón. ¿Te gustaría? ¿Quieres? Para que hagas la nota de color para *Revista de la Semana*.

—Claro que sí —respondió Luis Ignacio cuando ya Septién volvía a salir disparado hacia la calle.

El asombro hizo levantar las cejas a Zorrilla:

—¿De veras quieres ir con nosotros? Hay que levantarse a las cinco de la mañana, es una friega.

—Me invitó don Carlos.

—Carlos quiere convertir a todo mundo en reporteros —dijo Zorrilla.

—¿Le molesta que vaya, maestro?

—No, lo digo por ti. Allá tú. Está bien.

Mientras batallaba con cuchillo y tenedor para partir el cabrito, para separar las costillas, para conseguir una porción, Luis Ignacio relató a su maestro más detalles y exageraciones de su entrevista con Torre. Lo hacía con euforia. Con orgullo de haber superado, ojalá para siempre, su tartamudeo. Presumía de ello hablando sin parar con la boca llena y sin tropezar palabras.

—¿De veras le ganaste una partida?

—Con un mate fulminante —repitió la palabreja Luis Ignacio.

—Debe estar muy loco ese genio.

—Está completamente lúcido, sin sombra de psicosis.

—Entonces tú eres muy bueno.

—Soy muy bueno —dijo Luis Ignacio con la boca repleta de cabrito.

A las cinco y media de la mañana ya estaban en el parque vecino al hotel Colonial Carlos Septién García y Carlos Violante; este último, molesto por la desmañanada y porque él era cronista parlamentario, caray, no un simple reportero enviado a un acto de simple trámite, cajonero, decía.

Luis Ignacio llegó corriendo, portafolios en mano. Fue recibido por una gran sonrisa de Septién.

—Así me gusta, que te sientas reportero —le dijo, y le ofreció chocolates parecidos a los que él había llevado a Torre Repetto.

Zorrilla llegó un poco después, retrasado por un café expreso que se sintió obligado a beber para despabilarse, se disculpó.

Los cuatro se apretaron en un taxi que los llevó al aeropuerto de Monterrey. Allí, la nube de reporteros cubría los hangares buscando cada quien, con edecanes trajeados, su avión correspondiente. Un muchacho de aire formal se aproximó a Septién García para señalarle el viejo DC-3 que habían asignado a un grupo de los enviados: El Petrolero, se llamaba. De los diecisiete lugares disponibles —le dijo el muchacho—, tres eran para *El Universal.*

—¿No está muy carcamán ese aparato? —preguntó Septién García cuando se aproximó al avión.

—Para nada, señor —dijo el muchacho—, es el avión en que viaja siempre don Antonio Bermúdez.

—De *El Universal* somos cuatro —replicó Septién.

—Hay otro lugar para ustedes en el Barca de Oro.

Para dejar que Luis Ignacio viajara al lado de Septién García y recibiera sus primeras enseñanzas como reportero —ironizó Ramón Zorrilla—, él, Zorrilla, se iría en el Barca de Oro, que era una nave del Banco de México, aunque igual de pequeña y traqueteada.

Como iba acompañado de Septién García y de Violante, nadie pidió a Luis Ignacio su acreditación. Tomó asiento junto al director de *Revista de la Semana*. El piloto del avión, Mario Trejo Zenil, se presentó con ellos y dijo ser un lector entusiasta de las crónicas taurinas del Tío Carlos.

—Hay mucha neblina —le dijo el periodista.

—Nada del otro mundo —respondió sonriendo el piloto. Y se metió en la cabina.

Septién García miró a Luis Ignacio:

—¿Tú no le tienes miedo a los aviones?

—No, don Carlos —dijo Luis Ignacio.

—Yo sí, sobre todo a estos vejestorios.

Se dilató mucho el abordaje y el despegue de aviones de la comitiva periodística. El Barca de Oro, donde viajaba Zorrilla, se elevó primero y llegó al campo de aterrizaje de Cerro Gordo como a las diez y media de la mañana. La ceremonia de los mandatarios estaba programada para las once, y cuando se celebró, con la parafernalia prevista y los discursos ditirámbicos que tanto molestaban a Carlos Violante, El Petrolero no aterrizaba aún. Pensaban que el avión se había retrasado por alguna razón sin importancia, pero no llegó nunca.

Fue hasta las cinco de la tarde —a las cinco en sombra de la tarde— cuando se supo la noticia. Alberto Núñez Pérez, piloto de un C47 avistó desde las alturas un avión que se había estrellado en la sierra Mamulique a la altura de Charco Grande —dijo— a ochenta kilómetros de Monterrey. Era El Petrolero, donde viajaban Carlos Septién García y Carlos Violante de *El Universal.*

La desazón llegó a su máximo —escribió después Ramón Zorrilla—. *El acontecimiento de la entrevista presidencial pasó a segundo término en el orden de las noticias. En el interés de los mexicanos, la inquietud por la búsqueda del avión —retardada por una inconcebible suma de inepti-*

tudes— se dilató hasta proporciones desconocidas en México. Carlos Septién García —remató Zorrilla— *murió en la noticia.*

Esa suma de ineptitudes a las que aludía el reportero de *Revista de la Semana* empezaron con la lista de los pasajeros muertos. Se citó a Blas Galindo, director de la orquesta sinfónica nacional, y a un par de atrilistas entre las víctimas, pero Blas Galindo se hallaba en Uruapan fungiendo como sinodal en un concurso de música. Por supuesto no se citaba a Luis Ignacio Helguera porque no estaba registrada su acreditación; tuvo que ser el propio Zorrilla quien lo incluyera en las rectificaciones y en la lista oficial de los muertos en el accidente.

Nueve años después, en 1962, nació en la ciudad de México un homónimo del muchacho que entrevistó a Carlos Torre Repetto el sábado 18 de octubre de 1953. También este Luis Ignacio Helguera se dedicó con ahínco al ajedrez. Era poeta, narrador y ensayista reconocido. Estaba escribiendo una biografía que en un escrito preliminar, publicado en la editorial Pértiga de El Equilibrista y la UNAM, tituló: *Bitácora en busca del enigma de Carlos Torre.*

Este Luis Ignacio Helguera murió a los cuarenta y un años en un accidente, pero no de aviación sino al caerse de la escalera de su casa en 2003: justo medio siglo después del avionazo que dio jaque mate a su ignorado antecesor.

De teatro y cine

Cajón de Alfonso Sastre

—Beckett, Ionesco ¡y yo! fuimos los representantes del joven teatro de vanguardia: los vagones de un tren que llegó a París con autores foráneos como nosotros. Lo etiquetaron como teatro del absurdo, y cuando Beckett lo supo exclamó: ¡qué absurdo!

Está hablando Fernando Arrabal un mediodía de julio de 1989 en la sala de conferencias del palacete de María Cristina, en El Escorial: esa hermosa población donde Felipe II construyó el imponente monasterio y donde veranean los madrileños pudientes.

Junto con otros hombres de teatro de España y el extranjero, Arrabal ha sido invitado a charlar con estudiantes de la Universidad Complutense durante la semana que abarcan los cursos de verano. Participan además: Alfonso Sastre, Álvaro Custodio, Lázaro Carreter, Francisco Nieva, José Luis Alfonso… También se invitó a Ionesco, pero Ionesco canceló a última hora porque está enfermo.

A pesar de que aún tiene cara de niño malcriado y de que ya no es el provocador que fundó con Jodorowsky el Teatro Pánico, Arrabal sigue siendo chispeante, fatuo, adorador de sí mismo. Los estudiantes le ríen sus chistes, pero muchos se muestran indiferentes para con este dramaturgo que dejó de estar de moda. Lo sabe Arrabal, lo reconoce —"nuestro teatro de vanguardia se ha convertido en clásico, ¡qué horror!, y ahora lo moderno es un teatro espectacular que nos pone fuera de competencia"—, pero continúa sintiéndose célebre aunque "no escribo mejor que Shakespeare —dice—, como Beckett no escribió nunca mejor que Sófocles".

—Beckett y yo somos totalmente distintos —se compara al tú por tú—. Él hace un teatro metafísico, yo un teatro teológico: el de un Dios que juega a las matemáticas. También soy distinto a Calderón. Él hace un teatro de abajo hacia arriba, yo un teatro de izquierda a derecha. Pero sigo vivo —grita—; no como Víctor García que se suicidó, ni como Grotowski que abandonó su teatro místico y pobre, a contrapelo del teatro místico y rico del financiero que es Bob Wilson.

No entienden bien los estudiantes el discurso de Arrabal. Empiezan a cansarse de su egolatría. Del yo esto y yo lo demás allá. Del "yo tengo un hijo al que le puse de nombre Samuel —en honor a Beckett— y a quien le cortaría un brazo si se dedicara a escribir". Del "yo edito ahora en París la revista que fundó Sartre, *El idiota internacional*, donde nos atrevemos a llamar chocho a Mitterand".

Le falta tiempo a Fernando Arrabal para rememorar los éxitos de sus obras y para convencer a los estudiantes de la Complutense de que no ha dejado de ser un hito del teatro internacional, un eximio de tiempo completo.

Se terminan las dos horas de charla en la sala de conferencias, y Arrabal las prolonga frente a un grupo de colegas en el comedor del Felipe II: la grata residencia donde se hospedan ponentes y maestros de estos cursos; casona trepada en una alta loma de El Escorial que antes fue hotel de lujo. Ahí se hospedaba Hemingway en sus visitas a Madrid, cuando se aburría del Palace. Y ahí está ahora el famoso Arrabal encarrerado en el yo, yo, yo:

—Estoy escribiendo un libro para demostrar que Cervantes era homosexual.

Respinga Gonzalo Santonja, el director de los cursos de verano, experto precisamente en Cervantes.

—Desde luego que no fue homosexual —protesta Santonja—. Ni tampoco manco. Estaban a punto de amputarle un brazo, que era una forma de castigo, pero huyó antes, a tiempo.

Protesta ahora Arrabal. Retoma Santonja:

—Tiempo después, en la batalla de Lepanto, un proyectil hirió a Cervantes en la mano derecha. No se la arrancó. Le lastimó solamente un tendón, un músculo, y eso lo obligó a escribir después con la mano engarrotada, los dedos así. Estaba muy lejos de ser manco y menos homosexual.

—No sé que tenga que ver ser manco o no, con ser homosexual —protesta de nuevo Arrabal, molesto porque Santonja le ha arrebatado la palabra—. Yo me puse a estudiar a profundidad la obra de Cervantes y encontré datos/

Quien ahora interrumpe a Arrabal es Alfonso Sastre, el dramaturgo que se ha pasado buena parte de su vida discutiendo con Arrabal. Cada que Arrabal se para en Madrid, le organizan coloquios y mesas redondas con Sastre: aquí en el Felipe II o en el Centro de Bellas Artes o en la Sociedad de Autores Españoles. Sastre defiende el realismo y el teatro político; Arrabal habla sólo de Arrabal.

—Sí, fui amigo de Jodorowsky —caza Arrabal una pregunta al vuelo—, pero ya nos vemos muy de vez en cuando en París. No fuimos entrañables, como piensan los mexicanos, pero sí colegas de mi… *mi* teatro pánico —subraya—. Y como dije en la conferencia, mi teatro pánico ha dejado de ser, por desgracia, un fenómeno provocador.

Al concluir el almuerzo, al irse Arrabal del Felipe II, de El Escorial, de Madrid, Alfonso Sastre comenta bajito, como un murmullo:

—Se ha vuelto patética su imagen teatral. Y tiene razón: su vanguardia se convirtió en retaguardia. Sus desplantes han terminado por ser cansados, inofensivos, aburridos… ¿no vieron el desdén de los estudiantes?

Alfonso Sastre toma café en la terraza del Felipe II en compañía de Eva Forest, su esposa, y del teatrero Juan Margallo.

Eva Forest es una mujer extraordinaria, psiquiatra de profesión, exalumna de López Ibor y activista de las causas políticas de la izquierda española. Si no fuera por sus ojos azules y el cabello rubio que le cae hasta el cuello se antojaría gemela de Raquel Tibol. Se le parece, además, en inteligencia y en fervor político.

—Conoces bien a Arrabal, ¿verdad?

El dramaturgo sonríe, como asintiendo. Se recompone los lentes. Se lleva la taza de café a los labios con el gesto de un charlista experimentado que se dispone, tras el sorbo del expreso, a desenredar su historia con Arrabal.

Eva Forest lo detiene. La mano blanca sobre el brazo de Sastre.

—Los muchachos te están esperando, acuérdate.

Alfonso Sastre es sin duda el dramaturgo español más importante del siglo veinte, aunque su modestia lo desdibuja con frecuencia ante sus colegas. Antonio Buero Vallejo, José Sanchis Sinisterra, y el propio Arrabal son harto conocidos en España y fuera del país, y hombres de teatro como Hormigón, Luis Pascual, Marsillach, concitan más atención que la dispensada a este madrileño de temperamento retraído aunque entregado por completo al arte escénico. En los festivales de Caracas, de Bogotá, de Cádiz, era habitual ver a Sastre caminando solitario, al margen del ruido provocado por los famosos. Buscaba los rincones, huía de los periodistas, y solamente en un café se le podía extraer la sabiduría de su charla o el regocijo de sus chismes.

Sastre nació en Madrid en 1926. Su pubertad, regida por una severa educación católica, fue impactada profundamente por los estragos y la crueldad de la guerra civil. En 1950 cambió al Dios de su fe por el marxismo, y desde que empezó a escribir teatro fue acosado por la censura franquista. Su primera obra importante, *Escuadra para la muerte* —con resonancias de Sartre y del Camus de *Los justos*—, fue prohibida a poco de su estreno por el estado mayor del Ejército; los textos que le siguieron —*El pan de todos*, *En la red*, *La sangre y la ceniza*—, junto con su participación en agitaciones universitarias y en movimientos políticos, le merecieron procesos penales, retiro de pasaporte, encarcelamiento. Sufrió reclusión en 1961 por suscribir un documento a favor de la amnistía de los presos políticos; en 1966 por participar en la jornada nacional contra la represión; en 1968 por asistir a asambleas universitarias.

En 1974 Eva Forest fue encerrada en la cárcel. Se le acusó de complicidad con el grupo comunista que apoyó a ETA en el atentado en que perdió la vida —un bombazo fenomenal— el presidente de gobierno Carrero Blanco. Sastre se libró de la detención, aunque la policía devastó su casa. Cuando acudió a la comisaría para obtener noticias de su esposa, se le tachó de terrorista y fue encarcelado también. Salió de prisión seis meses después; con su hija Eva se exilió en Burdeos.

A Eva Forest no le gusta hablar de los tres años que pasó en la cárcel.

—Varias veces traté de fugarme ayudada por Alfonso desde afuera —se atreve, a cuentagotas—. Consiguió enviarme, dentro de un pastel, uno de esos diamantes para cortar vidrios y una pequeña sierra para los candados. Al año, cuando ya todo estaba listo para mi fuga, decidí dejarle mi lugar a una joven muy afectada mentalmente por la prisión. La joven escapó. Yo me quedé en la cárcel dos años más.

Desde los tiempos del franquismo hasta el presente, Eva Forest y Alfonso Sastre han sido militantes activos de la izquierda. No de la izquierda del PSOE de

Felipe González, a quien critican, sino de los movimientos radicales en los que militó también su amigo Jorge Semprún.

—Semprún vivía en la clandestinidad —retoma Sastre la charla—. Pertenecía al partido comunista como lo cuenta en su libro, ¿lo has leído?: *Autobiografía de Federico Sánchez.* Lo apodábamos El Pajarito. Varias veces lo escondimos en mi casa. Éramos grandes amigos y ahora, ya ves, se convirtió en ministro de Cultura.

—Es un traidor a la izquierda —dice con acritud Eva Forest, justo en el momento en que Jorge Semprún se aparece en el Felipe II, como invocado. Viste de traje, elegantísimo. Acude a almorzar en la terraza en compañía de otros políticos, también trajeados. Entra y pasa de largo frente a la mesa donde se encuentran Eva y Sastre.

—¿Siguen viendo ahora a Semprún?

—Para nada —dice Sastre—. Desde que ganó el PSOE nos ignora, ¿no te diste cuenta?

—Iba distraído, no los vio.

—Desde luego que nos vio —dice Eva.

—¿Por qué no van a saludarlo? Cachetada con guante blanco. ¿Qué pasaría?

—Jamás —dice Sastre.

Es Semprún quien, luego de tomar asiento en una mesa lejana con sus trajeados, detecta a la distancia a Eva Forest y a Alfonso Sastre. Se sorprende. Se levanta. Con una sonrisa de verdadero gusto va pronto hasta ellos y los trenza a cada uno con abrazos cálidos. Los invita a su mesa. No, gracias. Insiste. Eva Forest enfatiza la negativa cortésmente, pero impulsada por la modestia de su marido, que no quiere hacer un papelón en un lugar público, decide acompañarlo en el trayecto que emprenden por la terraza con este Semprún siempre sonriente, embrazándolos, feliz de haberlos descubierto, hasta el grupo de elegantes comensales. Se mueven los trajeados. Arriman sillas.

Intercambian presentaciones y saludos. Semprún se muestra en todo momento orgulloso de sus viejos amigos izquierdistas. Eva Forest y Sastre se disuelven así en un corro de sonrisas y de cháchara.

—¿Y cómo pudiste combinar tu militancia con el teatro?

—Mi teatro siempre ha sido político —responde Sastre—. En mi ejercicio del realismo eso resulta obvio y de lo más natural. Y cuando toco temas o personajes históricos lo hago para aludir sobre todo al presente.

—Te interesó el teatro desde joven, ¿verdad?

—Desde muy joven. Yo tenía en la escuela un amigo de mi edad con el que compartía ese interés. Empezamos a escribir al mismo tiempo. Se llamaba Alfonso igual que yo, éramos tocayos... Habrás oído hablar de Alfonso Paso, me imagino.

En los años sesenta y setenta, hasta los ochenta, todo mundo sabía en México, no sólo en España, quién era Alfonso Paso. Sus comedias inocentonas y cursis funcionaban como caballitos de batalla en el teatro Del Músico, en el Insurgentes, en la sala Cinco de Diciembre. Las montaban Fernández Unsaín, Manolo Fábregas, Ortiz de Pinedo padre; en sus mejores momentos Enrique Rambal cuando se casó con Lucy Gallardo y compartían créditos con Miguel Córcega y Bárbara Gil. Sus temporadas con las obras de Paso se prolongaban doscientas y hasta quinientas representaciones. Era el teatro ideal para familias de clase media: lo que necesitaba nuestra sociedad para adormilarse, como se adormilaba el público español durante el franquismo. Decir Alfonso Paso era decir teatro ñoño y alienante. Los teatreros serios de entonces lo abominaban como a los bestsellers de Corín Tellado, aunque en algunas ocasiones, cuando se trataba de invitar a suegros o a familias tradicionales los llevábamos a reírse con las payasadas de Alfonso Paso.

—Aunque mi gran amigo se fue a estudiar para abogado y yo me orienté a la filosofía, nos siguió uniendo el teatro. Ambos estábamos empeñados en ser dramaturgos serios que denunciaran de algún modo el franquismo agobiante. Sin embargo, Alfonso Paso renunció a escribir teatro político porque tuvo la suerte, lo presumía, de casarse con una hija de Jardiel Poncela y heredar su biblioteca. Pero más que en aquella biblioteca, mi amigo encontró en el archivo y en la multitud de cajas guardadas por Poncela una enorme cantidad de textos inéditos, de obras teatrales inconclusas, de argumentos de comedias. Así era Poncela: todo lo que se le ocurría lo anotaba en trozos de papel y en libretas. Descubrió Alfonso Paso aquel arsenal y se puso a escribir obras y más obras sin dar crédito a Poncela, por supuesto, pero sin aprovechar tampoco el ingenio y la chispa de su suegro. Sea como sea tuvo un éxito enorme, desde el principio. Montaba sus obras con una facilidad de escándalo; se las peleaban los directores mientras yo llevaba a escena las mías en partos dolorosos. Mis temas políticos y mi etiqueta de comunista me cerraban las puertas.

—¿Envidiabas su éxito?

—Nunca —responde Sastre—. Nunca le envidié a Alfonso nada de nada, pero seguíamos siendo amigos. Una vez nos encontramos casualmente aquí, en El Escorial. Ambos habíamos venido a encerrarnos a escribir. Él en el hotel Felipe II, que era de los más elegantes, y yo en el Victoria. Conversábamos seguido, durante el almuerzo, y él me propuso que escribiera una obra seria, para él, sobre el emperador Nerón. Quería actuar, quería hacer el papel de Nerón para demostrar sus cualidades histriónicas y su interés por el teatro político. No acepté la propuesta, desde luego, y él terminó escribiéndola y actuándola. Fue un fracaso tremendo. La patearon como pocas veces se ha pateado una obra en el teatro. Alfonso regresó entonces a sus comedias y dejamos de vernos hasta 1974, cuando la policía fue a buscarlo. Como sabían que era escritor, los muy idiotas dedujeron: es comunista. Para salir del trance, porque estaba asustadísimo, me delató: Yo no, pero Alfonso Sastre sí. Fue cuando apresaron a Eva y destruyeron nuestra casa.

—¿Le reclamaste alguna vez?

—Ya no lo vi. Murió tiempo después, de cirrosis pero riquísimo.

—¿Y Fernando Arrabal?

El dramaturgo sonríe, como asintiendo. Se recompone los lentes. Se lleva la taza de café a los labios con el gesto de un charlista experimentado que se dispone, tras el sorbo del expreso, a desenredar su historia con Arrabal.

Eva Forest lo detiene. La mano blanca sobre el brazo de Sastre.

—Los muchachos te están esperando, acuérdate.

—En 1956, Arrabal mandó a un concurso una de sus primeras obras.

—*¿El triciclo? ¿Fando y Lis?*

—No me acuerdo. El caso fue que la obra de Arrabal parecía muy influenciada por Beckett o por Ionesco y yo, como jurado, la rechacé. Terminamos premiando a un tal Cecilio Méndez del que ya nada supe.

—¿Piensas ahora que te equivocaste?

—No creo, aunque como era de suponerse me odió con toda el alma y para siempre, según dijo por ahí.

—No se ve que te siga odiando.

—Porque años después intenté hacerle un favor. Resulta que una noche, cuando Arrabal ya era famoso, vino a Madrid a presentar uno de sus libros, tal vez la edición de una pieza teatral, no me acuerdo. Al terminar el acto se le aproximó un muchacho para que le autografiara el ejemplar. Como dedicatoria, Arrabal escribió: *Me cago en dios. Muera la patria.* Tuvo la mala fortuna de que el padre de ese joven era un general del ejército franquista que leyó la dedicatoria y se puso furioso, por supuesto. De inmediato mandó prender a Arrabal y lo encarcelaron. No estuvo mucho tiempo en prisión. Como padecía tuberculosis, se agravó tras de las rejas, o fingió agravarse, tanto que lo dejaron salir en libertad condicional pero con la advertencia de que el juicio quedaba pendiente. Le dieron un mes de plazo. Entonces fue a vernos a Eva y a mí, asustadísimo. Sabía que nosotros ayudábamos a cruzar los Pirineos a los perseguidos por el franquismo y quería que lo enviáramos a Francia por esa vía. Aceptamos de inmediato. Eva habló con los contactos, hizo todos los trámites habidos y por haber y le consiguió un pasaporte falso, con su foto pero con otro nombre y otras fechas. Arrabal dudaba, seguía muy asustado; temeroso ahora por el cruce de los Pirineos: que yo no sé escalar montañas, que yo no tengo habilidades de alpinista, que si mi tuberculosis estalla qué sé yo. Además, dijo, "Nadie va a creer que fulano de tal es el de la foto; cuando la vean van a decir: ¡Pero si es Fernando Arrabal!" Total: decidió rechazar la aventura de los Pirineos y enfrentar el juicio. Argumentó entonces, ante el juez, que sus acusadores no habían leído bien aquella dedicatoria: *Me cago en dios. Muera la patria.* "Escribí dios con minúscula, dijo, porque no me refería al Dios nuestro que está en los cielos sino a los falsos dioses de este mundo. Y si usted, señor juez, lee bien la mala letra que tengo, se dará cuenta de que ahí no dice *muera la patria* sino *muera la patra*, que es el diminutivo de mi perra Cleopatra de la que estoy harto por sus estropicios." Seguramente no fueron aquellos argumentos arrabalescos los que ablandaron al juez, fue su fama teatral lo que hizo temer a sus juzgadores un posible escándalo internacional promovido por la gente de teatro de otros países. Pero así sucedió, y así fue exonerado Arrabal durante los veinte años más que se mantuvo Franco en el poder. Él en París, muy contento.

Concluye esa tarde de charla con Alfonso Sastre. El escritor se levanta de la mesa, hace el ademán de dejar un billete y se retira acompañado de Eva Forest hasta un extremo de la terraza donde efectivamente lo aguardan un par de jóvenes enchamarrados. Tienen aire de estudiantes de la Complutense pero podrían ser miembros del algún grupo clandestino.

Así como ha concluido la charla, así terminan al día siguiente los cursos de verano. Alfonso Sastre se ha visto brillante, ha puesto el broche de oro con la lectura y los comentarios de sus dos ponencias: *Historia, actualidad, teatro* —"los materiales históricos han constituido para mí la base de mis inventos y fabulaciones"— y *Teatro y escritura* —"durante los últimos años, los escritores de teatro en España hemos, digámoslo así, llorado mucho y combatido poco. Entiéndase esto como una autocrítica aunque yo no haya sido de los que han llorado más ni de los que han combatido menos".

Gemelas

En La Torre de Lulio, la librería de viejo cercana a El Parnaso de la calle Nuevo León, destinaron durante algún tiempo un pequeño estante, justo frente a la entrada, a la venta de *libros autografiados* que yo curioseaba con frecuencia. Ahí descubrí una tarde los dos tomos de las obras completas de Jaime Torres Bodet, dedicadas *afectuosamente*, con caligrafía presurosa, a Julio Scherer García. En otra ocasión manoseé un ejemplar de *Los largos días* de Joaquín Armando Chacón, autografiado en 1973 para *un amigo del alma*. Ninguno de esos volúmenes, convertidos tan pronto en "libros viejos", me causó tanta impresión como el hallazgo de una obra de mi propia autoría. El ejemplar estaba apresado entre los que formaban una hilera repleta en la tabla inferior del estante. Era el primer tomo de *Vivir del teatro*, lastimado por el uso y dedicado en su segunda hoja falsa, con mi letra ingenieril, a Natividad Zamora. Le encomiaba su interés por la dramaturgia y le pedía que pese a las dificultades que todos sufrimos para escribir y montar nuestras obras no cejara en su empeño por hacer oír su voz teatral. *Sé que terminarás siendo una gran dramaturga*, rematé el rollo antes de mi firma, pienso que con sinceridad.

Conocí a Natividad Zamora en 1994, en la Casa del Teatro de Coyoacán. Yo coordinaba entonces un taller de dramaturgia, pero cuando ella trató de incorporarse, el cupo se hallaba más que completo; era imposible, impráctico, aceptar un tallerista más de los doce o trece participantes. La administradora de la Casa del Teatro, María Inés Cárdenas, abogó por Natividad. Me dijo:

—Es una chica de Culiacán. Vino a México nada más para inscribirse en su taller. Hable con ella, no sea malo. Lo está esperando en el salón.

Aquella tarde yo había llegado temprano, una hora antes del inicio de la reunión semanal, porque necesitaba ultimar con Luis de Tavira algunos detalles sobre la puesta en marcha de nuestro ciclo de Teatro Clandestino, como se nos había ocurrido llamar a la puesta en escena de piezas breves que aludieran a situaciones políticas y sociales de la realidad inmediata.

Dado que Luis de Tavira no se aparecía aún —siempre llegaba tarde a sus citas—, acepté entrevistarme con la joven.

Frente a la grande mesa donde se efectuaba el taller no había una sola Natividad Zamora sino dos: casi idénticas, veinteañeras. Una de ellas había tomado asiento en la cabecera y la otra en la esquina, haciendo ángulo. Eran delgadas, morenas, de ojos muy grandes. Lo único que las distinguía era el peinado de sus cabellos largos y negrísimos. Una lo traía recogido en cola de caballo y la otra lo dejaba caer suelto hacia la espalda. Ambas llevaban camisetas negras y pantalones de mezclilla.

Una sonrisa idéntica, repetida como pleonasmo, se abrió en sus semblantes cuando me vieron entrar. Trataban de proyectar simpatía. Advirtieron mi sorpresa.

—¿Quién es Natividad? —pregunté.

—Yo —dijo al levantarse la que estaba en la cabecera, la del cabello suelto.

Las dos sonreían en simultáneas, acostumbradas sin duda al asombro que provocan siempre las gemelas y que ellas propician vistiéndose igual, moviéndose igual, gesticulando igual.

—Ella es Natalia —señaló a su hermana: la de cola de caballo—. A las dos nos dicen Nati.

Dupliqué saludos.

—No se preocupe, maestro —dijo Natividad—, la única que quiere entrar a su taller soy yo. Nati viajó conmigo sólo para acompañarme —y se soltó a hablar.

No recuerdo bien la interminable historia que me contaron, porque eran las dos quienes parloteaban, completándose datos, uniendo ideas, ligando frases a la manera de los sobrinos del Pato Donald. Natividad había hecho teatro en Culiacán desde niña. Apareció como actriz en obras del TATUS de Óscar Liera, de quien su padre era pariente lejano. El fatal fallecimiento de Liera debilitó muy pronto aquellos talleres de la Autónoma de Sinaloa y ella, Natividad, se decepcionó del poco interés que sus compañeros demostraron por las obras que se puso a escribir para el grupo. Porque más que la actuación —advirtió Natalia—, lo que a mi hermana le ha interesado siempre es la dramaturgia. Y lo hace muy bien. Lo hago lo mejor que me sale. Estando en un taller como el suyo, puede, puedo, mejorar muchísimo, aprender. Quiere, quiero, encontrar la manera de montar mis obras aquí en la Casa del Teatro. ¿Será posible?

A Natalia —la de cola de caballo— no le interesaba mayormente el teatro, dijo. Trabajaba como secretaria de una empresa exportadora de productos agrícolas; un negocio familiar encabezado por un tío segundo, primo de su madre. Sin embargo, por Natividad sabía mucho del fenómeno teatral y quería con toda el alma que su hermana se realizara en una profesión tan difícil pero tan creativa, dijo, dijeron.

Pocas veces volví a ver a Natalia en el tiempo en que Natividad formó parte del taller de dramaturgia en el grupo de las tardes. No la recibieron bien sus compañeros. Quizá porque la incorporé de inmediato sin consultar antes con el grupo. Quizá porque insistía en leer cuando no le tocaba turno. Quizá porque recibía a regañadientes las críticas de los demás.

En su primera oportunidad, Natividad leyó una obra complejísima sobre un narcotraficante preso en la cárcel de Culiacán. Victoria Brocca le señaló, ásperamente, lo deshilachado de sus parlamentos, tan largos que parecían monólogos eruditos proferidos con un lenguaje ajeno al mundo carcelario. Fernando León objetó la estructura de la pieza: "Haces transcurrir el tiempo a punta de oscuros arbitrarios", le dijo. Y Claudia Ríos censuró el exceso de personajes en una obra donde todo gira en torno al protagonista: "Lo tuyo es en realidad un monólogo, ¿para qué tanta gente?"

Concluido el análisis y sin aguardar la siguiente lectura del taller, a cargo de Cecilia Pérez Grovas, Natividad se levantó de la silla y abandonó el salón seriamente contrariada. "Furiosa", puntualizó Victoria Brocca.

Con el tiempo, Nati se fue amoldando a la seriedad y al espíritu formativo de las críticas. Empezó a reaccionar con más humildad a los comentarios y a aceptar, expresamente, muchas de las observaciones sobre el tono, el género y el lenguaje de sus obras. Ya no se enojaba; se atrevía, si acaso, a rebatir algunas de las opiniones y a prometer revisar al detalle sus textos; a intentar una nueva versión. Cuando a ella le tocaba opinar sobre el trabajo de algún compañero era escueta, a veces vengativa. Si Diana Benítez, por ejemplo, le había hecho notar su lenguaje descuidado, Nati le decía ahora: "Tu lenguaje está descuidado, Dianita." Si Rentería le había acusado de melodramática, ella se desquitaba: "Tu obra es melodramática, Enrique." "Claro que lo es —respingaba Rentería—. De eso se trata, ¡es un melodrama!"

Nati no logró hacer amistad con sus compañeros. Sólo durante las sesiones conversaba informalmente con ellos. Nunca acudía a La Guadalupana, donde rematábamos los encuentros semanales con cervezas, tequilas y chismes del ambiente teatral. Llegaba sola y se iba sola de la Casa del Teatro.

Durante su última temporada en el taller, sin embargo, se le vio en compañía de un joven zarrapastroso, de cabello crespo y enormes tatuajes en los brazos. Llegaba a dejarla o a recogerla casi todos los jueves.

—Nati tiene novio —nos informó Diana Benítez en La Guadalupana.

—¿Ese naco?

—Es su novio, me lo dijo. Un güey de Culiacán.

Una tarde, cuando cruzaba la Plaza de la Conchita rumbo a la Casa del Teatro, alcancé a distinguir entre los árboles, cerca de la capilla, a una pareja tendida sobre la hierba que se besuqueaba y fajaba sin reparar en los escasos paseantes. Observé durante un rato: era Nati con el Tatuado. Ellos no me vieron, pienso, para mi alivio.

Fue la misma tarde en que Nati leyó una obra planeada expresamente para el Teatro Clandestino. De todos sus textos era sin duda, para nuestra sorpresa, el mejor. Interesante de verdad. Abordaba el tema del narcomenudeo. El drama de un *dealer* de segundo nivel —un "camello", lo llamaba Nati— acosado por sus proveedores, de quienes no logra zafarse. Le exigen un dinero que ya no tiene porque lo perdió o porque lo utilizó para salir de otros apuros —eso no quedaba muy claro en la obra, según recuerdo—. Aunque la situación tenía mucho de lugar común —como le señaló Michael Rowe—, asombraba lo bien que Nati transmitía la angustia del tipo: su miedo a las amenazas de muerte, su desesperación por salir de aquel callejón sin salida.

Casi todos los talleristas reconocieron las virtudes dramáticas de la obra de Natividad y ella aceptó de buena gana las correcciones que le sugerían en lo relacionado a los parlamentos tan extensos, tan explicativos, tan favorables al protagonista. "No justifiques a tu héroe —le dijo Leticia Huijara—, no lo disculpes, no lo absuelvas; deja que sea el espectador quien saque sus propias conclusiones."

Pedí a Nati que corrigiera su texto lo más pronto posible, en una semana a lo sumo, para que incluyéramos la obra —si Tavira estaba de acuerdo— en el cuarto ciclo de Teatro Clandestino, donde ya habíamos programado dos piezas del taller: *Nada justifica la violencia* de Ana Rebuelta, y *Activo fijo* de Fernando León.

Lo que extrañó a los miembros del grupo fue que Natividad Zamora no acudió a la sesión del jueves siguiente, ni a la del siguiente del siguiente. Transcurrieron tres semanas y nada sabíamos de ella. María Inés Cárdenas se ofreció a llamarla al número que nos había dejado, pero el teléfono estaba suspendido.

Al mes se presentó Nati en la Casa del Teatro, un miércoles por la mañana. Deshecha, según me contó María Inés. Habían tratado de asaltar a su novio frente a los Viveros de Coyoacán. El joven se resistió y le dispararon dos balazos. Murió al instante. Horrible, decía María Inés. La pobre de Nati se veía angustiadísima y se marchaba de inmediato a Culiacán. Le dejó dos cajas con sus tiliches. Le pidió que se las guardara: su hermana pasaría a recogerlas.

—Horrible horrible —repetía María Inés—. Pobre Nati.

Cuando ese jueves por la tarde relaté a mis compañeros lo que el día anterior me había contado María Inés, el asombro primero, y las conjeturas después, ocuparon buena parte de la sesión.

—Eso quiere decir que el personaje de la obra de Nati era el Tatuado —dijo Diana.

—La pura realidad —dijo María Antonia Yanes.

—*Non fiction* —dijo Fernando León.

—Qué espantosa desgracia —dijo Cecilia Pérez Grovas.

Tal vez era nuestra mente calenturienta de escritores lo que nos llevaba a enredarnos más en tales conjeturas que en lamentar lo que decía Cecilia: la "espantosa desgracia" sufrida por nuestra compañera. Pero sí, resultaba imposible sacarnos de la cabeza tantos datos elocuentes. Nati, originaria de Culiacán, tierra de narcos. Nati, autora de una obra que se antojaba testimonial. Nati, novia de un Tatuado con facha de "camello". El Tatuado, muerto a balazos en un supuesto asalto.

—El noviecito ese siempre andaba como drogado —dijo Diana.

—Era un *dealer* —dijo Alejandra Trigueros.

—Los *dealers* no se drogan necesariamente —dijo Rentería, y nos contó de narcos que andan por ahí con aire de visitadores médicos.

—La única que nos podría sacar de la duda es Nati —dijo María Antonia.

—Pero ya se fue a Culiacán —dijo el doc Hugo.

—A lo mejor anda huyendo —remató sonriente Fernando León.

Las especulaciones sobre las desgracias de Natividad Zamora se terminaron poco tiempo después, cuando se suspendieron de golpe los ciclos de Teatro Clandestino, y cuando mis diferencias con Luis de Tavira me llevaron a renunciar a la Casa del Teatro y a buscar otra sede para nuestro taller literario.

En el receso, en lo que nos trasladábamos a la biblioteca de la Sociedad de Escritores, ofrecida generosamente por Víctor Hugo Rascón para que sesionáramos los jueves por la tarde, encontré una mañana, en las oficinas de *Proceso*, un ejemplar de *El Sinaloense*, un diario de Culiacán suscrito a los servicios informativos que proporcionaba nuestro semanario. Lo revisé por casualidad, y por esa bendita o maldita casualidad de casualidades encontré una nota que me crispó: en las playas de Mazatlán había sido encontrado el cadáver de una joven ahogada en el mar. Se llamaba Natividad Zamora.

La noticia era pobre en su redacción, excesivamente escueta. Aludía más bien a la inseguridad de las playas mazatlecas, donde los últimos meses se habían ahogado turistas desprevenidos por la falta de vigilancia de los cada vez más escasos encargados de la prevención y el salvamento.

Por teléfono comuniqué a Cecilia Pérez Grovas la infausta información, y ella se comprometió a transmitirla a los compañeros. Fernando León me habló casi de inmediato.

—¿No quiere que investigue, tícher?

—Que investigues qué.

—Es parte de lo mismo —dijo Fer—. Una historia de narcos. Nati andaba huyendo y se la pescaron allá.

—¿Y vas a ir a Culiacán sólo para eso?

No. No iría sólo para eso. A Fernando León lo acababan de invitar a dar un taller de guión cinematográfico en la capital de Sinaloa, y él podría aprovechar el viaje, dijo, para investigar un poco sobre la muerte de Nati. María Inés tendría seguramente la dirección de su familia, de la mentada hermanita gemela, y él podría ocupar su tiempo libre en visitarla y preguntarle.

—Me gustaría sentirme un poco Philip Marlowe —rió Fer por la línea telefónica.

—No te rías, puede ser peligroso —dije.

Más que peligroso resultó poco menos que inútil. Fernando León no encontró a la gemela de Nati en su casa —la de cola de caballo—, andaba quién sabe dónde. Pero sí vio a su madre viuda, la única persona con quien vivía en una casa humilde en la periferia de Culiacán. Una casa destartalada —me contó Fer—, llena de humedades, repleta de gatos. La mujer se parecía a la Ana Ofelia Murguía de su corto *La tarde de un matrimonio de clase media*, aunque vestía ropas muy maltratadas y estaba clavada a una silla de ruedas a causa de la osteoporosis. Se quejaba de eso y de que en ausencia de sus hijas necesitaba la ayuda de Margarita, una vecina generosa. El cabrón de su primo —"así lo llamó, tícher, con todas sus letras"—, dueño de una empresa exportadora, riquísimo pero avaro hasta decir basta, la había abandonado a su suerte por causa de pleitos familiares que no valía la pena contar. Pagó, eso sí, todos los gastos del entierro de Nati, pero era lo menos que podía hacer el cabrón. Al hablar de Nati —contó Fer— la mujer se echó a llorar. Para nada pensó en un crimen; estaba convencida, llore y llore, de que fue un accidente por culpa de las malas compañías con quienes andaban sus hijas. "¿Qué clase de malas compañías? —se atrevió a preguntar Fer—, ¿narcos?" La palabreja molestó a la viuda. "Aquí hay menos narcos que en México. Nos han creado mala fama, pero no es cierto", dijo. Y se cerró al interrogatorio del improvisado Marlowe.

Fernando León fue también a las oficinas de *El Sinaloense* y haciéndose pasar como corresponsal de *Proceso* entrevistó al reportero que escribió la nota sobre la muerte de Natividad Zamora. Era un jovenzuelo enteco, tontón, que hacía sus pininos en el periódico. Sabía nada. Lo que escribió sobre Nati era de oídas: el reporte de la policía local. Él no estuvo en la playa donde encontraron el cadáver. Recibió la noticia por teléfono y ya.

La última pesquisa de Fernando, la menos fútil, fue la del primo cabrón dueño de la empresa exportadora. Aunque lo trató de mal modo y desmintió que una de las gemelas hubiera trabajado con él como secretaria, dijo cosas que podrían entenderse como aceptación tácita de un crimen realizado por narcos. Primero: porque "ninguna de mis sobrinas pudo ahogarse en esas playas; eran buenísimas nadadoras". Segundo: porque las malas compañías de las que hablaba su prima eran, sin duda alguna, "todos los de por aquí lo saben", gentuza dedicada "a meterse cuanto hay y a repartir droga como si fueran cacahuates". No tenía datos para confirmar su aserto, pero sabía muy bien de las andanzas perversas de sus sobrinas, "por culpa de una madre incapaz de educarlas; la muy estúpida sólo sabe quejarse de mí y de todo mundo. Pinche prima hija de la chingada".

—¿No fuiste con la policía de Culiacán?

—No, tícher, ya no me dio tiempo. Tenía el taller de guión.

—Era elemental, Fer.

—Iba a ir el último día, pero se me hizo tarde. Me entretuve en la capilla de Malverde. Viera qué cosa, tícher: el culto a Malverde es para no creerse.

—Bueno, ni modo.

—La verdad yo no sirvo para investigador privado. Hubiéramos llamado mejor a Taibo II o a Élmer Mendoza.

Además de provocarme dolor, resentimientos o insomnio, mi obligada renuncia a la Casa del Teatro, a una aventura de muchos años que Luis de Tavira había convertido en proyecto propio, me hizo recordar mi colección de *Proceso*.

Años atrás la gerencia de *Proceso*, por iniciativa de Rubén Cardoso, me había hecho un obsequio fabuloso: la colección completa de nuestro semanario empastada en piel en ciento y pico de volúmenes. Desde el momento en que la recibí pensé en la biblioteca de la Casa del Teatro que Luis de Tavira, Miguel Ángel Cárdenas y yo habíamos planeado instalar en alguno de los salones. Aunque pensábamos especializarla en libros de teatro, una colección como aquélla podría enriquecerla como fuente de consulta. De inmediato compré en el mercado de San Pedro de los Pinos seis o siete cajas de cartón, de las grandes, de las resistentes, y en ellas introduje los lujosos tomos. Luego encomendé a mi asistente Federico, el Chino, que las llevara a la Casa del

Teatro, donde María Inés las guardó en el pequeño almacén anejo a su oficina. Ahí se quedaron durante meses las preciadas cajas porque se retardó el proyecto de armar con estantes y tablas la biblioteca.

Ahora, con mi renuncia y como sutil venganza, decidí rescatar la colección de *Proceso* y derivar mi obsequio al Instituto Mexicano de Estudios Sociales, dirigido por mi hermano Luis. A sus investigadores les sería de suma utilidad.

Sin tomar en cuenta el adagio de "quien da y quita con el diablo se desquita", llamé por teléfono a María Inés para comunicarle mi decisión.

Respetuosa, amable como siempre, María Inés no profirió la menor protesta. Sólo dijo:

—Muy bien, don Vicente, mande a recogerlas cuando quiera.

Envié entonces al Chino, quien auxiliado por el poli Norberto, encargado de la vigilancia de la Casa del Teatro, se abocó al fatigoso trabajo de extraerlas del almacén de María Inés, cargarlas una a una —pesadas como eran—, introducirlas al auto y llevarlas luego hasta mi estudio porque mi hermano Luis andaba de viaje y no podía recibirlas personalmente en su instituto, como yo deseaba.

Todo este relato de la colección de *Proceso* viene a cuento porque esa misma noche, como a las doce, mientras batallaba con un guión que se resistía como un torturado bajo la picana, me levanté de mi mesa y me puse a caminar por el estudio. Miré las cajas, estorbosas, impregnadas con mi culpa, indignas. Una de ellas me llamó la atención de pronto. Estaba arrinconada y era de cartón como las otras, pero de distintas dimensiones: un cubo de unos cuarenta centímetros por lado y con un par de flejes de metal que la cerraban herméticamente. La aparté, no era de las mías; yo no flejé ninguna. Tenía una inscripción hecha con plumón: *Nati Zamora*.

Entendí de inmediato. Al extraer mis cajas del almacén de María Inés, el Chino se trajo por equivocación una de las dos que Nati le llevó a María Inés después de que mataron al Tatuado —recordé—. Cuando llegó angustiadísima y le dijo que se iba a Culiacán, que su hermana las recogería después. Por lo visto nunca recogieron esas cajas; menos lo harían ahora que Natividad estaba muerta, porque quizás ella nunca se lo pidió a su gemela. ¿O sí?

Aunque lo primero que pensé fue en telefonear al día siguiente a María Inés para decirle del error y enviarle la caja con el Chino, la curiosidad me ganó. Con todo ese argüende fantasioso de los narcos y la investigación peregrina de Fernando León, no estaba por demás echar una mirada al contenido.

Bajé de mi estudio por unas pinzas, una lima, un desarmador, y después de batallar durante un buen rato conseguí desflejar la rebelde caja. No había más que un libro —*Curso práctico de redacción* de Vivaldi— y ropa de mujer: camisetas arrugadas, unos shorts de mezclilla, pantaletas, tobilleras, un sostén, una gorra beisbolera, pero debajo del traperío, ¡Virgen santa!: ¡billetes!, ¡billetes!, un montón de dólares en billetes atados por fajillas que ocupaban ordenaditas la parte inferior de la caja. ¡Hija de la chingada!

Arrojé por dondequiera el libro y la ropa, como si fuera basura, y me puse a acomodar en el suelo las fajillas. Cada fajilla tenía cincuenta billetes de cien, todos eran de cien. Total: cinco mil dólares. Conté las fajillas: cuarenta. Total de totales: doscientos mil dólares. Más de dos millones de pesos.

El botín confirmaba lo que supusimos desde el principio en el taller. El Tatuado era narco, el personaje real de la obra de Nati. Por ese dinero lo perseguían y lo asesinaron. Natividad Zamora era su cómplice, y no encontró mejor manera de esconder esa fortuna que guardarla en una caja dizque de tiliches y entregársela a María Inés para huir sin peligro. Los asesinos del Tatuado no se conformaron con la pérdida y por eso la asesinaron en las playas de Mazatlán. Perdieron para siempre, sin pista alguna a seguir, los doscientos mil dólares. Y el dinero estaba aquí, aquí en mi estudio: sobre el piso de tablones.

En esta ocasión, el insomnio de esa larguísima madrugada no fue causado por la vejez ni por mi fiebre de escritor, sino por el manojo de elucubraciones que me puse a formular, fume y fume mientras Estela dormía en la recámara.

Muerta Natividad Zamora, nadie sabía del paradero de esa fortuna. Si ella no regresó a México a recoger la caja fue seguramente porque se sentía vigilada. No se lo dijo a su hermana, porque Natalia hubiera ido de inmediato con María Inés. Estaba claro: nadie sabía nada de los doscientos mil dólares escondidos: ni los narcos asesinos, ni Natalia, ni mucho menos su madre quejumbrosa o su tío explotador. El dinero era mío, sin problemas, como si me hubiera sacado de golpe la lotería. Bueno, sí, con algunos problemas de orden moral: era un dinero sucio del sucio negocio del narco. ¿A quién devolvérselo?, ¿a las autoridades?, ¿para que las corruptas autoridades se quedaran con él o, en el peor de los casos, me acusaran de cómplice y descreyeran de mi historia? Podría, mejor, devolverlo de manera indirecta a la hermana gemela o a su madre viuda como si lo hiciera un anónimo donador. Se me antojaba absurdo y hasta peligroso. O entregarlo, también anónimamente, a una fundación de beneficencia.

Empezaba a amanecer. Se me había terminado la cajetilla de cigarros. Seguía pensando.

Qué mejor fundación de beneficencia que mi propia familia. Saldría de deudas. Le regalaría un auto nuevo a cada una de mis hijas. Compraría un departamento para alquilar, montaría un comedero de tacos al pastor en la Condesa, una librería de títulos exquisitos. ¿Qué me aconsejarían Estela, Enrique Maza, Julio Scherer, los compañeros del taller? No, Estela no recomendaría por ningún motivo quedarnos con ese dinero sucio. Tampoco Enrique o Julio. Quizá sí los compañeros del taller si los repartía con ellos, como era justo —de algún modo todos eran parte de la historia—; aunque pensándolo bien, con el tiempo, alguno me delataría sin querer o queriendo.

Decidí —por el momento, me dije, antes de tomar una decisión definitiva— guardar herméticamente el secreto. Ni a Estela, a quien le confío todo desde siempre, le contaría mi hallazgo.

Levanté las fajillas de dólares, las acomodé como se hallaban en el interior de la caja y la rellené con la ropa desperdigada de Nati. En la regadera del baño del estudio puse la caja, lejos de las que guardaban la colección de *Proceso*. Entonces me fui a la cama para aprovechar dos horas de mi vida nocturna. Me soñé como un hombre feliz.

Diez días, quizá dos semanas y pico, me la pasé cavilando sobre mi deber ético, aunque poco a poco, por las noches, mis escrúpulos se debilitaban vencidos por lo que yo defendía como una ambición legítima que me daba derecho a aquel botín caído del cielo.

Debo darte gracias Dios mío, oré una tarde en el templo vacío de mi colonia. Regresé a la casa. Estaba solo. Estela había salido con mi hija Eugenia a no sé dónde. Timbró el teléfono. Era María Inés, desde la Casa del Teatro.

—Oiga, don Vicente, perdón que lo moleste. Cuando el mes pasado su chofer vino a recoger sus cajas, ¿no se llevaría por casualidad una caja equivocada, de las que me dejó Nati, se acuerda? Se lo pregunto porque aquí está su hermana Natalia, Natalia Zamora, ¿se acuerda? Vino a recoger lo de su hermana, pero no encontré más que una de las cajas. Tenían su nombre, estaban flejadas. ¿De casualidad no se la llevó su chofer?

Estaba dispuesto a mentir. Para disimularlo dije algo como "espéreme tantito, María Inés; déjeme ver, todavía tengo aquí la colección de *Proceso*".

Regresé al teléfono. No pude, de verdad no pude.

—Sí, aquí está.

—Ay qué bueno.

Se abrió un silencio. La oí murmurar con alguien.

—Dice Nati que ahora mismo va a su casa a recogerla. Muchas gracias, don Vicente.

Reaccioné con ansiedad. Bajé apuradamente a buscar dos bolsas grandes, de plástico, de ésas que se utilizan para la basura, y de las cajoneras donde mis hijas guardan su vieja ropa para regalar extraje precipitadamente algunas prendas. Volví al estudio. Abrí la caja escondida bajo la regadera del baño, saqué el traperío de Natividad Zamora y las fajillas de dólares. En las dos bolsas de basura metí los billetes que dejé en la regadera. Luego rellené la caja con algunas prendas de mis hijas y hasta arriba puse, oprimiendo la ropa, los trapos de Nati. Imposible volver a flejar la caja. La coloqué junto a las que guardaban la colección de *Proceso*, como estaba originalmente.

Una hora más tarde vi a Natalia Zamora cruzar la terraza rumbo al estudio. Peinaba la misma cola de caballo con que la había conocido en la Casa del Teatro junto a su hermana, muchos meses antes. Ahora no sonreía. Un gesto duro, como de congoja profunda, le desencajaba el rostro.

La saludé con un beso en la mejilla. Tomó asiento. No quiso el café que le ofrecí.

—Sentí mucho la muerte de tu hermana. Fue un golpe para todo el taller. La habíamos llegado a apreciar.

—No quiero hablar de eso —dijo—. Perdóneme.

—Se estaba convirtiendo en una gran dramaturga, de veras, se esforzaba en serio.

—No quiero hablar de eso —repitió.

Con mi sonrisa traté de suavizar su semblante pero no lo conseguí.

—Mi mamá me dijo que usted mandó a uno de sus alumnos a preguntarle no sé cuántas cosas sobre mi hermana —dijo Natalia rompiendo su hermetismo.

—Estábamos preocupados por ti y por ella. A ti no te encontró.

—Le hizo mucho daño a mi mamá. Se la pasó llore y llore toda la semana, y le vino una depresión que no se le ha quitado desde entonces.

—Estábamos preocupados, te digo.

—Pero eso no se hace. Nadie tiene derecho a rascar en nuestras heridas ni a meterse en nuestra vida privada.

—En eso tienes razón. Lo que pasa es que después del accidente en Mazatlán yo pensé/

Frunció el entrecejo cuando me interrumpió de golpe.

—Tengo prisa, perdón. Me está esperando el taxi allá afuera. Sólo vine por la caja.

Me levanté y se la puse delante, sobre la alfombra.

Ella se inclinó desde el sillón para abrir las tapas de cartón que yo había trenzado. Sacó el libro de Vivaldi, la camiseta negra, los shorts de mezclilla.

Estaba convencido de que nada le había dicho su hermana del contenido; yo quería creerlo más bien. Al menos nada sabía de los flejes de metal.

Cuando la vi introducir la derecha en el fondo de la caja y rebuscar entre la ropa, sentí un escalofrío. Ella alzó la cabeza y sus grandes ojos negros me apuntaron de frente, como dos balas.

—Falta algo.

—Qué cosa, yo no sé, qué te dijo Nati.

—Yo no soy Natalia, tícher. Soy Natividad, su alumna. A mi hermana la confundieron conmigo en Mazatlán y esos cabrones la mataron, como a mi novio.

¡Pero qué estúpido soy, qué imbécil!, me maldije. Cómo diablos no pude darme cuenta de que esta Nati no era la gemela de Natalia sino la Natividad que tantas veces tuve enfrente durante las reuniones del grupo. La muy cabrona engañó a los narcos y ahora me engañó a mí, hija de su madre.

Sentí un aguijonazo bajo las costillas. Natividad me veía con ojos punzantes.

—A mi hermana hubiera podido engatusarla porque no sabía nada. A mí no.

Hablaba ahora con la frialdad de un sicario. No le quedaban restos de aquellas sonrisas en el taller cuando elogiamos su último texto, cuando lo leía con la inseguridad y la timidez de un aprendiz. Estaba acorralado, sorprendido como un criminal.

—Los dólares, tícher. No me diga que ya se los gastó —sonrió por primera vez, con ironía.

La mano derecha me empezó a temblar. Me tensé el cabello.

—No no aquí los tengo… los guardé para… para que estuvieran seguros.

Me dirigía ya hacia el baño del estudio dominando la temblorina. Regresé con las dos bolsas donde escondí las fajillas.

Natividad se había puesto de pie y extendió los brazos para recibir las bolsas.

—Quería robarme, tícher.

—Cuéntalo, está completo.

—Quería robarme. Quería quedarse con mis dólares.

—Cuéntalo.

—No hace falta, le creo.

Fue lo último que dijo. Me dio la espalda, desinteresada por la caja repleta de ropa que dejó ahí, como un bofetón. Cruzó la terraza. La vi bajar las escaleras, abrir la puerta hacia la calle, abordar el taxi que la había traído y desaparecer dentro de él.

Nada he vuelto a saber desde entonces de Natividad Zamora.

Hotel Ancira

Ya estaba ahí, en el bar del hotel Ancira, frente a un whisky en las rocas. Camilo Aranda había elegido esa mesa casi sin considerarlo: frente a la entrada, cerca de la barra cantinera, pero sobre todo lo más lejos posible de la única ocupada a esas horas de la medianoche por un grupo bullicioso de hombres y mujeres, en el otro extremo del bar. Parecían entretenidos, briagos, felices.

Que revienten, pensó. Que se ahoguen.

Cada sorbo de whisky servía a Camilo para remojar su memoria, aunque el saldo de recuerdos arrojaba, arrojó siempre números rojos. Sobre todo ahora, luego del cortón de Valeria, quien lo mandó textualmente a la chingada: por odioso, por estúpido, por bueno para nada. En lugar de tomar ese rumbo, Camilo voló a Monterrey, donde había nacido veinticinco años antes, y se hospedó en el hotel Ancira que él y Valeria ocuparon al inicio de su breve relación. Regresó como el asesino que se asoma a la escena del crimen dos años después.

Un whisky, otro más quizá, ¡y adiós mundo cruel!

Un coro de risotadas estalló en la mesa lejana del bar. Se levantó una pareja. El varón, trajeado y de corbata como todos los del grupo, apenas podía mantener la vertical de lo borracho que estaba. La mujer hacía esfuerzos para guiarlo y sostenerlo mientras el briago se sacudía del brazo femenino como si tratara de mostrarse en sus cinco sentidos. Algo le decía la mujer y alguna palabrota le rebotaba él como respuesta.

Cuando la pareja se dirigía ya a la salida del bar, el hombre giró la cabeza y descubrió a Camilo en la penumbra. Pareció reconocerlo. La mujer le dio un jalón, pero el borracho se resistió a avanzar.

—¡Pero mira nada más quién está aquí, carajo! ¡Mira nada más!

Camilo miró a derecha e izquierda para cerciorarse de que no era otra persona a la que el briago se dirigía. No. A él le gritaba. Hacia él avanzaba. Frente a él se hundía por fin en el silloncito ante el vaso de whisky y el pequeño plato de cacahuates.

—Hasta que me encuentro contigo, Gael, ¡carajo!, después de tantísimos años, hijo de la chingada. —Trató de palmearle el brazo pero no lo alcanzó y su mano abierta quedó flotando en el aire. —¿Ya viste quién está aquí, mi vida? ¡Mi sobrino del alma, güey! Gael García Bernal, ¡el actor más famoso del mundo!

No era la primera vez que alguien confundía a Camilo con Gael García Bernal. Una quinceañera, en alguna ocasión, lo detuvo a la entrada de un cine para pedirle un autógrafo. "Te admiro muchísimo, Gael —chilló la quinceañera—. Veo todas tus películas, qué emoción." También el judicial gordinflón que trabajaba con él en el ministerio público le señaló irónicamente el parecido: por el encaje de la cara, la quijada abierta, el color de los ojos, la sonrisa tímida de muchachito bueno. Frente al espejo de su baño, Camilo nunca logró ver en el reflejo el rostro de aquel actor que ocupaba a cada rato las páginas de espectáculos, las portadas de las revistas, los pósters de sus películas. Qué más quisiera yo, se lamentaba Camilo.

Pero ahí estaba el borracho para repetir el error de la quinceañera y la apreciación burlona del judicial gordinflón.

—Siéntate, mi vida, deja que te presente a mi sobrinazo... Te encaramaste en la fama, güey. ¡Qué carrera la tuya!

La mujer del borracho tomó asiento en un tercer silloncito. Hasta ese momento Camilo se dio cuenta de que era una criatura imponente. Tenía una blusa amarilla, sin mangas, y el cabello suelto negrísimo; pechos exuberantes. Los acentuaba, como obligándolos a desbordarse, un agudísimo escote surcado por un collar al que remataba una perla solitaria perdida entre aquellas dos montañas de miel. Cuando la mujer cruzó la pierna derecha, se escapó de la falda la mitad de un muslo rotundo.

Dirigida de manera intermitente a ese doble de Gael, la sonrisa femenina parecía hacerse cómplice de un juicio burlón, pero festivo, sobre el comportamiento del briago, sin duda su marido.

Camilo no lograba apartar la mirada de la mujer. Las frases del despistado, borbotón de incoherencias, servían sólo como fondo sonoro a la contemplación del paisaje: celebración de la armonía de formas, aliento a los sentidos, deleite para un corazón en la orfandad.

Mientras el briago hacía mención a un parentesco en segundo grado con Patricia Bernal, la madre de Gael; mientras decía no sé cuánto de él y su prima llevando al chamaco a treparse en los juegos mecánicos de una feria; mientras recordaba un encuentro en Londres cuando Gael estaba por concluir sus estudios de actuación; mientras el briago se atragantaba con sus propias palabras y una burbuja de espuma le reventaba en la comisura izquierda de la boca, Camilo no dejaba de auscultar las bellezas de la belleza y se decía a sí mismo que si Valeria hubiera tenido pechos así, ojos así, muslos así, su relación no se habría desbarrancado tan pronto.

—¿Otro whisquito, Gael? —preguntó el borracho cuando Camilo bebió el último sorbo de su vaso—. Hay que celebrar este encuentro, güey. No todos los días/

—Ya gordo, ya bebiste mucho —interrumpió la mujer.

—Uno más, uno más con mi sobrino del alma —y agitó la mano en alto para llamar al mesero.

—Vámonos al cuarto, gordo.

—¿Están hospedados aquí? —preguntó Camilo.

—Sí, ¿y usted?

Antes de que Camilo asintiera, la mujer giró hacia su marido para sostenerlo porque el briago había resbalado del silloncito y estuvo a punto de caer. El brazo femenino se tendió en horizontal; parecía surgir de una axila húmeda y profunda. Su mano presionó el hombro del gordo: las uñas blancas nacaradas, anillos en casi todos los dedos y pulseras que resbalaban por el antebrazo acariciándolo.

La mujer dirigió a Camilo una nueva sonrisa de complicidad que sugería, también, el fastidio y la vergüenza provocados por el comportamiento del marido.

—Ya, gordo, ya bebiste demasiado... Perdónelo, Gael.

—No hay nada que perdonar —dijo Camilo—. Se ve que la ha pasado bien.

—Venimos a una convención y mire.

Ella se puso de pie. Los bordes amarillos abrieron un poco más el escote al acompañar el alzamiento del gordo, quien terminó por reconocer:

—Sí, ya estoy muy pedo, pedísimo, la verdad.

—Te lo dije.

—Pero qué tal si desayunamos mañana, Gael. ¿Cómo a las nueve?

—Como a las diez —corrigió la mujer y miró largamente a Camilo antes de retirarse. Una mirada larga, generosa.

El gordo se apoyaba en ella y ella, soportando buena parte del peso, conseguía mantenerlo erguido mientras se alejaban. Ceñida a la falda breve, la blusa amarilla hacía notar la estrechez de la cintura de donde surgía un trasero pleno meciéndose al compás que le dictaban los tacones de aguja. Ya había visto uno de los zapatos cuando la mujer cruzó la pierna al ras de la mesita: simples trabillas entrecruzadas sobre el empeine para dejar al aire sus dedos de uñas rojas cortadas con la perfección de una pedicurista.

Hombre y mujer desaparecieron pronto rumbo a la zona de elevadores.

Camilo volvió a hundirse en su propia penumbra. Pidió otro whisky, el último después de la fantasía inútil.

Pinche Valeria, pensó, deberías aprender lo que es una mujer de a de veras.

Al poco tiempo se levantaron de la mesa distante las parejas que habían compartido tragos y cháchara con el gordo y la hermosa. No dejaban de conversar, de reír, mientras cruzaron frente a él hasta perderse fuera del bar. Entretenidos como estaban en su propio festejo, no habían advertido de seguro la breve escala que hicieron sus amigos en la mesa de Camilo. Él permanecía ahí, como único cliente, retardando a traguitos de whisky el momento de regresar a su cuarto. Ya no le daba vueltas a su historia con Valeria, ahora pensaba sólo en la hermosa mujer, como invocándola, y la hermosa mujer se apareció de pronto, ahí, de manera milagrosa.

¡Válgame, estoy soñando!

Ahora traía sobre los hombros un tapado negro que cubría sus brazos y buena parte del escote. Fue directa hasta él. Tomó asiento en el silloncito que había ocupado antes. Sonrió.

—Vine sólo para disculpar a mi marido, Gael. Ya viste qué escenita nos hizo.

—No tiene nada que disculpar, por favor.

—Claro que sí... Pero te admira muchísimo, igual que yo.

La mujer echó hacia atrás los hombros y el tapado resbaló por su espalda. Nuevamente quedaron a la vista el escote, los pechos, los brazos descubiertos.

Un soplo agridulce que no había percibido antes llegó hasta Camilo.

Se perfumó, se pintó los labios, cambió el usted por el tú, reflexionó Camilo. Y le devolvió el tratamiento:

—¿Quieres tomar algo?

—Bueno, sí, un whisky. Pero con agua mineral.

Antes de que el mesero acudiera para atender el ademán de Camilo, ella regresó a su tema inicial:

—De veras te admiro muchísimo, Gael, y no porque mi marido esté hablando de ti a todas horas y presumiendo su parentesco y no sé qué más, ya sabes. Te admiro por lo buen actor que eres. Yo he ido a ver todas tus películas hasta la última, esa de *Babel*, qué bien estás, tu actuación es la mejor de todas, te lo prometo. Por eso no entiendo cómo estás aquí solito con tantas admiradoras que tienes pidiéndote autógrafos, soportando al borracho de mi marido. —Se interrumpió para decirle al mesero que quería un whisky con agua mineral y continuó: —Eso sí, tu principal admiradora soy yo: porque eres muy buen actor y sobre todo porque estás guapísimo.

—La guapísima eres tú —se atrevió a decir Camilo.

Ella hizo un puchero de avergonzada. Se llevó la derecha a los labios para ocultar la sonrisa. Luego movió ligeramente el torso y la perlita del collar se balanceó en el surco.

—¿De veras te parezco? Estoy un poco gorda, ¿no? Mi marido siempre está moliéndome para que baje de peso y es una lata. Mi marido es una lata, Gael, ésa es la verdad. Afortunadamente cayó como un sapo en la cama y yo me escapé para venir a platicar contigo un ratito. ¿No te parezco impertinente?

—Claro que no —dijo Camilo.

—Pero qué andas haciendo por aquí, cuéntame. ¿Vienes a filmar una película?

—No, qué va. Vine a Monterrey para/

Camilo no necesitó inventar una mentira porque la llegada del mesero con el vaso de whisky y la botellita de agua mineral lo salvó. El propio Camilo sirvió el agua burbujeante y ella bebió de inmediato un trago largo. Dejó el vaso. Lo miró a los ojos, en silencio. Los dos mirándose bajo la cómoda penumbra.

Por fin bajó la vista. Movió una mano. La tendió sobre la mesa hasta alcanzar, con la punta de sus uñas nacaradas, la mano de Camilo. La depositó encima del dorso.

—Mi nombre es Ana María. ¿Te gusta mi blusa?

—Cómo no —dijo Camilo.

—Oye, ¿sabes qué me preocupa? —separó la mano—: Que en un rato más se aparezcan por aquí tus admiradoras, que has de tener por montones, y no nos dejen platicar. Y a mí me gustaría mucho platicar contigo, Gael; es una oportunidad que pocas veces tiene una mujer como yo que no sabe nada del ambiente artístico.

—El ambiente artístico es una lata.

—Sí, pero nos van a interrumpir y se nos va a ir el tiempo, y yo tengo que regresar con mi gordo.

Volvió a sonreírle, seductora, como si tratara de tocarlo con la pura sonrisa por encima de la mesita y de los vasos de whisky. Luego hizo resbalar su mano izquierda por un seno, al descuido, y pellizcó la perla engarzada del collar.

—¿Y qué tal si te propongo una travesura, Gael? Que vayamos a tu cuarto.

Camilo enderezó el cuello.

—Estás hospedado aquí, ¿verdad? ¿Estás solo?

—Solo y mi alma.

—Pues vamos a tu cuarto y platicamos un rato, nada más un rato. Para que me cuentes de tus películas.

La mujer se levantó de un solo impulso. Se aproximó a Camilo y lo tomó de la mano como si hubiera decidido raptarlo. Eso dijo:

—Voy a raptarte, Gael.

Mientras salían del bar del hotel Ancira, subían por el elevador, recorrían el pasillo y entraban en la habitación trescientos cuatro, Camilo tuvo tiempo de pensar que todo aquello era un sueño. Y no. No era un sueño la boca de Ana María frotándose y comiéndose la suya, los pechos deliciosos oprimidos por sus manos y sus manos explorando en seguida el cuerpo que desvistió frenéticamente al tiempo en que ella, con el mismo frenesí, le hurgaba el torso, las nalgas, la entrepierna; lo desnudaba sin tregua, igual a como él, hasta convertirse ambos en una trenza retorciéndose en la cama todavía con restos de ropa de la que necesitaban deshacerse para no estorbar caricias, arañazos y besos y lengüeteos y agitar de cuerpos en continuos giros de un lado para otro: un montarse y desmontarse para alterar posiciones entre gemidos y vaivenes del irse y el venirse hasta el instante de acceder a un erotismo más frutal que la pasión de los primeros minutos, como si al reventón de una ola tras el clímax de la cresta siguiera el deslizamiento diagonal que resbala en espumas sobre la planicie lamida por dos cuerpos enredados en un placer común: el que se da y el que se recibe en sacudimientos simultáneos, intuidos por lo común en los sueños pero vividos aquí, ahora, en la realidad del ajetreo sexual: único valor, inacabable apareamiento que irremediablemente empieza a concluir, concluye al fin hasta el sedante suspiro final.

—Quédate un rato más, Ana María —dijo Camilo cuando la vio sentarse en la cama.

—No puedo —replicó ella—. Mi gordo se va a despertar de un momento a otro.

—Un rato. Vamos a hacerlo de nuevo.

—Ya no.

Ana María salió de la cama. Recogió su ropa desparramada por la habitación. Desapareció con ella en el cuarto de baño.

Diez, quince minutos permaneció Camilo tendido sobre las sábanas. Se levantó contra su voluntad. Desnudo caminó hasta el cuarto de baño. Abrió la puerta.

Con la secadora eléctrica, frente al espejo, Ana María se desenredaba el cabello.

—Tengo que decirte algo —dijo Camilo.

—No me digas nada, ya lo sé.

—No lo sabes.

—Que no eres Gael García Bernal, ¿eso quieres decirme? Lo sé desde el principio, corazón. No soy idiota. Sólo un borracho como mi gordo puede confundirse de manera tan pendeja. Tú no te pareces en nada, pero en nada, a ese actor chulísimo.

—Entonces…

—Entonces nada. Lo que pasa es que andaba muy caliente, excitadísima, y ni modo de hacerlo con mi marido. Tú lo viste: borracho perdido.

Ana María giró para mirarlo de frente. Le sonrió.

—No sé cómo lo haga Gael, pero tú coges muy bien.

A manera de despedida, Ana María le puso el índice en la punta de la nariz. Luego chasqueó un beso al aire y abandonó el cuarto.

La leyenda de Jaime

Se le desbarrancó la vaquilla porque no alcanzó a dar el ala para proteger la manada

es decir: llevar su caballo al flanco derecho con el fin de que el ganado no se fuera para el linde del barranco;

quiso hacerlo, en verdad, sólo que en el momento de tensar la rienda el alazán que montaba dio un respingo, se frenó

era el alazán de su padre, cincoañero de casta, inteligente, muy sensible a los mandos del jinete

recuerda hoy Jaime Casillas

y entonces el maldito alazán, por su culpa, se metió como cuña entre el ganado y fueron los mismos animales, junto con el caballo, los que cargaron sobre la vaquilla de manera que la pobre vaquilla espantada, empujada, se sesgó hacia los límites de la profunda oquedad

pobrecita hembra, tierna como un jilote, consentida de su padre, don José Casillas Lozano, el Cheché: le pusieron la Estrella y estaba en temporada de engorda, no para cruzarse todavía: vaquilla pinta de negro de auténtico ganado suizo que en un derrepente presintió el sumidero a donde la empujó la manada. Metió los cuartos delanteros para frenarse pero ya no hubo tiempo y se dio el voltéon en una media machincuepa

costalazo de por medio

antes de rodar, de resbalarse, de irse deslizando sobre la diagonal de la pendiente, entre biznagas y el pedrerío y la tierra caliza del agrio desnivel que va a dar como un derrumbe ronco hasta el arroyo seco.

Oyó el bramido, el retumbar, el golpe, y allá la vio caer, allá cayó la pobrecita.

¡Uta, qué barbaridad!, se cimbró todo Jaime, chamaco todavía, solamente un escuincle de doce años si acaso. Pero avispado el Jaime igual a sus hermanos José de Jesús, sólo un año mayor, y Mario y los seis que venían después en orden de nacimiento:

Héctor, Eduardo, Silviano, Salvador, Luis Daniel y Carmen de la Luz.

Ocho varones y una niña, hijos de José Casillas Lozano y Carmen Rábago Gutiérrez, primos además de esposos porque en aquella selecta sociedad de San Miguel el Alto todos, o casi todos, se mezclaban en una vasta parentela que los hacía dueños de haciendas y propiedades; regidores de las buenas costumbres y la moral que dictaban los curas, también parientes y futuros obispos de aquí y de allá.

El eje de su vida, para los Casillas Rábago, era la hacienda Mirandilla, propiedad del abuelo de Jaime

don Silviano Casillas Lozano, casado con su prima hermana Micaela Lozano Martín.

Para Jaime, la hacienda Mirandilla era infinita. Medía siete caballerías de tierra, y tomando en cuenta que cada caballería abarca setenta hectáreas, la propiedad sumaba cuatrocientas noventa hectáreas: un mundo dedicado al ganado vacuno y a la siembra de maíz, frijol y trigo de la que se encargaban los medieros

mitad de lo que coseches para la hacienda y mitad para ti.

Eso y las enormes casonas plantadas en el mero centro de San Miguel, con corralones enormes y establos donde se ordeñaba al vaquerío.

¡Uta, qué barbaridad!, se cimbró Jaime cuando vio desbarrancarse a la vaquilla por su culpa, por su grandísima culpa.

también lo vieron los rancheros de la retaguardia que conducían el ganado de Cerro Grande a los pastos de agostadero del cerro de las Mesas.

Era un viaje largo iniciado a las cinco de la mañana. Cuatrocientos rancheros a caballo llevando vacas y vaquillas en manada

cuidando de que no se metan a las milpas ni a los sembradíos de trigo, cuidando de que no pierdan la ruta, cuidando sobre todo de que no se desbarranquen, ¡santa madre de Dios!, ¡Virgen santísima!

Como el padre de Jaime iba hasta adelante no se apercibió del accidente, pero sí vieron claro

los que iban cerca de él, los de la retaguardia

cómo el chamaco del alazán no pudo dar el ala y cargó sobre el ganado provocando el desbarranque de la hembra.

Lo vio José de Jesús, el hermano mayor, como lo vieron azorados una media docena de rancheros que de seguro guardarían el secreto; no lo harían culpable luego ante su padre. Dirían:

Fue un accidente, patrón.

Se espantó la vaquilla, don José, sabrá Dios por qué razón; por un coralillo, a lo mejor; por el tufo de un mapache que cruzó por ahí.

El problema principal, al fin de cuentas, era que el Güero Epigmenio cabalgaba entre el grupo y él sí que no se tragaría el secreto como los demás. Malveía a Jaime el Güero Epigmenio

lo traía entre ceja y ceja, como dicen,

porque Jaime era niño bonito, hijo de la casta de los Casillas Rábago, y sabía gracias a la escuela lo que el Güero Epigmenio

huérfano de madre e hijo de un mediero borrachín

nunca pudo aprender: eso de leer y escribir, de meterse como en sueños en los libros de la inmensa biblioteca de la casona grande.

Por eso su desquite sería fácil. Apenas llegaran a las Mesas a la hora del almuerzo, apenas desmontara de su caballo, el Güero Epigmenio se acercaría al patrón para decirle:

Yo vi cómo la Estrella se fue hasta el fondo del sumidero, don José, por culpa de su Jaime.

Esa delación del ladino la presintió Jaime casi en el instante mismo del sustazo que se llevaron todos. Su mirada se cruzó como un relámpago con los ojos de uña del Güero Epigmenio y entendió por el gesto, por la ceja levantada del resentido, que más temprano que tarde su padre se enteraría, con todos los detalles, de su maldito error.

Y vio la mueca que bien le conocía. El semblante arañado por la sorpresa primero, por el enojo después, por la rabia, por la furia, por el ansia de un castigo congelado a la distancia.

Lo imaginó sacudiendo el fuete o el cinturón; una cuerda quizá. Atorada en el cogote la palabrota que la decencia le prohibía pero que el castigo físico le desahogaba en la acción contra su hijo.

Era hombre duro el padre de Jaime, ranchero al fin, además de patrón necesitado de imponer su autoridad no sólo ante su gente de trabajo, sino con los hijos que era preciso educar a punta de regaños aunque también por medio del ejemplo. Muy suave el ademán, precisa la explicación a tiempo de cómo ir aprendiendo las mañas del ranchero en toda la extensión de la palabra: desde florear la reata para lazar un potro hasta montar a pelo un cuaco y manejar la rienda. Les enseñó, les fue enseñando poco a poco lo fácil: el distinguir las temporadas de la siembra y la cosecha, los signos de los truenos, el retumbar del aguacero a medio campo. Lo difícil después: el rito de conducir manadas rumbo a los campos de los agostaderos, de mandar que se ordeñen las vacas, de aprender de qué modo y a qué horas se hierra el ganado: con qué tompiates se agarra entre dos o tres al animal, se le tiende y engancha para clavarle a fuego la marca del herraje.

Desde la estatura de doce años de Jaime, su padre con chaparreras para cabalgar en el monte, erguido como un encino, le parecía un gigante. No lo era, por supuesto. De media alzada y flaco, nervudo, de tupido cabello, se le veía como todo un señor del San Miguel de los años cuarenta. Su autoridad se imponía como formador de su prole

ya se dijo

por regañón, por impartidor de justicia, por firme en sus decisiones,

por categórico; esa es la palabra que emplea hoy Jaime Casillas al recordarlo.

Quería hacer de sus hijos rancheros a ley, pero también hombres cultos. Y si querían irse a estudiar a la ciudad de México, como soñaba doña Carmen, Jaime tendría que llegar a ser forzosamente un abogado para emular al legendario primo hermano del abuelo, el intelectual José María Lozano: extraordinario orador, fiel a sus ideas antimaderistas dentro del grupo de Querido Moheno, Francisco Olaguíbel, Nemesio García Naranjo; secretario de Instrucción Pública durante el gobierno de Victoriano Huerta y exiliado en Cuba cuando triunfó el constitucionalismo.

Pensando en todo lo que estaba por sucederle cuando su padre se enterara de la vaquilla despanzurrada, Jaime hizo girar al alazán en sentido contrario a la dirección de la manada e inició su carrera a galope hacia San Miguel. Alcanzó a oír el grito de José de Jesús como advertencia

¡Traes el alazán, abusado!

porque ir montando el alazán de su padre; haberle ocurrido el despiste precisamente encima de ese caballo fino y sensible a cualquier orden de riendas, acrecentaba sin duda su culpabilidad en el accidente.

Oyó a su hermano y salió a galope, a galope, a galope, lejos de todo aquello, aplazando el enfrentamiento inevitable, deseando con toda el alma

si fuera posible

desaparecer para siempre de la región de Los Altos.

Jaime Casillas moja los labios en la espuma de su cerveza. Desde una terraza en el Paseo de Recoletos, en Madrid, se ha puesto a desenrollar recuerdos de hace más de cuarenta años, quién lo fuera a decir.

Jaime ha volado a Madrid (es febrero de 1990) en representación de Luis Javier Solana, quien está tratando de enganchar a los hermanos Arango a un proyecto de cine espectacular.

El andaluz Teo Escamilla (célebre fotógrafo de cine por las películas que le trabajó a Carlos Saura) quiere ahora dirigir por su cuenta y riesgo, y pensando en el quinto centenario de la aventura de Cristóbal Colón trae muy avanzados los planes de una coproducción sobre Hernán Cortés. Ya interesó a Al Pacino para el papel protagónico, jura. Ya negoció con el gobierno de Andalucía y con el Canal Plus de la tevé española para que invirtieran el cincuenta por ciento del costo total. Ya sólo falta (además del guión, que no es poca cosa) el cincuenta por ciento restante que los hermanos Arango de México están dispuestos a invertir siempre y cuando lo apruebe el hermano mayor Plácido Arango, presidente del Banco de Vizcaya: quince millones de dólares.

Por eso está en Madrid Jaime Casillas. Haciendo tiempo, bebiendo cañas en el Paseo de Recoletos en lo que llega la hora para que Teo Escamilla y Jaime se entrevisten con Plácido Arango en la suntuosa oficina empresarial.

Como si fuera un western de los que tanto le gustan a Emilio García Riera (buen amigo de Jaime Casillas), no es difícil imaginar, recordar ahora desde Madrid, la imagen de Jaime chamaco cabalgando en el alazán.

En Los Altos de Jalisco, San Miguel el Alto fue fundado por los Rábago

ascendientes de la madre de Jaime

por los Padilla, por los Alcalá, y consagrado el pueblo a San Miguel Arcángel que tiene su iglesia de corte renacentista en el mero centro, pero no de cara a la Plaza de Armas, sino por el cachete de una esquina, como la de Guadalajara.

El pueblo más importante cercano a San Miguel es Jalostitlán, que abre camino por el norte a San Juan de los Lagos y a Lagos de Moreno, y por el sur a Tepatitlán, a Zapotlanejo, a la capital Guadalajara.

En San Miguel el Alto, Jaime y sus hermanos se asomaron a las maravillas del cinematógrafo gracias a aquellos exhibidores itinerantes y gracias después a las pequeñas salas improvisadas en alguna casa próxima a la tienda o al almacén de un compadre.

Los exhibidores itinerantes aparecían una o dos veces al mes

como en la película "Vidas errantes" que en 1984 filmó Juan Antonio de la Riva inspirado en los cineros de la sierra de Durango

de la destartalada camioneta dando tumbos surgían un proyector de treinta y cinco milímetros, una sábana blanca y el laterío del celuloide enrollado.

Llegaban así como de milagro y se instalaban en la plaza de toros. Empezaba la función: los westerns gringos de John Wayne, de Gary Cooper; el cine ranchero de los años cuarenta que convertía a Los Altos de Jalisco

qué bonita es esa tierra donde yo mero nací

en un paraíso de muchachas repintadas, planchaditas, dulces como su beso final al charro engalanado, bravucón éste, empistolado y valiente, parecido a su padre en lo bronco y categórico, y de bondad sin límite cuando se trataba de imponer la justicia, la lealtad, los buenos sentimientos en grandes haciendas de lujo acabaditas de construir, llenas de luz, de malvones, de arroyos cristalinos.

Desde *Allá en el rancho grande* hasta *¡Ay Jalisco no te rajes!* y *Cuando quiere un mexicano* y *Me he de comer esa tuna*: historias en las que un ranchero guapo como el tal Jorge Negrete se ponía a cantar y a entregar alma vida y corazón por una novia

que en la pila del bautismo al echarle agua bendita la guardaron para mí

Jaime y sus hermanos se empacharon de películas dizque ambientadas en Los Altos de Jalisco embellecidos, transformados en un edén que poco tenía que ver con la realidad, pensaba Jaime.

Unos Altos de Jalisco muy distintos también a los vividos por el abuelo don Silviano Casillas Lozano, por el propio padre de Jaime tal vez durante el fragor de la reciente cristiada; aún caliente, sabe Dios, el rescoldo de las fogatas.

No eran para olvidarse así como así aquellos días de sangre, cuando en enero de 1927 el general Enrique Gorostieta fue nombrado en un lugar secreto de Los Altos Primer Jefe del Ejército Libertador, y obligado a medirse al tú por tú con el general Joaquín Amaro, secretario de Guerra del gabinete de Calles, y a cuyas órdenes combatía contra los cristeros de la zona el implacable general Ferreira.

Se incendiaron Los Altos con la guerra como un mezquite en llamas.

Ferreira organizó la penetración con cuatro columnas mixtas y combatió rudamente

narra Jean Meyer el historiador

en Cuquío, Valle de Guadalupe, Jalostitlán y San Julián. En San Julián

casi a tiro de piedra de San Miguel el Alto

los cristeros aniquilaron al 78 regimiento del general Espiridión Rodríguez Escobar y sus habitantes recibieron a los rebeldes triunfantes con repique de campanas.

El presidente Calles enfureció, se quiso morir. Acababa de decir que Jalisco era el gallinero de la República, y José Encarnación López le respondió

le dijo a Jean Meyer

que de ese gallinero le salieron al señor presidente puros gallos de pelea a picotear a sus pelones.

Por el runrún de las tías beatas y el chasquido de los ancianos, Jaime conocía cachos de aquellas historias; incluso oyó cantar por ahí, a un ciego de San Miguel, el viejo corrido de *El combate de San Julián* que en tiempos de la cristiada costó a un trovero en el despiste ser pasado por las armas cuando un militar callista se lo oyó cantar a capela.

Jaime soñaba entonces

si soñar se entiende como sinónimo de ambicionar, de desear, de aspirar, de meterse

en las imágenes de aquellas películas proyectadas sobre la sábana blanca de los cineros itinerantes para convertirse en el ranchero enamorado de una muchacha más linda pero no tan real como la Jacinta de la calle de enfrente y cambiar, rectificar el rumbo de una historia inverosímil. Le gustaría contar de a de veras la biografía de Los Altos. Los episodios de la guerra cristera. Los westerns de los hombres de a caballo.

Terminé filmando dos westerns, dice Jaime Casillas en la terraza del Paseo de Recoletos: "Tierra de rencores" en 1986 y "La leyenda del manco" en 1987. No son grandes películas pero son dos historias de hombres de a caballo, porque el caballo fue para mí, desde niño, mi universo natural.

Mejor el cine a quedarme en el rancho huyendo de mi padre y corriendo a galope para salvarme de sus regaños. Mejor el cine (insiste) a quedarme a conducir a las agotadoras vaquillas que se desbarrancan de pronto y ruedan hasta el arroyo seco.

La sábana-pantalla de los cineros itinerantes en la plaza de toros se le metió en el alma como obsesión, y cuando el chamaco Jaime llegó a San Miguel

en lugar de volar hacia los sueños o de seguir rumbo a Jalostitlán y Guadalajara, o de largarse a quién sabe dónde de qué remoto país

el dolorido escuincle fue a refugiarse en el único lugar seguro contra la tormenta: la casa grande y los brazos amorosos de papá abuelito: don Silviano Casillas Lozano.

Pues qué pasó.

Pues que esto y que lo otro, le fue contando Jaime.

¿Y por qué no se lo dijiste a tu padre?

Usted ya sabe cómo es él, papá abuelito.

Las cosas que se hacen, buenas o malas, hay que enfrentarlas.

Me va a matar, dijo Jaime y se le chorreó una lágrima por el cachete.

Nadie te va a matar, dijo papá abuelito mientras lo apapachaba como cuando era un niño al que le ganaba la pipí.

Pide una segunda cerveza, hay tiempo. En dos horas regresará al hotel Victoria de la Plaza Santa Ana donde Teo Escamilla pasará a recogerlo. Almorzarán un bocadillo y se irán con toda calma a la entrevista.

Teo se ve muy confiado, dice Jaime Casillas. Ha desarrollado un poder de convencimiento verdaderamente asom-

broso, más ahora que se dejó crecer esa barba de conquistador y acciona y gesticula como el mismísimo Hernán Cortés negociando con el cacique gordo de Cempoala o defendiendo sus derechos ante el rey de España. Dejó boquiabiertos a los Arango de México y a Luis Javier Solana, y seguro va a entusiasmar a don Plácido. Ni siquiera será necesario demasiado esfuerzo. Flota en el ambiente un acuerdo unánime en la importancia de este Quinto Centenario del Encuentro de Dos Mundos que una película sobre Cortés, así como la planea Teo Escamilla, como gran superproducción entre México y España, se antoja un espectáculo conmemorativo, necesario, obligado, impostergable.

La magia del cine es así, dice Jaime Casillas. El milagro se produce cuando debe producirse y ya está. Surge como un encantamiento y hechiza a los que toca sin que puedan resistirse. Engancha, enferma, embruja.

El cine me embrujó, dice Jaime Casillas.

Se quedó por un rato en la casa de don Silviano, amparado por las enaguas de la abuela Micaela

que las traía bien puestas

y al otro día fue a enfrentarse con su padre como le había recomendado papá abuelito.

Entró por atrás de la casona familiar de la calle Morelos, justo enfrente de la Escuela General Ramírez donde había estudiado la primaria con sus tías como maestras. La casona se extendía hasta la otra cuadra. Por ahí se llegaba directo al corral y a los inmensos establos en los que se ordeñaban las vacas.

Su padre estaba de espaldas, de pie, mirando la hilera de ordeñadores quienes en cuclillas o en poyos de viga masturbaban las ubres de las vacas hinchadas por esa leche bronca que escurría a chorros dentro de las cubetas.

Avanzó despacito, tratando de no hacer ruido, pero su padre se dio la vuelta de repente como si sus oídos fueran capaces de escuchar, entre el berrido ensordecedor de las vacas, los suspiros agitados del segundo de sus hijos que llegaba hasta él.

Don José traía una pajuela en la comisura de la boca que arrojó al piso. Su semblante quemado por el sol no manifestaba expresión alguna.

Vaya, te apareciste por fin.

Aquí estoy.

Ahora vendría el estallido de los regaños frente a los ordeñadores. Tal vez una bofetada en pleno rostro.

¿Vienes a decirme algo?

Yo tuve la culpa de la vaquilla.

Seguramente Don José había hablado ya con papá abuelito porque no hubo explosión alguna de violencia. Sólo una frase dura, categórica:

Nomás te digo que en cuatro meses, las veces que vengan los cineros, tú no vas a ir a ver películas.

Su padre se dio la vuelta y abandonó el establo, rumbo a la casa.

Jaime se mantuvo de pie mirando la cabezota de una vaca tranquila ya por el alivio de la ordeña.

Pensaba en la potranca árabe prieta.

Para largarse de una vez de San Miguel necesitaría venderla, con todo el dolor de su corazón.

Lo había decidido ya. Mejor dicho

lo estaba decidiendo en ese mismo instante.

La tal potranca árabe prieta, finísimo animal, era el producto de una yegua de las caballerías de papá abuelito, a la que habían cargado con el garañón árabe de don Daniel Franco. Apenas parió la yegua, papá abuelito regaló a Jaime la potrilla. Era su tesoro. La limpiaba todos los días. La cuidaba. Aún no cumplía tres años.

Y tendría que venderla, ni modo.

Como decía papá abuelito:

¿Para cuándo son los bienes? Para remediar los males.

Porque si era cosa de largarse de verdad, Jaime no se iba a conformar con un salto nomás a Guadalajara. Lo encontrarían a la semana. Se iba a ir a lo grande, a la mera capital de la República donde hay futuro a montones. Se lo dijo a José de Jesús, y a José de Jesús se le brincaron los ojos, se le alborotó el pensamiento.

Yo me voy contigo

dijo su hermano mayor apropiándose de la noticia.

Entre los dos vendieron a escondidas la potranca árabe prieta de Jaime; les dieron un bonche de billetes

y los dos se fugaron de la casona familiar

como los chamacos de una novela de aventuras

una noche negra como trapos de viuda.

Ahí abordaron un camión de La Alteña que hacía la ruta hacia Jalostitlán. Y de Jalostitlán emprendieron el largo camino hacia la ciudad de México.

Jaime Casillas se levanta de la mesa. Entrega al camarero un billete de cien pesetas. Deja una propina generosa y enciende un cigarrillo de los que ha fumado siempre. Mientras cruza la Cibeles rumbo a la calle de Alcalá va pensando, recordando todo lo que necesitó para hacer una carrera cinematográfica.

Primero, completa sus estudios en la Secundaria 4 de San Cosme, y en la Escuela Nacional Preparatoria ve en el teatro amateur de sus compañeros un camino para aproximarse al cine. A los veintiún años ingresa en la Facultad de Filosofía y Letras de la UNAM. Se da tiempo, entonces, para asomarse a los estudios cinematográficos de Churubusco donde se ofrece de lo que sea: de chinchihuilla, que así les dicen a los que jalan cables para el iluminador, a los que ayudan a mover el dolly, a los que van por las tortas y los refrescos, a los que están en todo, dispuestos a todo, con tal de aprender cómo filman Fernando de Fuentes, Juan Bustillo Oro, el Indio Fernández. Y él aprende mientras gana un premio en 1958 por una obra de teatro de su autoría, con un jurado de primera: Salvador Novo, Julio Prieto, Antonio Magaña Esquivel, Celestino Gorostiza, Emilio Carballido. Entonces empieza a escribir guiones de cine gracias a su amistad (que con el tiempo se vuelve entrañable) con Julio Alejandro, guionista de Buñuel. En coautoría con Julio Alejandro, al empezar los años setenta, escribe "El jardín de tía Isabel" de Felipe Cazals: la cuarta película del genial Cazals sobre los sobrevivientes españoles de un naufragio, en el siglo dieciséis, sobre las costas de Quintana Roo.

Ahí se sumerge y se compenetra por vez primera en un cine de época: ése que relata los avatares de la implacable conquista; ése en el que trabajará ahora como productor ejecutivo del Hernán Cortés de Teo Escamilla a quien hace unos meses, en México, llevó a conocer los estanques de las nuevas instalaciones ecológicas del Lago de Texcoco, a un lado del aeropuerto, donde se podrá filmar con la cámara a ras de agua las batallas entre aztecas y españoles.

(Se entusiasmó Teo Escamilla: es una idea fenomenal.)

Sobre el siglo dieciséis Jaime Casillas dirige la filmación en 1985 de "Memoriales perdidos" (historia de un fraile agustino alucinado, en éxtasis divino por las yerbas proporcionadas por un tlacuilo), que le merece cuatro Arieles.

No sólo, pues, Jaime dirige y escribe cine. También es un productor eficaz, hábil para distribuir y proteger los dineros. Lo fue de Arturo Ripstein ("Mentiras piadosas") y lo será de Alberto Isaac ("Mujeres insumisas"), una vez que demuestre su capacidad, a nivel internacional, de la superproducción de este nuevo conquistador del cine mexicano.

Al llegar a la ciudad de México sintieron frío. Del quemante sol de San Miguel el Alto brincaban a la nubosidad y al viento nocturno de la metrópoli desafiante. Empezaba a lloviznar.

Jaime traía la dirección del hotel Amatlán en el mero zócalo, sobre el cachete derecho de la catedral. José de Jesús: la dirección del Hipódromo de las Américas, donde trabajaba Segundo Barba, un ranchero de San Miguel que sabía todo sobre caballos. Desde muy escuincles les enseñó las artes del jineteo, las mañas de los animales, el ojo para saber qué siente, qué quiere o no quiere una yegua, un potro, con sólo traducir sus resoplidos.

Si Segundo Barba se fue de San Miguel fue porque también él buscaba nuevos horizontes. Y no le representó problema alguno encontrar trabajo en el hipódromo capitalino.

Ahora manejaba la cuadra de Miguel Moreno y Jesús González, que tenía pura sangre campeones como Lorien, El Bandido, Serrorricha.

A Segundo Barba fueron a ver Jaime y José de Jesús, y Segundo Barba recibió con abrazos y achuchones a los hermanos

se notó que le daba muchísimo gusto, para qué más que la verdad

eran como sus entenados

como sus hijos

porque si algo costó trabajo a Segundo Barba cuando se largó de San Miguel fue dejar en la orfandad a esos chamaquitos a los que enseñó a montar y a hacerles sentir que habían nacido a caballo

y cómo aprendieron los condenados pollitos

se sentía orgulloso y hasta se le escaparon ahora los lagrimones, no por viejo chilletas (se disculpó) sino porque andaba con una enfermedad de los lagrimales.

Bueno, pues, qué andan haciendo.

Le contaron de su fuga, de su padre intolerante, de las cabronadas del Güero Epigmenio

pero sobre todo de sus ganas de abrirse paso en la vida, no de quedarse nomás en el rancho, porque un rancho no es la vida ni el mundo dijo Jaime

el mundo es mucho más grande, don Segundo. Es esta ciudad que se te viene encima apenas caminas por ella, que no es como caminar por el rancho, usted sabe.

Bueno, pues, y qué buscan aquí.

Queremos ser jockeys, dijo Jaime.

¿Usted puede hacernos jockeys?, preguntó José de Jesús.

Fue cuando Segundo Barba soltó una carcajada que allá en San Miguel habría tronado y retronado hasta la barranca.

No sean brutos.

Un jockey no se hace de la noche a la mañana y ahí en el Hipódromo de las Américas había más jockeys que caballos pura sangre. Don Segundo Barba les habló de los grupos cerrados, de las mafias, de los sindicatos que no dejan entrar fácilmente a los nuevos; porque aquí se hacen muchas transas que ustedes no están para saber ni yo para contarles

(lo aprenderían después en el ambiente de cine, donde tampoco se permitía dirigir o trabajar a los nuevos así como así

lo aprenderían después, pobres chamacos).

Don Segundo Barba les mostró el hipódromo de arriba abajo. Primero los pura sangre de la cuadra de la que estaba a cargo.

A José de Jesús y a Jaime se les iban los ojos: por sus crines de muchacha bonita, por sus belfos de espuma, por sus lomos impávidos, por sus pezuñas de plata. Los acariciaban con la sedosidad de manos acostumbradas a consentir caballos que saben de antemano si el jinete está dispuesto o no a hacerse uno con ellos en la cópula de la carrera.

Qué preciosidad, dijo Jaime cuando palmeó la grupa de Alaflauta.

Si quieren fregarse, dijo Segundo Barba, lo que se dice fregarse de las cinco a las siete de la mañana por lo menos, yo les ofrezco trabajo aquí. Aquí pueden quedarse a dormir.

Lo que sea, dijo de golpe José de Jesús.

En los cuatro hijos varones del padre de Jaime prendió el virus de los cineros itinerantes que de vez en vez llegaban a San Miguel con sus cámaras de magia. Más temprano que tarde, José de Jesús, Mario y Alejandro estudiaron en la escuela de Bellas Artes y se convirtieron en actores.

José de Jesús eligió como nombre artístico el de Gregorio Casal, y en 1967 debutó en el cine en "Alerta, alta tensión" de Alfonso Corona Blake. Se hizo intérprete protagónico, galán rompecorazones, siempre extraordinario jinete que no necesitaba de dobles para actuar a caballo en películas de su hermano Jaime. Luego adquirió gran fama encarnando a Chanoc, célebre personaje de cómic, en la saga de películas que filmó Gilberto Martínez Solares.

Sin desprenderse de su apellido Casillas, Mario se orientó al teatro y después a la televisión. Trabajó en obras memorables: "La colección" de Pinter, "Yo también hablo de la rosa" de Carballido, "Los asesinos ciegos" de Héctor Mendoza, "Un tranvía llamado deseo" de Tennessee Williams, y decenas de telenovelas.

También Alejandro trabajó en el teatro y en el cine, aunque no alcanzó el éxito de sus hermanos. Utilizó únicamente el apellido materno para crear su nombre artístico: Alejandro Rábago.

Todos los días antes de que amaneciera

para vencer el espionaje que se llevaba a cabo entre todas las cuadras como les había explicado Segundo Barba:

Porque aquí todos quieren saber cómo andan los caballos vecinos con los que van a competir los suyos, y hasta tratan de hacerles maldad y media; porque aquí todos quieren sacar ventaja; porque aquí hay mucho billete de por medio y es el billete lo que rifa, sépanlo bien.

Todos los días, pues, antes de que amaneciera, los chamacos sacaban de la caballeriza a uno o a otro pura sangre y lo llevaban a un tramo de la pista. Llevaban cada quien una linterna sorda y un cronómetro. Jaime se ponía en un extremo y José de Jesús en el otro, digamos a un furlong o a dos furlongs, según. Con la linterna se daban señales cuando soltaban al caballo y lo lanzaban a correr libremente, y con el cronómetro marcaban el tiempo que hacía, de ida y de vuelta.

Luego, en las caballerizas, limpiaban los pura sangre, los cepillaban, les medían el peso, les daban de comer, les cuidaban la dieta.

Así todos los días durante semanas, meses.

Segundo Barba estaba contento con Jaime y con Jesús, pero ellos pensaban en algo distinto a esas faenas que al fin de cuentas no significaban un trabajo radicalmente distinto a los que realizaban en la hacienda Mirandilla.

No se habían largado del rancho para seguir entrenando cuacos, por muy pura sangre que fueran estas yeguas esclavas de un negocio de otros. Se habían fugado para romper precisamente un destino,

para saber qué puede haber más allá del olor a estiércol de las caballerizas.

Y aunque el hacer lo que sabían hacer en esos verdes años de adolescencia los hacía recibir una buena paga

dinero suyo, dinero verdaderamente propio ganado a ley

esa buena paga sólo servía a Jaime y a José de Jesús para juntar un guardadito de billetes con el objeto de comprarse más tarde, algún día, el premio de su ilusión.

Una ilusión que se llamaba conocimiento,

porque querían estudiar.

Una ilusión que habría de ir tomando forma de actividad artística tan pronto salieran a la vida adulta como liebres espantadas, y apenas descubrieran en los berrinches de la ciudad una manera de hacerse otros en los seres imaginados por la fantasía, por la imaginación, ahora sí que por el arte creativo.

Quién sabe qué querían, pero querían algo distinto a los recuerdos del rancho.

Y necesitaban descubrirlo.

Jaime Casillas está llegando por fin al hotel Victoria. Casi al mismo tiempo aparece Teo Escamilla, elegante, vestido de gris, oliendo a lavanda. Se abrazan como deseándose suerte. Almuerzan un bocadillo en el restorán del hotel, y como dos toreros partiendo plaza emprenden el recorrido hacia la oficina de don Plácido Arango.

Se ven tranquilos, optimistas. No saben todavía lo que está por ocurrir.

Puntual, don Plácido los recibirá todo sonrisas, todo apretón de manos. Un café. Un whisky. ¿Qué les apetece tomar?

Preguntará a Jaime por Luis Javier Solana; tal vez por esa extraordinaria biografía de Hernán Cortés (le ha dicho Carlos Fuentes) que José Luis Martínez acaba de publicar en el Fondo de Cultura Económica. Jaime asentirá, repetirá el epíteto extraordinario aplicado al libro y prometerá a Plácido enviarle un ejemplar desde México, lo más pronto posible.

Justo a la mitad de ese intercambio de palabras, Teo Escamilla se pondrá de pie para interrumpir ese vacuo chachareo y entrar de lleno al tema de la entrevista; es decir, a la gran película que va a filmar en ocasión del quinto centenario del descubrimiento de América.

Agitándose por el amplio despacho, extendiendo los brazos como si quisiera abarcar la esfera de todo el planeta, alzando su voz de andaluz incontenible, hablará al mismo tiempo de sus pláticas con Al Pacino y de las locaciones naturales en Quintana Roo, en Cáceres, en Santiago de Cuba donde gobernaba don Diego de Velázquez. Dirá de las tropas del conquistador avanzando por el Paso de Cortés y de una cámara que asciende por la escalinata de la pirámide mayor hasta encontrar a los sacerdotes aztecas en el momento de encajar sus dagas de pedernal sobre un pecho tlaxcalteca.

Será don Plácido Arango quien interrumpirá ahora la brillante perorata de Teo Escamilla.

¿Cuánto dinero necesitan de mí?

Teo Escamilla se verá obligado a bajar la mano con la que parecía empuñar la daga de pedernal:

Quince millones de dólares.

Quince millones de dólares es mucho dinero, dirá don Plácido.

No para una producción como ésta que va a costar cuarenta, dirá Teo Escamilla.

Yo acabo de invertir cien mil dólares para un programa de Carlos Fuentes, dirá don Plácido, pero cien mil dólares no tienen nada que ver con quince millones. Además, yo no soy productor de cine. Si me propusieran un negocio de restaurantes, lo pensaría, ¿pero una película?

La sonrisa de don Plácido Arango será como un remache de fuego a su negativa. Seguirán hablando un rato más, por supuesto (de los Arango de México, de la comisión española del quinto centenario, de conocidos comunes), pero esa sonrisa, entre irónica y evasiva, se mantendrá hasta el final de la breve entrevista.

Adiós adiós.

Y a la chingada, pensará Jaime Casillas.

Habían terminado ya el entrenamiento diario, y sobre la enorme pista oval una pipa tanque empezaba a regarla con sus aspersores horizontales. José de Jesús cepillaba las ancas de El Bandido mientras Jaime se veía preocupado por la pezuña delantera de una potranca que le recordaba a su yegua árabe. Tenían un radio encendido: cantaba Toña la Negra.

Un ruido como el derrumbe de una columna de pacas apagó por momentos la música. Jaime giró el cuerpo, se levantó y a diez pasos de distancia, en la entrada de las caballerizas, distinguió una figura inmóvil como una estatua. El padre de Jaime se hallaba ahí, delante de Segundo Barba. No traía sombrero y vestía pantalón de pana, botas cortas de campo y chamarra de gamuza. El semblante congelado era el de siempre:

se retardaba en expresar sus emociones.

Jaime y José de Jesús no se atrevían a moverse. Estaban en el asombro, tenían miedo. Hasta que su padre convirtió en sonrisa una mueca, rebanó la distancia,

y fue a trenzarse con sus hijos en un garabato de cariño.

Ése era el final glorioso, pensó Jaime, de la leyenda de su juventud.

De religión

El mínimo y pobre Tomás Gerardo Allaz

1

Aún no se oían en México los estallidos de la teología de la liberación cuando ya abundaban aquí los sacerdotes cuyo compromiso con los pobres los situaba muy a la izquierda del pensamiento común de la jerarquía eclesiástica. Uno de ellos era Tomás Gerardo Allaz. Había nacido en Suiza, en 1916, aunque se decía francés. Pertenecía a la Orden de Predicadores de Santo Domingo, pero a causa de no sé qué dificultades con su provincial Jaime Gurza, se acogió a la tutela del obispo de Cuernavaca, Sergio Méndez Arceo, y oficiaba misas y cumplía con sus imperativos sacerdotales con plena libertad. Su obsesión era la pobreza: trabajar para los pobres, identificarse con los pobres, ser pobre hasta extremos inauditos.

Conocí a Allaz cuando yo empezaba a trabajar en *Revista de Revistas* de *Excélsior*. Por conducto de Miguel Ángel Granados Chapa, a quien el dominico respetaba y quería muchísimo, me envió el segundo de sus libros, *La iglesia contra la pared*, que me provocó un sacudimiento existencial. En él, como en muchos de sus ensayos y de sus textos para Radio Universidad, Allaz instaba a la clase sacerdotal a convertirse a la pobreza. Repetía, con el cardenal Lefebvre: *La iglesia no será la iglesia de los pobres sin ser pobre de verdad ella misma*. Y remataba por su cuenta: *Es un escándalo permanente que una parte importante de las actividades sacerdotales esté acaparada por una profusión de ceremonias suntuosas: piadosas mundanidades, frívolas mocherías, fetichismos costosos, al alcance exclusivo de la gente acomodada y con humillación de los pobres.*

Y Allaz predicaba con el ejemplo. Vivía en un cuartucho de azotea en la colonia de los Doctores, calzaba huaraches y se protegía únicamente —incluso en las temporadas de frío extremo— con delgadas camisas de manga corta. No recibía más salario que los exiguos estipendios merecidos por sus textos para Radio Universidad y sus eventuales artículos en los periódicos. Se trasladaba de un lado a otro a pie —a pie recorrió alguna vez el Petén guatemalteco, entre indígenas— o en autobuses del servicio público, jamás en taxis porque los taxis, decía, son inalcanzables para los pobres.

Hablé por primera vez con Allaz en el café Palermo de la calle Humboldt, a pocas cuadras de los edificios de *Excélsior*. Granados Chapa me había sugerido que lo invitara a escribir un artículo quincenal en la nueva *Revista de Revistas*, y para ponernos de acuerdo le sugerí tomarnos un café, aunque él prefirió un té de manzanilla.

Era un hombre de mediana estatura, delgadísimo, enteco, de facciones angulosas: su nariz repetía el gancho nasal de un típico francés. Me recordó de inmediato a los quijotes de las ilustraciones de Doré. Tenía entonces 54, 55 años, pero ya le brillaban canas en su cabello ralo, como de sardo o de sacerdote obrero de los tiempos preconciliares.

Cuando le estreché la mano para saludarlo, me dio un rápido tirón hacia abajo. Me sorprendió el ademán. Él se dio cuenta y en su castellano afrancesado, muy afrancesado a pesar de llevar más de siete años en México, intentó una explicación:

—Perdón. Es para que la gente no intente besarme la mano.

—Yo jamás le besaría la mano a un cura —dije—, ni de broma.

—Hablo de la gente pobre —replicó él.

Tomamos asiento para compartir el té de manzanilla y el café exprés. Saqué del bolsillo mi cajetilla de cigarros. Encendí uno. Dejé la cajetilla sobre la mesa. Allaz la miró con detenimiento: parecía la primera vez que miraba una cajetilla de Marlboro.

—Ohlalá —sonrió. Y se dio el gusto de acentuar su estribillo francés: —Ohlalá, cigarrillos americanos. Usted consume las marcas del imperio, ohlalá.

—Fumo lo que hay. Casi todas las marcas son transnacionales y no me gustan ni los Delicados ni los Alas ni los Faros.

Allaz mantenía sobre mi rostro el alfilerazo de su risita irónica. Era obvio: se estaba burlando de mí. Ahora lo hacía por la marca de mis cigarrillos; en otra ocasión por una chamarra de cuero: "ohlalá, viene vestido de burgués"; más tarde por unos soldaditos de plomo que compré en La Lagunilla y ordené en formación sobre una mesita de mi oficina, junto al sofá para las visitas: "ohlalá, juguetes bélicos, un homenaje a la guerra"; finalmente porque una tarde me encontró saliendo del Ambassadeurs, un restorán encajado en la planta baja del edificio de *Excélsior*: "ohlalá, comiendo con empresarios".

Desde que la cajetilla de Marlboro preludió aquella, nuestra primera conversación, entendí que yo no era persona grata a Tomás Gerardo Allaz. Y viceversa. Quizá fuera así de irónico con todos, pero qué carajos, a mí no me hacían gracia sus sarcasmos, menos si se tomaba en cuenta la situación entre ambos: yo iba a darle cada quincena un espacio en *Revista de Revistas*; yo iba a pagarle puntualmente sus artículos; yo era su empleador, lo viese como lo viese, y merecía su respeto, que no me chingue. Además, lo admiraba de veras por su libro que me leí de una sentada, por su postura crítica frente a la jerarquía eclesiástica y por las muchas virtudes que Granados Chapa me había encomiado en relación con su trayectoria sacerdotal. Y así se lo dije esa primera vez, sin reparos. Aunque eso sí, ni en ese momento ni en ningún otro de nuestra larga relación, de más de treinta años, le llamé padre Allaz, como le decían muchos; ni don Tomás, como le decían Julio Scherer y la mayoría de mis compañeros periodistas. Para mí siempre fue Allaz, a secas. Allaz, y se acabó.

2

Era una verdadera lata la presencia de Allaz en las oficinas de *Revistas de Revistas*. Llegaba para comentar algún suceso nacional o internacional que violentaba los derechos de los obreros, que exhibía las barrabasadas del Vaticano, que ejemplificaba la sistemática opresión a los pobres o para entregarme su artículo quincenal. No se conformaba con entregármelo y ya. Me pedía —con mucho comedimiento, eso sí, aunque sin poder evitar alguna de sus malditas pullas— que se lo corrigiera de inmediato, en presencia suya. Aunque su redacción en castellano era por general correcta, lo atormentaban dudas de sintaxis, de vocabulario, y necesitaba por eso localizar en vivo tales faltas, rehuir los giros afrancesados que continuamente se le colaban como duendecillos traviesos, decía.

—¿Por qué está mal el verbo soplar? ¿Por qué *carismático* y no *místico?* ¿Por qué debo poner aquí punto y coma?

Así. Lo tenía a mis espaldas, enchinchándome. Cada modificación exigía un razonamiento detallado con los peligros consiguientes: convertir cada sesión en una clase de gramática y no en una simple corrección de estilo.

El preámbulo a las frecuentes visitas de Allaz se me antojaba poco menos que una pesadilla. Lo oía cruzar con su ohlalá la sala de redacción —¡ya llegó otra vez Allaz, carajo!— y nudillear luego, inútilmente, sobre la puerta siempre abierta de mi oficina.

—Perdón, ¿está muy ocupado? Oh sí, ohlalá, ya vine a interrumpirlo, perdón. ¿Lo espero? ¿Quiere que regrese más tarde?

—No no, Allaz, adelante.

—Perdón, por favor. Se ve que está escribiendo una obra de teatro muy importante, ¿verdad? Mejor regreso después.

—Dígame qué se le ofrece.

Ahora no era un artículo por corregir sino un acontecimiento de primera importancia. Cerca de su barrio una familia pobre, sin recursos, había sido lanzada a la calle por los casatenientes sin escrúpulos que de continuo se ensañan —¿se dice así?— con los habitantes de sus vecindades. Era tema para una denuncia en *Revistas de Revistas*, o mejor en *Excélsior*.

Ya estaba casi encima de mi escritorio cuando agregó:

—Propóngaselo a don Julio Scherer, por favor.

—Propóngaselo usted.

—No, yo no me atrevo a molestar a don Julio por un asunto personal. Él está muy ocupado con los altos temas de la política.

—Dígaselo entonces a Granados Chapa.

—¿A Miguel Ángel? Ah, bueno, sí. Él es muy sensible para esos dramas. Parece una historia de todos los días, pero es una tragedia en las vecindades pobres; precisamente porque ellos no tienen voz, no tienen a nadie que los defienda; sufren lanzamiento tras lanzamiento y a los casatenientes los amparan abogados que no se tientan/

No dejaba de hablar y hablar Allaz en cada una de sus visitas a *Revista de Revistas*. A veces, en son de broma, Ignacio Solares y Francisco Ortiz Pinchetti —a quienes del mismo modo acosaba con su recuento de injusticias— hacían planes para juntar a Tomás Gerardo Allaz con otros parlanchines que también llegaban con frecuencia a nuestro semanario para monologar sin freno.

—¿Qué pasaría si reunimos a Allaz con Pepe de la Colina o con Armando Suárez? —elocuentes a cual más—. ¿Qué pasaría? —preguntaba picarón Nacho Solares.

—Sería fabuloso, pero no es fácil que coincidan —replicaba Ortiz Pinchetti.

Una tarde resulto fácil, como a eso de las dos pe eme, cuando ya nos íbamos a comer. Soportaba yo la verborrea justiciera de Allaz, cuando se presentó de improviso el psicoanalista carusiano Armando Suárez. Los presenté de inmediato y con el solo tema de la presentación iniciaron la esgrima del "yo leí su ultimo artículo, padre Allaz, y me pareció que daba usted en el centro de la problemática", y del "yo sé que usted salvó de una crisis a la señora Macedo, no sé si se acuerde que la pobre mujer"/

—Sólo nos faltó Pepe de la Colina —dijo riendo Solares mientras huíamos por el elevador rumbo a nuestras respectivas casas. Era muy posible que los encontráramos todavía ahí, intercambiando soliloquios, al regresar de comer.

3

Los artículos quincenales de Tomás Gerardo Allaz en *Revista de Revistas* no tenían la enjundia de sus críticas en *La iglesia contra la pared.* Como Stanley Ryan, escribía casi siempre sobre temas internacionales —para no ser acusado de extranjero entrometido en la política mexicana—, y sus señalamientos a obispos y cardenales eran mesurados. Cuidaba los calificativos, atemperaba toda acusación directa, se valía de la sutileza para soltar golpes que pocos lectores detectaban.

Un día, en el balconcito de la dirección de *Excélsior* por donde nos asomábamos a Paseo de la Reforma, pregunté a Julio Scherer:

—¿Qué te parecen los artículos de Allaz?

—Nunca los leo, son aburridísimos.

—El de esta semana/

—Si no fuera por el licenciado Granados —me interrumpió Julio—, yo te pediría que sacaras a don Tomás de *Revista de Revistas*.

No era Miguel Ángel Granados Chapa —quien bautizó a su primogénito con el nombre de Tomás Gerardo— el único protector incondicional de Allaz. También Froylán López Narváez, Samuel del Villar, Rafael Rodríguez Castañeda y Enrique Rubio le profesaban admiración y respeto. Para mí que el sacerdote fungía para ellos como confesor, como director espiritual, al menos como un consejero que los ayudaba a resolver problemas conyugales o familiares.

Nada sabía yo de la posible vida espiritual de Allaz. Seguramente era un hombre de oración aunque sobresalía su calidad de etnólogo y antropólogo —así se presentaba ante los demás— por encima de preocupaciones místicas o teológicas. El eje de su conducta —ya dije— era mostrarse como un pobre entre los pobres y evangelizar con el ejemplo.

Así se lo expliqué a Julio esa vez. Meneó la cabeza antes de hablar.

—No me gustan los santos —dijo. Y abandonamos el balconcillo.

4

El gerente de *Excélsior*, Hero Rodríguez Toro, nos invitó a su hijo Hero, a Froylán López Narváez, a Miguel López Azuara y a mí a comer en el restorán del hotel Del Prado.

Ya nos habían tomado nuestras respectivas órdenes —además de las botellas del Chatteneuf du Pape que había pedido para todos el gerente— cuando escuchamos una soterrada discusión en la entrada del salón.

Volví la cabeza. Ahí estaba Allaz —invitado también por Rodríguez Toro, hasta entonces lo supe— detenido y discutiendo con el capitán de meseros. Quizá porque vestía como siempre pantalón de dril, huaraches y su camiseta de manga corta, el responsable no lo dejaba entrar.

Froylán fue rápidamente al rescate y Allaz terminó sentándose junto a mí, avergonzado, dijo, por el breve zafarrancho que había originado.

—Perdón, perdón —no dejaba de disculparse.

—No, don Tomás, no faltaba más —le dijo Hero Rodríguez Toro—. Usted es nuestro invitado.

—Perdón, porque además llegué tarde —replicó Allaz—, pero es que me vine caminando desde la Guerrero para ver a la gente que no tiene dinero para el camión y recorre a pie la ciudad. —Y su semblante se iluminó con un rayo de humildad.

Enfurruñado y servil, el capitán de meseros se aproximó para tomarle la orden.

—¿Qué va a pedir?

—Una sopita de fideos —respondió Allaz.

—¿Sopa de fideos?

—Si no tiene fideos, un consomé por favor.

—¿Y después?

—Nada más la sopa de fideos o el consomé.

—¿Y de beber?, para empezar.

—Solamente un vaso de agua —dijo Allaz y miró hacia el capitán: —Muchas gracias y perdón por haberlo molestado.

Yo había pedido un coctel de ceviche y un sirloin de 350 gramos, pero la presencia de Allaz me cohibió. Cambié la orden. Pedí pescado a la plancha. Suprimí el ceviche.

5

Esa mañana Allaz se había sentado frente a mi escritorio —casi siempre se mantenía de pie— como para conversar detenidamente.

—En dos semanas no voy a escribir para la revista —dijo.

—No me diga que se va de vacaciones, Allaz. —Y aproveché la oportunidad, era de oro: —Seguramente a Acapulco, ¿verdad? Al sol, a la playa.

—Me van a operar las encías, tengo una infección. Me van a abrir la encía de arriba, y rasparme, y después la encía de abajo, y rasparme.

—Ah sí, es una operación muy latosa —dije—, a mí me la hicieron alguna vez. Pero se repone muy pronto, el mismo día. Va a poder escribir sus artículos tranquilamente.

—Es muy dolorosa —dijo Allaz.

—Qué va. Con la anestesia no se siente nada.

—A mí no me van a poner anestesia.

—Pero por qué.

—Mientras los pobres no tengan acceso a la anestesia yo no puedo usarla.

En otra ocasión, varios meses después, Allaz llegó a la revista en un estado lamentable. Traía moreteadas la cara y los brazos, hinchazones por todas partes, un ojo cerrado, el otro enrojecido y lagrimeante. Cojeaba.

—Pero qué le pasó, Allaz, ¡válgame Dios! ¿Lo asaltaron?

—No no no. Nada, nada.

—¿Lo atropelló un carro?

Volvió a negar con la cabeza, extrajo del bolsillo trasero las cuartillas dobladas de su artículo, me las entregó y se fue rápidamente de la oficina.

Mari García, Dolores Cordero y Manolo Robles se alarmaron muchísimo. Nada quiso explicar a nadie. Froylán López Narváez me contó después.

Esa mañana —según Froylán— Allaz caminaba tranquilamente por la calzada de Tlalpan cuando algo llamó su atención. Se detuvo. Frente a una caseta telefónica se estiraba una larga fila de gente en espera de turno. Un hombre trajeado monopolizaba el uso del teléfono.

Largo rato contempló Allaz la escena. La gente espere y espere, y el hombre trajeado entrampado en una charla interminable dentro de la caseta. Allaz no tenía llamada que hacer ni razón alguna para formarse en la fila. Permanecía de pie, como testigo de la injusticia.

Por fin se decidió. Se aproximó a la caseta por un cachete lateral y nudilleó sobre el vidrio. El hombre se volvió extrañado, sin dejar de hablar por teléfono, para mirar con furia hacia el impertinente.

—¿Qué no ve la gente que está esperando el teléfono! —gritó Allaz—. ¡Ya lleva más de diez minutos!

El hombre le mentó la madre con un ademán y volvió a enconcharse para proseguir su plática. Allaz volvió a nudillear y a gritarle, mientras los de la fila aprobaban con gestos y expresiones de apoyo la actitud justiciera de su redentor. La escena se repitió varias veces. Allaz gritando y el hombre colgado al teléfono, necio. Entonces Allaz se metió en el primer lugar de la fila para sacudir al moroso. Éste se volvió antes de que Allaz lo tocara. Arremetió contra él. Era un hombre corpulento y fue él quien sacudió a Allaz, quien lo empelló y quien luego, fuera de la caseta, lo tundió. Allaz cayó al suelo, y ahí el tipejo le propinó patadas a granel que ninguno de los que aguardaban turno se atrevió a interrumpir. Todos miraban expectantes e inmóviles la tranquiza hasta que el golpeador abandonó el sitio descargando palabrotas.

Una mujer, por fin, ayudó a Allaz a levantarse y le limpió la sangre que le escurría por el rostro. No aceptó más auxilio.

—Nada, no pasó nada —dijo, mientras se alejaba cojeando por la calzada de Tlalpan.

6

Allaz llamó por teléfono a mi casa. Contestó Estela.

—Perdón que la interrumpa de sus telenovelas, señora, pero me urge hablar con Vicente para/

—Óigame, un momento. En primer lugar yo no veo telenovelas, y en segundo, aunque las viera, usted no tiene derecho a insultarme.

—Perdón.

—Cuando llegue Vicente le diré de su llamada —y Estela colgó.

7

Sergio Méndez Arceo solía visitarnos en las oficinas de *Proceso* los jueves por la noche, cuando los miembros del consejo nos reuníamos a analizar el contenido del número por salir y a elaborar las cabezas de portada. Al obispo de Cuernavaca le gustaba escuchar nuestras discusiones —casi no participaba; iba como espía, acostumbraba bromear— y al término de la junta, ya avanzada la noche, regresaba a Cuernavaca manejando su auto.

—Debería quedarse a dormir en casa de sus sobrinas —le dije—, o en mi casa, ya sabe. No son horas para irse hasta Cuernavaca.

—Consígase un chofer —completó Carlos Marín—. ¿O no le da para eso el obispado?

—Prefiero sentirme libre —respondió don Sergio—. Lo que hago, para no dormirme en la carretera, es quitarme los zapatos y manejar con calcetines —soltó una risotada—. Eso me mantiene con el ojo pelón.

Estábamos en la entrada de Fresas 13, en la banqueta, hasta donde Carlos Marín y yo habíamos salido a despedir a don Sergio, a acompañarlo a su auto estacionado enfrente. Lloviznaba.

En eso apareció Tomás Gerardo Allaz. Salía también de la revista. Ya se iba.

Aunque en ese tiempo Allaz colaboraba muy de vez en cuando en *Proceso* —después del golpe a *Excélsior* se unió a nuestro proyecto— nos visitaba con frecuencia, sobre todo cuando Anne Marie Mergier, corresponsal en París, andaba en México. Ella y Allaz eran buenos amigos, se entendían a la perfección.

—Está lloviendo —alertó don Sergio a Allaz, después de saludarlo—. Póngase un suéter aunque sea, se va a enfermar.

Allaz meneó la cabeza, sonriente, feliz por su negativa.

—¿Se va a ir caminando hasta su casa? —le pregunté yo.

—Me gusta caminar bajo la lluvia —volvió a sonreír Allaz mientras se alejaba hasta la esquina de Fresas con Pilares.

Regresó a los cinco minutos, apresuradísimo, cuando ya don Sergio se encontraba al volante de su auto. En la esquina, bajo la llovizna, Allaz había descubierto a una pobre mujer con sus dos hijos, uno a pie y otro en brazos, desesperada por no encontrar taxi. Llevaba ahí más de media hora, según se había quejado con el solícito dominico.

—Imagínese, don Sergio, pobre mujer.

—Y yo qué puedo hacer.

—Llevarla en su carro. Va al centro, a Isabel la Católica.

—Yo voy para Cuernavaca.

—Por caridad cristiana, don Sergio.

Don Sergio enfurruñó el semblante. Encendió el motor del auto y lo dirigió a donde se hallaba la víctima, mientras Allaz emprendía una carrerita hasta la esquina. Allaz en persona ayudó a entrar a la mujer con sus dos hijos en el auto del obispo. Él se quedó afuera bajo la llovizna que arreciaba.

—Pinche Allaz —dijo Carlos Marín muerto de la risa.

8

En la sala de juntas de *Proceso*, a solas, me encontré a un Allaz envejecido, enfermo, más delgado de lo que ya era de por sí. Dos días antes me había dicho que necesitaba platicar largamente conmigo. Lo dijo con una solemnidad ajena al dominico que conocí treinta años atrás. Aunque trataba de sonreír como siempre, su semblante expresaba melancolía, tristeza, tal vez a resultas de algún malestar físico, le pregunté.

Me respondió que estaba bien de salud, pero que había tomado la decisión de que su cuerpo, cuando muriera, fuera llevado al anfiteatro Juárez o a la escuela de medicina de la universidad —ya no recuerdo bien— para ser explorado por los estudiantes en una lección de anatomía.

—¿No prefiere donar sus ojos, sus órganos, para algunos transplantes?

—No creo que sirvan —sonrió—. Prefiero que lo aprovechen los estudiantes de medicina.

Hablamos un poco de las donaciones, de la muerte, hasta que él me dijo, de pronto:

—Después de tanto tiempo de conocernos, tengo la impresión de que usted y yo nunca nos hemos llevado bien, ¿es cierto?

—Es cierto, Allaz, y créame que lo lamento mucho.

—Yo lo lamento más —dijo—. Por eso quería hablar con usted. Para que me diga, con toda franqueza, lo que le parece mal.

—¿Mal de qué?

—Mal de mí. Mis defectos, mi forma de ser, mi manera de pensar.

—Yo admiro mucho su forma de pensar, Allaz, usted lo sabe. Nos ha mostrado a muchos lo que es vivir en serio la pobreza evangélica.

—No quiero que me hable de lo bueno sino de lo malo.

—No soy quién para juzgarlo, Allaz.

—Pero sí tiene hecha una impresión de mí y necesito que me diga lo que piensa sin ningún reparo, ¿está bien dicho reparo?; con franqueza, sin miedo. Yo no me voy a molestar, se lo prometo, diga lo que diga. De veras, es muy importante para mí.

Guardé silencio. Me sentía nervioso. Bebí un trago de café —él estaba tomando agua, por supuesto—. Encendí un cigarrillo. Le mostré la cajetilla.

—Marlboro, ¿se acuerda? Cuando nos conocimos en el café Palermo.

Sonrió. Seguramente no lo recordaba.

—Usted ha leído a Bernanos, ¿verdad? —pregunté—. *El diario de un cura rural.*

—*Journal d'un curé de champagne*. Lo leí hace mucho tiempo.

—Hacia el final de la novela hay una escena que me conmovió y que no olvidaré nunca. Enfermo y muy jodido, el cura rural hace un repaso de su vida y se da cuenta de lo que ha conseguido ser: un hombre pobre, humilde, verdaderamente humilde. Lo reconoce y lo asume, pero también comprende que ese saberse y sentirse humilde es un acto de soberbia contra el que le cuesta mucho esfuerzo luchar en el momento de su agonía.

—¿Qué me quiere decir? —preguntó Allaz abriendo sus ojos papujados.

—Lo que sí sé de memoria es la última o penúltima frase de la novela de Bernanos: *Odiarse es más fácil de lo que se cree, la gracia es olvidarse.*

—¿Qué me quiere decir? —volvió a preguntar Allaz.

—Que si usted tiene algún pecado, ese pecado es la soberbia de la humildad.

Allaz permaneció en silencio un buen rato. No dejaba de mirarme.

—Perdóneme que le diga esto —dije—, pero usted me pidió que le hablara con sinceridad. Y eso pienso.

Se puso de pie, titubeaba. Hizo lo que nunca había hecho en treinta años: me dio un abrazo.

Sonrió. Ohlalá. Se dio la vuelta. Antes de salir de la sala de juntas giró la cabeza para decir, muy quedito:

—Voy a leer de nuevo a Bernanos.

Fue la última vez que vi a Tomás Gerardo Allaz.

9

Por un artículo periodístico de Miguel Ángel Granados Chapa supe que Allaz había muerto a fines del 2001: el 16 de diciembre, día de San Eusebio mártir, a los 85 años. Hecho al margen por su provincial Miguel Concha, dominico y bravo defensor de los derechos humanos —"candil de la calle y oscuridad de la casa", lo definió agresivamente Granados Chapa—, había conseguido la tutela del obispo Raúl Vera, una vez muerto Méndez Arceo.

Antes de que su enfermedad lo recluyera, Allaz viajó por Centroamérica y siguió escribiendo textos para Radio Universidad. Regresó a su natal Suiza, a Friburgo, donde se despidió de su "familia terrenal". Volvió a México, a Saltillo. Ahí encontró el auxilio samaritano de Manuel Laborde y su esposa María del Carmen, quienes lo acogieron y cuidaron en su casa.

Allaz no murió de cáncer estomacal como el cura rural de Bernanos; murió a consecuencia de un alzheimer que lo angustiaba —cuenta Granados Chapa— en sus momentos de lucidez. Su cadáver fue enviado a la facultad de medicina de Saltillo para servir de práctica anatómica a los estudiantes.

Belén

Para la menor de mis nietas

La mano de José hundió la pequeña cazuela de barro en el agua transparente del arroyuelo y la levantó, chorreante. Se la entregó a María, quien bebió de ella en dos ocasiones más. Tenía sed. Estaba cansada porque el viaje se había prolongado.

Terminado el mediodía, el sol apenas tibio iniciaba su curva hacia el poniente. Grupos de peregrinos caminaban por la ruta trazada sobre el páramo rumbo a Belén, a cumplir con la orden de empadronamiento. Giraban la cabeza hacia José y María y los miraban ahí, a la orilla del arroyuelo durante el breve descanso. Seguían avanzando sin saludar, sin detenerse.

La pareja había pedido prestada en Nazaret una mula parda para que María hiciera el viaje montada en ella, de lado, mientras José la acompañaba guiando al animal.

Reiniciaron la marcha. María estaba embarazada desde marzo y su vientre, del que no separaba la mano derecha como cuidándolo, delataba su redondez.

—Llegaremos antes de que anochezca —dijo José—. ¿Te sientes bien?

—Cansada pero bien —sonrió María.

—Es el último tramo. Detrás de esa loma y ya.

Arribaron a Belén más tarde de lo que previó José. Empezaba la noche. Un viento frío bullía entre las callejuelas obligando a la gente a cubrirse con sus tápalos. Eran muchos los peregrinos atropellándose en las calles o refugiándose en las tabernas. Lo más semejante a un hormiguero.

Primero buscarían una posada donde dormir y muy temprano en la mañana se presentarían en la oficina del censo. De inmediato, quizás, emprenderían el regreso a Nazaret.

No resultó fácil encontrar alojamiento. Mejor dicho: fue imposible. Visitaron cuatro y hasta cinco lugares, incluso la vivienda de un amigo de José que días antes, le dijeron, se había mudado a Cafarnaúm. En todas partes los rechazaron con palabras compasivas.

Su última esperanza era una posada en la periferia donde seguramente podrían pasar la noche aunque fuera en el patio. Pero tampoco ahí encontraron sitio. El posadero les informó que todos los cuartos se hallaban repletos de familias enteras compartiendo la habitación con extraños. Luego abrió el portón para mostrarles la explanada donde no cabía un peregrino más. Parecía el refugio de una ciudad sitiada. La gente rebosaba como si le hubieran puesto levadura.

—Miren —les dijo—. No cabe ni una aguja.

La mujer del posadero advirtió el semblante lánguido de María y su vientre embarazado.

—Estás preñada —se sorprendió—. ¿A punto ya?

—Según mi prima me faltan diez días.

—Pues no parece —dijo la mujer del posadero. Se volvió hacia su marido: —Podrían quedarse en el establo, ¿no crees?

El posadero movió la cabeza con gesto de repugnancia:

—Sólo si ellos quieren.

María sintió una punzada en el bajo vientre pero trató de disimular su dolor. No era la primera. Había sentido otras dos, antes, mientras recorrían las callejuelas.

Conducidos por la mujer del posadero, quien llevaba en las manos dos teas encendidas, caminaron hacia el establo.

Era una cueva de escasa profundidad, abierta como la bocaza de un monstruo. Al fondo se distinguían varios palos empotrados en la roca, de lado a lado, donde dormían trepadas unas doce gallinas. A la derecha estaba el corral de los borregos. Un par de mulas y un buey descansaban frente al largo pesebre. El resto del lugar se veía atiborrado, en absoluto desorden, por útiles de labranza, pacas de pastura, cajones de madera y toda suerte de trebejos y botes henchidos de desperdicios. El frío se encajaba en la cueva huyendo de la intemperie. Olía horrible: a tufo de animales, a excremento.

La mujer del posadero encajó las teas en sendas grietas de la cueva. De inmediato, auxiliada por José, comenzó a remover los triques para abrir un espacio donde se pudiera recostar la pareja. Deshicieron una paca de pastura con el fin de emparejar el piso de piedra lleno de hoyancos y de rocosos relieves. La mitad de otra paca, partida en forma transversal, podría servirles de almohada.

—¿Es el primer hijo? —preguntó la mujer del posadero durante su trajín.

—Sí, el primero —dijo María—, pero todavía falta tiempo.

Cuando la joven intentó recostarse en el piso, un fuerte quejido se le escapó desde lo profundo de la barriga. De su entrepierna, debajo de la ropa, brotó un potente chorro de agua.

—¡Válgame Dios! —gritó la mujer de posadero—. Qué diez días ni qué nada. Estás a punto.

José se atolondró. Avanzó para detener a María, cuyo rostro se contrajo de inmediato. La ayudó a tenderse sobre la pastura.

—¡Qué barbaridad!, ¡qué barbaridad! Voy por mi prima. Ella es comadrona y sabe de esto —iba exclamando la mujer mientras corría hacia la posada.

A José se le acentuó la temblorina, más de preocupación que de frío, y se quitó el manto para arropar a su mujer.

—Todo va a salir bien —repitió la muchacha para convencerse a sí misma—. Tengo mucho frío, José.

—Déjame buscarte algo —dijo él. Y en el fondo de la cueva, al lado de las gallinas, encontró una manta maltrecha y sucia que le puso encima.

La comadrona, prima de la mujer del posadero, llegó cuando María volvía a quejarse entre jadeos. Era una anciana de rostro encarrujado, muy desconfiable para José porque esperaba una comadrona fuerte y saludable. Lo que sí tenía la anciana era energía, al parecer. Se inclinó frente a la muchacha, levantó la túnica y la despojó de sus trapos íntimos. Empezó a dar órdenes a la mujer del posadero:

—Necesito agua, dos bateas, una sábana limpia.

El que continuaba moviéndose como gallina descabezada, sin saber si era preferible acariciar a María para tranquilizarla o buscar quién sabe dónde las bateas y el agua, era el angustiado José.

La mujer del posadero lo detuvo de un jalón. Ella era la encargada de cumplir las órdenes de su prima. Él nada tenía que hacer ahí. Representaba un estorbo.

—¡Váyase! —le gritó—. Ya le avisaremos después. Ésta no es una tragedia, es un parto: la cosa más natural del mundo.

Escuchando cómo pujaba su mujer en obediencia a las órdenes de la anciana comadrona, José se apartó de la cueva.

Mugía el viento como una vaca. El lomerío infinito se extendía a la distancia, lejos de las casas del pueblo y confundido con el horizonte de la noche que la luna, convertida en una simple uña de mujer, se negaba a iluminar. Sin embargo, la oscuridad no era absoluta: un extraño resplandor parecía llover de las estrellas brillantes como flamas.

Agotado por el viaje, por la búsqueda de alojamiento, por la impresión de su mujer pariendo a destiempo, José se derrumbó sobre la hierba seca, junto a una formación rocosa. Cayó sentado.

Así se mantuvo un buen rato, con las piernas encogidas y los ojos cerrados. Al abrirlos se encontró con la figura de un viejo. Pensó que era un pastor porque vestía un sayo corto de lana sin cardar y empuñaba un cayado a manera de bastón. Se hacía de aquí para allá como un briago. Le sonrió:

—¿Aguantando la noche?

—Aguantando —dijo José—. Mi mujer está pariendo en la cueva.

—Alabado sea el Señor —exclamó el viejo—. Mientras las mujeres escupan hijos, el mundo no se va a acabar —descolgó de su hombro una bota de cuero y la tendió hacia José al mismo tiempo que le desprendía el tapón. Olía a aguardiente.

José rechazó el envite con la cabeza. Entonces el viejo fue a sentarse frente a él, debajo de una higuera seca, y se puso a beber a tragos de su bota. No tardó en quedarse dormido, babeante.

Había transcurrido más de una hora, una hora y media quizá, cuando José despertó de repente. Se puso de pie. El viejo ya no estaba bajo la higuera. Se oían lejanos maullidos de gato. ¿O era un niño llorando?

La mujer del posadero llegó corriendo hasta el muchacho, agitada y alegre.

—Ya nació, ya nació —repetía—. Estuvo difícil porque traía el cordón enredado, pero mi prima es muy buena para resolver imprevistos.

—¿Está bien mi mujer?

—Muy bien, igual que la criatura.

José corría ya rumbo a la cueva cuando la mujer del posadero le gritó:

—¡Felicidades, muchacho! Les nació una niña preciosa.

José se detuvo de golpe. Se dio la vuelta. Abrió tamaños ojos. Finalmente sonrió.

La muerte de Iván Illich

Prólogo al margen

En su ensayo *Tolstoi o Dostoievski*, George Steiner califica *La muerte de Iván Ilich* y *La sonata de Kreutzer* como dos obras maestras que a pesar de su breve extensión "poseen, como las figuras enanas de El Bosco, energías violentas comprimidas". Según el profesor E. Lo Gatto, especialista en literatura rusa, Tolstoi escribió *La muerte de Iván Ilich* —en 1883, a los 55 años— bajo la violenta impresión que le había causado la muerte de un científico ruso llamado Iván Ilich Mechnikov. Al decir de Steiner, la pequeña novela "en vez de descender a los lugares oscuros del alma, desciende, con angustiosa precisión, a los lugares oscuros del cuerpo; es un poema —uno de los más horripilantes que se hayan concebido nunca— de la carne insurgente, de la manera en que la carnalidad, con sus dolores y corrupciones, penetra y disuelve la tenue disciplina de la razón".

Desde el primer capítulo sabemos que el protagonista ha muerto. Ha sido poco menos que un miserable, abandonado por los demás: por sus amigos, por su mujer y su hija —no por su criado, el único testigo de su desesperada agonía—, urgidos todos por apurar cuanto antes el engorroso rito de los funerales.

Iván Ilich parece haber merecido este desdén, y de eso darán cuenta los siguientes capítulos de la novela, narrados a la manera de un flash back. Su exacerbado egocentrismo, su ambición por escalar peldaños en su carrera como juez, lo llevan a ignorar a sus prójimos y a centrar su existencia en los éxitos políticos y en el ascenso económico. Cuando enferma de lo que probablemente era un cáncer en el intestino grueso o en el riñón —según el tardío diagnóstico del doctor Federico Ortiz Quesada—, el continuo deterioro ya no tiene camino de regreso. Sufre físicamente —sólo atemperado su dolor por el opio— y sufre anímicamente al advertir que la vida continuará fluyendo para los demás, nunca más para él. Muere mal, como había vivido, gritando en su desespero: ¡la muerte no existe!

Uno

—¿De veras se llama usted Iván Ilich? —pregunté en el restorán La Lorraine de la calle San Luis Potosí a aquel cuarentón alto como una garrocha y flaco como don Quijote que me estaba presentando Ramón Xirau.

El cuarentón asintió. Su sonrisa era deliciosa.

—¿Como el personaje de Tolstoi?

Volvió a asentir aunque en realidad su apellido, como averigüé después, se diferenciaba del protagonista de Tolstoi en que se escribía con doble ele en lugar de llevar una sola. Era sacerdote, originario de Croacia en la región de Dalmacia. Durante muchos años había trabajado en Nueva York con los emigrados puertorriqueños bajo la tutela del cardenal Spellman. Después fue asignado a Puerto Rico y ahora había fundado en Cuernavaca el Centro Intercultural de Documentación, donde además de impartir clases de idiomas se organizaban conferencias, cursillos, seminarios sobre problemas de América Latina.

Era brillante Iván Illich como el que más. Dinámico, hiperactivo, lúcido durante la charla en la que él llevaba siempre la palabra protagónica. Oyéndolo pensé, esa tarde de 1967, que con Méndez Arceo, con Gregorio

Lemercier y con él, Cuernavaca afianzaba su liderazgo en la puesta al día de nuestra iglesia católica proclamada por el Vaticano Segundo. Abrumado y entusiasmado por su torrente de ideas le pregunté, al terminar aquella comida con Xirau, si podría buscarlo después. Me tendió una tarjeta. No traía su nombre sino el de la secretaria del Cidoc: Esperanza Godoy.

—¿Se llama Esperanza Godoy tu secretaria? —me sorprendí—. ¿En alusión a la obra de Beckett?

Su risotada sonó a burla:

—Es una metáfora, no seas ingenuo. En el Cidoc no tenemos secretaria.

Dos

Los escándalos de Iván Illich —como los que continuamente desataba Lemercier desde su monasterio benedictino— estallaron cuando publicó dos artículos en el semanario *Siempre!*.

El primero era un ataque frontal al Vaticano:

La iglesia romana es el organismo burocrático, no gubernamental, más grande del mundo. Emplea un millón ochocientos mil trabajadores a tiempo completo —sacerdotes, hermanos, religiosos, laicos—. Estos empleados trabajan dentro de una estructura corporativa que ha sido considerada por una agencia consultora americana como una de las organizaciones dirigidas con mayor eficacia en el mundo. La Iglesia institucional funciona al mismo nivel que la General Motors o la Esso. Esta bien conocida realidad es aceptada con orgullo por algunos católicos. Pero para otros, este mismo funcionamiento efectivo de la maquinaria es considerada como causa de descrédito. Los católicos conscientes sospechan que la Iglesia institucional ha perdido su significación ante el Evangelio y ante el mundo.

Y delineaba la visión de la Iglesia del futuro:

Un laico adulto, ordenado al diaconato, presidirá la comunidad cristiana normal del futuro. El ministerio será un ejercicio dentro de su tiempo libre más bien que un trabajo. La diaconía será la unidad institucional primaria de la Iglesia, suplantando a la parroquia. El encuentro periódico de amigos reemplazará la asamblea dominical de extraños. Un dentista, un obrero o un profesor, capaces de sostenerse económicamente por sí mismos, serán quienes presidan estos encuentros más bien que un burócrata o un funcionario empleado de la Iglesia. El diácono será un hombre maduro en sabiduría cristiana adquirida a lo largo de su vida en el seno de una liturgia íntima, y no el profesional graduado en el seminario y formado con fórmulas teológicas. Frecuentemente el matrimonio y la educación de sus hijos, y no la aceptación del celibato como condición legal para la ordenación, le darán la capacidad de un liderazgo responsable.

Los grupos conservadores de la catolicidad mexicana no tardaron en poner el grito en el cielo ante tales discursos. En la revista *Gente*, patrocinada por el Opus Dei, Manuel García Galindo acusó y previno a las autoridades eclesiásticas sobre el peligro que representaba Illich:

En todos sus escritos y conversaciones el lenguaje empleado por el yugoslavo es exclusivamente marxista. ¿Un sacerdote católico actuando como agente comunista? No creo que haya nadie que pueda espantarse de ello. No es el primer caso... Pero ha llegado el momento de desenmascararlo y actuar en consecuencia.

A partir de ese momento empezó a gestarse el embate de los integristas contra Iván Illich. Tardarían algunos meses en conseguir sus propósitos.

Tres

A partir de 1967, Estela y yo nos volvimos adictos a Iván Illich. Visitábamos con frecuencia el Cidoc y dedicábamos largos ratos a charlar con él. Más bien a oírlo hablar y hablar —siempre lúcido, por momentos genial— de las problemáticas latinoamericanas más urgentes y de los asuntos de nuestra iglesia que el Vaticano Segundo había puesto en la mesa de discusiones. Algunas ideas nos escandalizaban por conservadoras. Illich defendía la vocación al celibato sacerdotal; aceptaba sin dudarlo un segundo los dogmas y principios teológicos de la más estricta ortodoxia; era obcecadamente fiel a las reglas del juego propuestas por la institución. Criticaba a la Iglesia desde adentro, y desde adentro pugnaba por revitalizarla.

Nos trataba como amigos. Sentíamos serlo.

En alguna ocasión me invitó, me exigió más bien con su fascinante sonrisa imperativa, a dar una charla sobre literatura a un grupo de alumnos latinoamericanos del Cidoc. Por los gestos de desinterés y aburrimiento que percibí en el auditorio, me di cuenta de que la charla había resultado un fracaso, por inconexa y desbaratada. No me volvió a invitar.

Otra noche, Estela y yo cenamos en la cueva que compartía con Valentina Borremans, ahí mismo, en la casa blanca del Cidoc. Una alcachofa gigante para cada uno y la machacona insistencia de Illich para que conociéramos personalmente a Méndez Arceo, un obispo fuera de serie. Yo me resistía: un obispo siempre es un obispo, dije. No, éste no, replicaba Illich. El tiempo le dio la razón. Méndez Arceo resultó un obispo diferente; casi diferente —matizo ahora al recordarlo.

Cuando estábamos por viajar a Europa y visitar Roma, Illich nos dio, junto con recomendaciones por escrito, instrucciones precisas para que nos permitieran asomarnos a rincones del Vaticano que ni el papa conocía. Al Cardenal Fulano llévenle de regalo una medalla de plata, la más grande que encuentren. Al Cardenal Zutano invítenlo a cenar al Alfredo que está detrás del Ara Coeli. Sugiéranle una bressaola de carne seca, una pasta capella di angelli al fresco y vino tinto Castello Bonfi del 57: se lo ganarán para siempre. Al condestable de la guardia suiza salúdenlo de mi parte y/

Ya estando en Roma, a Estela y a mí nos dio pereza acudir a los recomendados de Illich. Nos conformamos con recorrer los jardines solitarios del Vaticano, donde todas las mañanas —dudando sus decisiones— paseaba Paulo Sexto, el hamletiano pontífice.

Algunos sábados salíamos con Illich a comer conejo adobado en un restorán escondido de Ocotepec, y allí escuchábamos con arrobo sus visiones de la iglesia del futuro. Con el mismo arrobo lo oímos impartir, en el auditorio del Centro Médico del Imss, una conferencia magistral como parte del ciclo organizado por el Instituto Mexicano de Psicoanálisis de Erich Fromm, donde Estela estudiaba. Ante un público de psicoanalistas agnósticos o ateos, Illich habló de la experiencia mística, de su propia experiencia mística. Logró lo que ni el chaparrito Fromm —quien lo había antecedido el día anterior— consiguió con ese público: hechizarlo, sacudirlo como si agitara las entrañas del inconsciente colectivo, conmoverlo con una vivencia personal tan sencilla como intensa: la vivencia de la gracia.

Poco después del estreno de *Pueblo rechazado*, mi primera obra de teatro —inspirada en el enfrentamiento con el Vaticano de Lemercier, prior del convento benedictino de Santa María Ahuacatitlán—, Illich me sugirió que fuéramos juntos a una función para averiguar él porqué tanto escándalo. Nada me comentó durante el transcurso del espectáculo. Al salir me invitó unos tacos en una fonducha de la calle Xola. Allí me dijo: Estuviste a punto de escribir una obra estimable —esa palabra empleó—, pero te falló el modelo que escogiste para plantear la crisis de la Iglesia. Lemercier no es un buen modelo; él sólo sabe de liturgia.

Illich tenía una pizca de poeta. Al menos escribió la letra de algunas de las canciones que cantaban los mariachis en la catedral de Cuernavaca durante la misa dominical de Méndez Arceo. *La calzada de Emaús*, por ejemplo. Eso me dijo. Y me pidió que no lo divulgara.

Como ya escribí, Estela y yo nos sentíamos sus amigos aunque estábamos muy lejos de ser interlocutores de esa mente excepcional. Sus interlocutores —los que tenían nivel para discutirle, dialogar con él, confrontarlo— eran gente grande: Méndez Arceo, Erich Fromm, Octavio Paz, Ramón Xirau, Helder Cámara, Paulo Freire, Jean Robert, qué se yo. Sin embargo nos atrajo como matrimonio, y me echó el ojo, agudo como era. Yo me preguntaba por qué.

Lo descubrí con el tiempo, poco a poco, uniendo como quien arma un rompecabezas detalle tras detalle, anécdota tras anécdota de aquellos finales de los años sesenta. Merced a mi oficio de escritor y reportero —se dio cuenta Illich—, yo podría servirle incondicionalmente para algunas de sus talachas y para defenderse un poco de la jerarquía que lo acosaba. Al fin de cuentas él era sacerdote, vivía con la mentalidad del religioso profesional, y como tantos sacerdotes de nuestro clero —retrógrados o de avanzada—, sabía de qué manera aprovechar la fe de un laico devoto para convertirlo en su acólito.

Lo descubrí con el tiempo, digo, anécdota tras anécdota. Así.

Medianoche. Batallaba yo con la versión teatral de *Los albañiles* cuando Iván Illich irrumpió en mi casa de San Pedro de los Pinos. Venía volando de Cuernavaca en su volkswagen rojo —que manejaba como orate a ciento y pico de kilómetros, presumía— y necesitaba con urgencia hablar conmigo. Estela se levantó adormilada de la cama y preparó bocadillos, pero Illich sólo quería un vaso de agua grande, grande, con mucho hielo. Tenía prisa. Al día siguiente por la mañana viajaba a San Juan de Puerto Rico para dictar una conferencia. La acababa de terminar.

—Aquí está —dijo. Y me tendió un fólder maltratado que contenía veintitantas páginas mecanografiadas con letra pequeñita y repleta de tachones. —Necesito que me la corrijas ahora mismo —agregó sin el "por favor" mexicano que nunca utilizaba. Se bebió el vaso de agua de un solo trago. Masticó los hielos.

(Iván Illich hablaba infinidad de idiomas pero era pésimo para redactar en castellano. Basta cotejar los artículos publicados en *Siempre!* —auxiliado por un pésimo corrector de estilo— con la revisión minuciosa de Javier Sicilia para su publicación en las obras completas: cualquiera se da cuenta de que la redacción castellana no era el fuerte de Illich.)

Volví a revisar el manuscrito y pregunté:

—¿Para cuándo las quieres?

—Para mañana. Es decir, para hoy mismo —consultó su reloj—, ya van a ser las doce y media. Mi avión sale a las once. Es una conferencia que me importa mucho.

—No creo que alcance.

—Seguramente sí.

—¿Quieres que la corrijamos juntos?

—No. Tú sabes de esto, yo nada más estorbaría. Es sólo revisar la redacción, la sintaxis, las palabras. Me voy. Tengo otra cosa que hacer. Regreso a las ocho, ¿te parece?

—Voy a hacer todo lo posible —dije, pero ya no me escuchó.

Me puse a leer el texto de inmediato. No se trataba simplemente de corregir a mano la mentada conferencia, sino de mecanografiarla desde el principio redactando de nuevo cada una de las extensas frases, incoherentes por la pésima puntuación.

Saqué del rodillo *Los albañiles* e introduje la maldita hoja en blanco. A darle.

—¿No vas a dormir? —preguntó Estela. Negué con la cabeza. —Ah qué Iván —sonrió.

Primero me atraqué de bocadillos —al menos no se desperdiciaron— y enseguida me solté a teclear febrilmente ese discurso del que no me importaban las propuestas, ni la profundidad de las ideas, ni el contenido todo; sólo estaba atento a que las frases y las palabras funcionaran con exactitud, lo cual era un problema mayúsculo, a veces sin solución.

Cuando había encontrado por fin un remate brillante a la conferencia, de mi exclusiva cosecha, Illich regresó como de milagro a bordo de su volkswagen rojo. Parecía que intentaba tronar el timbre.

Eran las ocho treinta de la mañana. Estela acababa de salir para llevar a las hijas a la escuela. Yo me sentía zombi.

—¿No quieres revisarlo?

—Lo leo durante el vuelo —respondió Illich—. Apenas llego al aeropuerto. —Se dio la vuelta y salió.

—Suerte —le dije.

—Suerte —respondió él, no sé por qué.

Cinco

Después de los primeros embates del Opus Dei, los ataques contra Iván Illich y el Cidoc menudearon como dardos. Desde su columna en *Excélsior*, el sacerdote Ramón de Ertze Garamendi —párroco de San Lorenzo y canónigo de la Catedral Metropolitana— atizaba persistente el fuego donde se pretendía quemar a Illich.

Me llamaban él y Méndez Arceo:

—Tienes que responder a las infamias de Ertze Garamendi.

—¿Yo?

—Escribe una carta a *Informaciones católicas* (la versión en castellano de una revista francesa, de avanzada, que editaban en México Gaspar Elizondo y Gabriel Zaid). Ya hablamos con Elizondo, te la van a publicar.

—¿Y qué digo?

—Aquí están las ideas —me tendía Illich una hoja mecanografiada con errores sintácticos, por supuesto: era la carta prácticamente escrita. Yo no tenía más que pasarla en limpio y firmarla.

Eso sucedió varias veces, a raíz de los ataques de aquel Ertze Garamendi y de quien fuera contra Illich o contra el obispo. Me convirtieron en su vocero para exhibir por ellos la cara en público.

Seis

Por conducto de Baltazar López, sacerdote pupilo de Méndez Arceo, Iván Illich nos pidió a Estela y a mí que fuéramos a Cuernavaca un fin de semana de mediados de 1968: viernes, sábado y domingo. Urgía que ayudáramos a Baltazar a preparar un dossier —de los que Cidoc editaba frecuentemente— sobre Méndez Arceo. La situación parecía grave para el obispo. Lo habían llamado del Vaticano —nunca supimos si Paulo Sexto o la curia romana— a lo que se antojaba una "rendición de cuentas" por los continuos informes críticos sobre su diócesis llegados a la sede de la institución.

Era preciso, pues, acompañar la presencia de Méndez Arceo ante sus jueces con un documento que definiera y defendiera la trayectoria pastoral del obispo.

El dossier debería incluir —nos informó Baltazar López apenas aparecimos en el Cidoc— cartas y manuscritos del obispo y de la curia diocesana: exhortaciones pastorales, homilías, intervenciones conciliares, artículos publicados por don Sergio en los periódicos locales; además de una selección de noticias, desplegados, inserciones pagadas, panfletos, libros y comentarios en torno a Cuernavaca aparecidos en la prensa nacional y extranjera.

Nunca habíamos bajado Estela y yo al sótano donde se repletaban de materiales la biblioteca y la hemeroteca del centro de documentación. Entre mesas, máquinas de escribir y copiadoras, parecía un búnker de la CIA —opinó Estela—: un lugar secreto para la confabulación y la intriga clandestina.

El trabajo a realizar era más fatigoso que complicado. Necesitábamos hurgar entre periódicos viejos y fólders y papeles en desorden del archivo personal del obispo. Ni ella ni yo éramos investigadores profesionales, aunque Baltazar había hecho ya una preselección de escritos y proyectado muy bien el índice del dossier. El sentido común guió nuestro trabajo, y la curiosidad ante la montaña de papeles —que nos deteníamos a leer y examinar— nos confirmó en la idea de lo valioso que era y había sido don Sergio a lo largo de su vida en su tarea de renovación de la Iglesia; también de lo mucho que se le atacaba por parte de los grupos integristas.

A tiempo completo trabajamos esos tres días del fin de semana. El material seleccionado habría de fotocopiarse e imprimirse luego —sólo 190 ejemplares—, pero ésa ya no era nuestra responsabilidad. Terminamos agotados. Iván Illich y Valentina Borremans, responsable de la edición de los dossieres, nunca se aparecieron por ahí, ni siquiera para decirnos ¡ánimo!. Lo único que recibimos a cambio —nada esperábamos, por supuesto— fue una copia de los dos volúmenes que ocupó el trabajo: *Cuernavaca / Fuentes para el estudio de una diócesis.*

Siete

Por boca del propio Illich, en febrero de 1969, me enteré del juicio al que acababa de someterlo en el Vaticano la temible Congregación de la Doctrina de la Fe, lo que llamábamos entonces el ex Santo Oficio. Después de provocar la rebeldía de Gregorio Lemercier, después de zarandear a Méndez Arceo, la curia romana amparada por Paulo Sexto había rematado su embestida contra Cuernavaca llamando a juicio al sacerdote yugoslavo.

Fue fascinante escuchar a Illich contándome con su habitual precisión, con esa habilidad narrativa que poseía para dibujar los escenarios y el rito medieval de sus jueces —siempre sonriente, siempre irónico— el cúmulo de acontecimientos que envolvieron su proceso. Un proceso kafkiano —decía Illich—; absurdo por no llamarlo ridículo. Terrible, pensaba yo; vergonzoso para quienes profesamos la fe que esa institución caduca pretende defender.

No dejaba de sonreír Illich durante su relato en las oficinas del Cidoc. Llevaba enfundado un chaleco de Chiconcuac y abría sus ojos llameantes y sacudía las manos como aspas para enfatizar las palabras de su tropezado castellano.

Me sorprendió desde luego de que me confiara, ¡a mí!, lo que era, según me advirtió, una charla confidencial.

Luego de conversaciones informales, preparatorias; después de revisiones y comedimientos, los jueces de Illich terminaron por entregarle las tupidas hojas de un interrogatorio que él debería responder a solas, por escrito, en un saloncito donde todo eran objetos de arte: la alfombra persa, el candil, los muebles retorcidos, los óleos religiosos.

Illich se negó a contestar las ochenta y cinco preguntas que le proponían. Si era forzoso el interrogatorio, éste debería ser oral, exigió. Para discutir con sus jueces. Para dialogar. Para convencerlos o ser convencido por ellos.

La negativa de las autoridades fue terminante e Illich huyó del Vaticano con las hojas del cuestionario. Después renunciaría al ministerio sacerdotal y pediría su reducción al estado laico.

—¿Por qué me cuentas todo esto? —me atreví a preguntar al fin.

—Para que escribas un artículo. Sólo a dos publicaciones les voy a dar la exclusiva. Primero al *Excélsior* de Julio Scherer.

—¿Voy a escribir en *Excélsior!* —me entusiasmé, porque aún no conocía a Julio Scherer.

—Claro que no —me dijo—. En *Excélsior* lo va a publicar un gran periodista: Ted Fiske, el corresponsal de *New York Times*. El tuyo va a aparecer en *Siempre!*

Se me desinfló el ánimo.

—Pero yo no soy colaborador de *Siempre!*, Iván.

—No importa. Ya hablé con Luis Suárez y con Pagés Llergo. Ahí.

Por supuesto, en mi reportaje no podría incluir los detalles del juicio que me había contado confidencialmente. Sólo lo sustancial, y lo sustancial ya estaba escrito por él en unas hojas que me entregó y que me recordaban aquellas cartas contra Ertze Garamendi. De las ochenta y cinco preguntas del cuestionario nada más transcribió treinta para su publicación.

—Déjame verlas todas —le pedí.

—Con ésas es suficiente, las demás no valen la pena, no son importantes.

—Pero déjame verlas, me da mucha curiosidad.

—Otro día —me dijo. Y me di cuenta de que no me las mostraría jamás.

Cuando mi reportaje *Inquisición posconciliar* apareció en las últimas páginas de *Siempre!*, Illich no me llamó ni para decirme ¡hola!

Ocho

Transcurrieron siete años, dejé de ver a Iván Illich.

Trabajaba ya en *Revista de Revistas* de *Excélsior* cuando en 1976, a pocos meses del golpe de Echeverría contra el periódico, Julio me enteró de que iban a cerrar definitivamente el Cidoc. Illich acababa de telefonearle para pedir que yo, que había estado cerca del centro años atrás, entrevistara a Valentina Borremans sobre la historia de la institución desde el principio.

Dudé en aceptar la encomienda reporteril y estuve a punto de contar a Julio mi experiencia como acólito de la diócesis de Cuernavaca. Me dio vergüenza. Terminé entrevistando a Valentina en el café Viena de la capital morelense.

Concluido el doloroso episodio del Cidoc, acribillado por la jerarquía eclesiástica, Iván Illich se convirtió —como escribió Jean Robert— en un filósofo itinerante. Se enclaustró en una casa austera de Ocotepec y viajaba por el mundo, dictaba conferencias, impartía seminarios, escribía libros. Su lucidez, su genio, le acrecentaron fama internacional.

Nueve

Betsie Hollants era una mujer extraordinaria. Había nacido en Bélgica, trabajado como periodista, y a su arribo a México se entregó por entero al Cidoc: organizaba conferencias y atendía las relaciones internacionales del centro. Iván la apreciaba a su manera; decía que la quería muchísimo, pero cuando ella le propuso abrir el Cidoc a la investigación de las problemáticas femeninas, a los estudios de género, Illich se negó de manera terminante. No tenía presupuesto para eso, argumentó; no le interesaban los asuntos de las mujeres, en pocas palabras. Discutieron, pero resultó imposible convencer a Illich. Entonces Betsie decidió renunciar al Cidoc y fundar en Cuernavaca un centro que subsiste hoy en día: el Cidhal (Comunicación, intercambio y desarrollo humano en América Latina). Años después, inspirada por su propia ancianidad, fundó otra organización, Vemea, que enfocaba los problemas y las inquietudes de las mujeres de la tercera edad.

Estela y yo habíamos conocido a Betsie Hollants en las instalaciones del Cidoc, y mi esposa la redescubrió luego gracias a las publicaciones y a los encuentros que promovía desde su casa-oficina, a pocas cuadras del Palacio de Cortés en Cuernavaca. Estela la visitaba con frecuencia, contagiada por su generoso activismo.

Cuando Betsie estaba por cumplir ochenta años, sus colaboradoras propusieron organizarle un festejo. Ella prefirió un encuentro en el que algunos invitados especiales dieran charlas sobre temas de interés; si querían celebrarle que fuera así, dijo, participando en actos como los que siempre organizaba ella.

Y en esa reunión celebratoria de Betsie apareció de pronto Iván Illich —reconciliado al fin con la incansable anciana—, veintipico años después de la última ocasión que lo vi personalmente, cuando ocurrió su inquisición posconciliar.

Entre tanta gente que lo acosaba como la figura protagónica que era, entre tantos admiradores y lectores de sus inquietantes libros contra la medicina, la escuela, la vida convertidas en institución, Estela y yo nos aproximamos para saludarlo. Conservaba su delgadez, su cabello negro, el cuello de gallina que angulaba para ver más de cerca a su interlocutor, desde su altura quijotesca. Sonrió al sentir mi saludo con ese gesto característico de los famosos cuando no recuerdan el nombre ni la figura de quien se aproxima a ellos con admiración. Le dije mi apellido y el "¿te acuerdas de Estela?" al que apenas reaccionó con su mañosa sonrisa. De inmediato se dio la vuelta para encontrarse con Betsie, con Elena Urrutia, con Giménez Cacho.

Estela advirtió mi malestar.

—¿Te diste cuenta? —le dije.

—Anda despistado como siempre, no le des importancia.

No recuerdo las pláticas impartidas por los colaboradores de Betsie. Iván Illich habló largamente de una investigación que realizaba entonces sobre el amor en la época medieval, algo así. Una charla anacrónica e insulsa, me pareció.

Cuando concluyó el acto, Estela me sugirió que nos aproximáramos nuevamente a Illich para invitarlo a comer a algún restorán de Cuernavaca con Óscar y Elena Urrutia. Parecía convencida de que en una reunión más íntima recobraríamos al Illich de los viejos tiempos.

Se negó.

—Voy a comer con los Medina Mora —dijo, y se dio la vuelta.

El adiós fue definitivo. Era obvio: ya no era capaz de acordarse de nosotros porque ya no le éramos útiles.

Epílogo al margen

Por Felipe Santander y otros amigos nos enteramos semanas después de que Iván Illich estaba gravemente enfermo.

Le habían detectado un tumor canceroso en las glándulas del cuello que se extendía hacia el pómulo y era necesario extirpar si no quería morir en el lapso de unos cuantos meses. Rechazó el diagnóstico por supuesto, porque someterse a una intervención quirúrgica significaría contrariar los postulados contra la medicina institucional que tanto había refutado en sus libros. Era congruente al fin de cuentas, como siempre.

No murió Illich en esos cuantos meses pronosticados por los especialistas. Su vida se prolongó por más de diez años con el tumor creciéndole y creciéndole al grado de deformar su rostro. Lo imaginaba yo —nunca lo busqué— como un hombre elefante cuando me lo describían sus amigos más próximos; un monstruo que necesitaba cubrir la deformación facial con una bufanda en sus viajes por el mundo. La mayor parte del tiempo permanecía encerrado en su casa de Ocotepec, atendido por Valentina Borremans.

Allí en Ocotepec lo conoció Javier Sicilia.

Enorme poeta, cristiano comprometido a carta cabal con su fe, Sicilia sabía de la trayectoria del yugoslavo, había leído sus libros y encontró en ellos verdades que lo hicieron sumar a Illich entre los pensadores que más admiraba y con quienes mejor compartía su pensamiento filosófico y antropológico: Lanza del Vasto y Gandhi.

Illich halló por su parte, en el profundo feligrés de la iglesia católica, no sólo un seguidor de sus teorías sino un interlocutor a su nivel.

Sicilia nos contaba, a Estela y a mí, de sus encuentros con Illich en su estudio penumbroso de Ocotepec. Su alucinante pensamiento sobre la realidad. Su aversión al progreso y a la sociedad industrial. Su fe en el misterio teológico de la encarnación. Discutían sin duda sobre la mística, sobre las conflictivas políticas del país, sobre la persistente fidelidad de Sicilia a la iglesia católica, depositaria de la revelación y de la tradición de los creyentes. Sólo los terribles dolores que le producía el tumor canceroso, en crecimiento imparable, obligaban a Illich a abreviar aquellas pláticas. Y entonces se ponía a fumar opio, el único analgésico que se permitía por su inmaculado origen vegetal.

Cuando al fin murió Iván Illich el 2 de diciembre de 2002, no pude menos que pensar en la famosa novela de León Tolstoi. Muy distintos habían sido, sí, los últimos instantes de aquel par de homónimos. El protagonista ruso de la ficción —que escribía su apellido con una ele— murió en la desesperación; el yugoslavo de Cuernavaca —que lo escribía con lle— murió en santa paz, según nos transmitió Javier Sicilia. Tuvieron, sin embargo, un anecdótico detalle en común, sin importancia significativa. Ambos soportaron su agonía con el bálsamo del opio.

Luna llena

Para Jorge Rodríguez

Era noche de luna llena.

Después de ganar con el Pantera cuatro zapatos al hilo —a Eugenia y Chucho, a Leticia y Eduardo, a Juan y Jaime, a Jean Michel y Pepe— decidí terminar mi noche de dominó de los martes y regresar a casa: ya pasaban las dos de la madrugada. Chucho insistió un poco: que la revancha, que el último, que uno más y ya. Pero me negué, y como no quería levantarlo de la mesa y forzarlo a llevarme en auto hasta mi casa —vivo a sólo dos cuadras de la suya— dije no hay apuro, me voy caminando sin problemas.

—No se vaya solo, maestro —me detuvo el Pantera—. Yo lo acompaño.

El más luminoso farol de todo San Pedro de los Pinos era aquella luna enorme, límpida, brillante. Circulaban pocos autos. Ningún transeúnte.

Caminando lentamente por Calle Trece, el Pantera y yo celebrábamos su genial pericia cuando se ahorcó la mula de cincos para que yo me fuera con el cuatro tres en la partida definitiva, y comentábamos riendo, como siempre, la misteriosa desaparición del monumento a Emilio Carballido en el parque al que bautizaron con el nombre del dramaturgo. El Pantera traía media estocada de cervezas y yo tres whiskys.

Al doblar hacia Avenida Dos dejamos de reír porque nos pegamos un susto. Hacia nosotros avanzaba una sombra corpulenta, el mismísimo Drácula, pensé.

—¡Hágase para acá! —exclamó el Pantera mientras me tironeaba del brazo para acercarme a la banqueta opuesta. La sombra, sin embargo, nos alcanzó.

No, no era Drácula. Era un anciano de cabello alborotado y tiritas de arrugas por todo el rostro. El viejo pantalón le quedaba guango. Se cubría con una capa española negra que me pareció absurda.

—¿Me pueden regalar un cigarrito?

Eché un paso para atrás. El Pantera se mantuvo inmóvil y extrajo la cajetilla de Marlboro. Le encendió el cigarro.

—Creyeron que iba a asaltarlos, ¿no? —sonrió el anciano—. Perdón por el susto. No era mi intención —y empezó a fumar con deleite.

Pasó un auto como un bólido sin disminuir la velocidad en la esquina.

—Me acaba de ocurrir algo maravilloso; lo más maravilloso que me ha ocurrido en la vida —dijo—. Yo vivo por aquí, ¿saben?, en la vecindad de la Avenida Tres. Parece que es la única vecindad que queda ya en todo nuestro San Pedro. La que estaba aquí —señaló hacia atrás— la están haciendo condominio, ¿ya vieron? Nomás edificios de departamentos levantan ahora en la colonia. Tiran casas y levantan edificios. Edificios y más edificios, no sé en qué vayamos a parar.

—¿Lo asaltaron, abuelo? —preguntó el Pantera.

—No no. Les digo que me ocurrió algo maravilloso, de veras maravilloso. Quiero contarles para que luego no piense yo mismo que lo soñé. No fue un sueño, fue la pura realidad. Porque sucede que yo vivo ahí en la vecindad en un cuartito de este tamaño, solo y mi alma. Y padezco de insomnio, ¿van a creer? Aparte de que estoy perdiendo el oído de este lado, padezco de insomnio. Y como el insomnio es la cosa más aburrida del mundo prefiero salir a caminar a la calle. Antes recorría todo San Pedro de los Pinos, desde La Morena hasta la Veintisiete, pero en estos tiempos, con eso de los asaltos y la inseguridad, me da miedo.

—Con toda razón, abuelo —dijo el Pantera.

—¿Saben qué hago entonces? ¿Qué se imaginan? Pues me voy directo al parque Pombo. Nunca hay nadie a esas horas y ahí está la caseta de policía y un par de genízaros echando la platicada y una patrulla que se estaciona. Aunque parezca mentira, eso me da seguridad. Entonces llego y me siento en una banca, la que está entre el quiosco y la caseta, y me pongo a pensar mis pensamientos. Eso hago porque yo no tengo nada de nada: ni salud, ni sexo, ni ganas de comer, ni familia, ni dinero. Nada, nomás mis pensamientos. Exactamente eso fue lo que hice hoy, como a la una, cuando me jaló de las patas el maldito insomnio. Me levanté de la cama. Salí de la vecindad y llegué a mi banca del Pombo. Sentado durante un rato largo me puse a mirar y mirar esa luna tan maravillosa que nos tocó esta noche, ¿ya la vieron?

—Está preciosa —dijo el Pantera.

—Pues ahí estaba yo piense y piense cuando oí un ruido rarísimo porque ni coches pasaban a esas horas. ¿Y qué creen? Voltié la cara y vi las puertas de la iglesia abriéndose de repente, de par en par. Adentro: toda la iglesia iluminada, divina, brillante. Las luces de los candiles y las lámparas prendidas como si hubiera boda, y no, no había boda. Lo que había, lo que vi, fue a una parvada de chamacos saliendo de la iglesia felices de la vida. Eran como diez o doce escuincles entre quince y dieciocho años cuando mucho, muy contentos, de veras, riendo, chacoteando, moviéndose para todos lados. Pensé que eran los del coro del padre José Luis o de alguna estudiantina porque traían capas como ésta, todas iguales. Pero no. No sé. Quién sabe. Ninguno andaba con guitarras, ni panderos, ni mandolinas, ni nada de lo que usan las estudiantinas. Aparecieron así, con sus capas, jugando, revoloteando con ellas y se metieron a corretear en las callecitas. Pasaron frente a mí y ni me vieron. Luego, ¿qué creen? Empezaron a cantar a coro, todos al mismo tiempo. No canciones de la iglesia, ni populares, sino canciones muy dulces pero sin letra. Más bien no eran canciones, era música pura lo que cantaban. Y entonces, en un segundo, se tomaron de la mano, hicieron una rueda y se pusieron a dar vueltas y vueltas alrededor del quiosco como si jugaran a Doña Blanca. Seguían cante y cante cuando comenzó a sentirse un aroma muy fresco por todo el parque, como de olor a flores.

—Al huele de noche —dijo el Pantera.

—Más que olor a flores me pareció que olía a perfume. Un perfume delicioso como si los chamacos trajeran de esos aspersores que usan las mujeres. Con ellos rociaron las plantas, los árboles, el aire, aunque la verdad yo no vi ningún aspersor, eso sí les digo. El caso es que dejaron de dar vueltas al quiosco y se juntaron cerca de mi banca. ¿Y qué creen? En una de ésas, todos abrieron los brazos en cruz, se extendieron sus capas negras y empujándose con las piernas, como si fueran a dar un brinco, se echaron a volar.

—¡Órale! —dijo el Pantera.

—A uno de ellos se le cayó la capa cuando ya iba muy arriba.

—¡Y zambombazo que se dio!

—No, siguió volando. Sin capa siguió volando con los demás. Volando volando en dirección a la luna hasta que desaparecieron de mi vista porque mis ojos ya no dieron para más.

El anciano había tirado la colilla en el pavimento y miraba al cielo. Por fin bajó la vista. Hizo un gesto al Pantera.

—¿Podría proporcionarme otro cigarrito?

El Pantera volvió a extraer su cajetilla de Marlboro y le encendió el segundo cigarro.

—¿No les parece que fue maravilloso lo que me pasó?

—Maravilloso —dijo el Pantera.

—Cuando los chamacos desaparecieron volando yo fui hasta donde se quedó tirada la capa. La levanté y me la puse. Se ve de buena calidad, ¿verdad? Pura lana.

El Pantera frotó la capa del anciano con el índice y el pulgar:

—Sí, pura lana.

—Pues todo eso me emocionó muchísimo y me fui del parque Pombo para buscar a quién contárselo antes de que se me olvidara. Por suerte los encontré a ustedes. Y ya. Ya se los conté, ya me oyeron y ya me siento bien. Gracias, muchas gracias. Perdón que los haya asustado al principio pero no era mi intención. Buenas noches. Que duerman en paz.

El anciano sonrió al Pantera, me sonrió a mí. Con el cigarrillo prensado en los dedos, fumando de vez en vez, echó a andar por Avenida Dos en dirección contraria a la nuestra. Iba canturreando.

Desconcertados, sin ánimo de pronunciar palabra alguna, el Pantera y yo tardamos en reanudar nuestro camino. A punto de llegar a mi casa los dos volvimos la cabeza para ver si localizábamos al anciano. Sí. Se aproximaba a la Calle Quince, rumbo a la Diecisiete, por el centro de la acera. Antes de cruzar la bocacalle tuvimos la impresión de que se detenía. Lo vimos encogerse. En seguida se irguió, abrió los brazos, extendió su capa enorme y se lanzó a volar por encima de las azoteas, más allá de la punta de los árboles, hacia la luna llena, enorme, brillante.

Índice onomástico

Índice

Gente así se terminó de imprimir en julio de 2008, en Mhegacrox, Sur 113-9, 2149, col. Juventino Rosas, C.P. 08700, México, D.F.
Composición tipográfica: Miguel Ángel Muñoz.
Corrección: Clara González y Rafael Serrano.
Cuidado de la edición: Ramón Córdoba.